〔新訳〕

ジョニーは戦場へ行った

ダルトン・トランボ
波多野理彩子　（訳）

角川新書

まえがき（一九五九年）

第一次世界大戦は夏祭りのように始まった——みんながふっくらしたスカートをはいて金色の肩章をつけていた。沿道を埋め尽くす群衆が歓声を上げるなか、羽飾りをつけた皇帝や皇太子や陸軍元帥などの道化者たちが輝かしい自国の軍隊を先導してヨーロッパ各国の首都を行進した。

寛容の季節だった。誇りと音楽隊と詩と歌と善意の祈りの時だった。八月は紳士の士官と彼らが永遠に置き去りにする恋人たちとの結婚前夜にときめいて息もつけずにいた。あるスコットランド高地地方の連隊は初戦のとき、力いっぱい演奏するキルト姿のバグパイプ奏者四〇人を先頭に、塹壕《ざんごう》からいっせいに突撃していった——敵の機関銃に向かって。

死者が九〇〇〇万人に達すると、音楽隊の演奏は止まり、皇族は逃げはじめ、バグパイプも開戦当初と同じ音色を響かせることは二度となくなった。第一次世界大戦は冒険活劇のような戦争としては最後のものだった。そして過去の戦争とはまったく異なる第二次世界大戦の勃発《ぼっぱつ》前に第一次世界大戦を描いたアメリカの小説の中で、この『ジョニーは戦場へ行った』はおそらく最後の作品だろう。

　この本は奇妙な政治的歴史をたどって来た。反戦論がアメリカの左派や多くの中道派にとって嫌悪の対象だった一九三八年に書かれ、一九三九年の春に印刷され、同年九月三日に出版された。独ソ不可侵条約の締結から一一日後、第二次世界大戦の開戦から二日後のことだった。

　その直後、(開戦がこの本の売り上げ増につながると考えた)ジョゼフ・ウォートン・リッピンコット氏の勧めにより、この本の連載権が米共産党の機関紙『デイリー・ワーカー』に売られた。その後数カ月にわたり、この本は左派の結集点になった。

真珠湾《パールハーバー》攻撃後は、この本の主題がバグパイプの音色と同じくらい当時の世相にふさわしくないと思われるようになった。ポール・ブランシャード氏は『読む権利(Right to Read)』(一九五五年刊)の陸軍の検閲に関する記述の中で「数誌の枢軸国寄りの外国語雑誌と三冊の本が発禁になったが、そのうちの一冊が独ソ不可侵条約の有効期間中に作られたダルトン・トランボの反戦小説『ジョニーよ戦場へ行け(Johnny Get Your Gun)』だった」と述べている。

　ブランシャード氏が本書の「作られた」時期と題名の両方をまちがえているのはたんなる

うっかりミスだと思いたいが、そういうまちがいがあるという点でも、この本の発禁に関するくだりは、あまり信用できない。実際、わたし自身はそういう話を知らされたことがないのだ。陸軍の蔵書にあったこの本を読んだという海外駐在の兵士たちから多くの便りを受け取ったし、一九四五年にはわたし自身がまだ戦闘継続中の沖縄で偶然にもこの本を見かけたくらいだった。

だが、もし発禁処分になって、それを知らされたとしても、声を大にして抗議すべきだったかどうかは疑わしい。ある特定の個人の権利より、もっと大きな公共の利益のほうを優先せざるをえない時期というのはあるからだ。危険な考えなのは百も承知だし、この考えを広げすぎるべきではないが、第二次世界大戦はけっして冒険活劇のような戦争ではなかった。

戦争が激しくなったころ、この本はすべて絶版となって入手困難になったが、そのことがアメリカの極右派から人権問題とみなされるようになった。わたしのもとには全米各地の平和団体や「母親」団体から強い同情の念を示す手紙が大量に届くようになった。彼らは、交渉による即時平和を望む数百万人の真のアメリカ人をおじけづかせるためにこの本の出版に圧力をかけたユダヤ人や共産主義者、ニューディール政策支持者や国際金融企業を非難していた。

手紙を送ってくる人の中には、優雅な便箋《びんせん》を使い、大西洋沿岸の住所をこれみよがしに書いている人が大勢いた。彼らのあいだにはある種の情報網があり、抑留所にいる親ナチスの人々も含まれていた。彼らの影響でこの本の価格は中古本で一冊六ドル以上に高騰し、それはわたしにとっていろいろな理由から嬉《うれ》しくなかったが、そのひとつは金銭的なことだった。彼らはわたしを旗振り役に全米規模の平和デモを行なうことを提案してきたり、出版社に復刊を求める投書運動をすると約束してきたりした（そして実行された）。

このことから、わたしは第二次世界大戦が終わるまでは復刊すべきではないと早々に確信するにいたった。出版社もこの考えに賛成だった。手紙を送ってくる人々の活動が戦争の遂行に悪影響を及ぼすのではないかと憂慮する友人たちの強い勧めで、わたしは愚かにも彼らの活動をＦＢＩに報告してしまった。ところが、いかにも釣り合いの取れたふたりのＦＢＩ捜査官が自宅に現われたとき、彼らの興味の対象は送られてきた手紙ではなく、わたし自身にあった。あのときのことは今でも自業自得だと思っている。

一九四五年以降に出版された二、三の新版は、穏健左派から好意的な評価を得たものの、それ以外の人々からは、戦時中に熱心に活動していた「母親」団体も含めて、完全に無視されたようだった。それらの新版も朝鮮戦争中にふたたび絶版になり、当時のわたしはこの本の印刷用の刷版を買い取ったが、それを軍需品への転換用に政府に転売したりはしなかった。そこで話はいったん終わり、また始まる。

何年も経ってからあらためてこの本を読み返したとき、あちこちの言葉を直したり変えたり、表現をはっきりさせたり、訂正したり、具体的に書きこんだり、カットしたりしたくてうずうずする気持ちと闘うはめになった。それもそのはず、この本はわたしより二〇歳も若く、わたし自身はかなり変わったのに、本のほうは何も変わっていないのだから。それとも変わったのだろうか？

変化に抗《あらが》えるものは果たしてあるのだろうか？　まったくお門違いの理由から買われたり葬られたり禁止されたり非難されたり賞賛されたりする、ごくありふれた商品であっても。たぶん、抗えないだろう。この本は三つの戦争のあいだ、それぞれに違う意味を持っていた。今のこの時代における意味はひとりひとりの読者が考えるとおりであり、しかもすばらしいことに、それぞれの読者は、ほかの誰とも違うし、それぞれに変わりゆくものだ。

そういうわけで、わたしはこの本をあえて刊行当時のままにして、今の読者のみなさんがどう考えるのか見てみたいと思う。

ダルトン・トランボ

ロサンゼルスにて　一九五九年三月二五日

追記（一九七〇年）

一一年後。数字は人間性を奪う。朝食のコーヒーを飲みながら、ベトナムでアメリカ側の戦死者が四万人という記事を読む。わたしたちは、それを読んでも吐き気を催すどころかトーストに手を伸ばす。朝の通勤ラッシュで人ごみの中を急ぐのは、大変なことが起こったと叫ぶためではなく、自分の取り分を他人が食い尽くしてしまう前に飼い葉桶《おけ》にたどり着くためだ。

こんな方程式がある。若者の死者4万人＝肉体3000トン、脳56トン、血液19万リットル、生きられることのなかった人生184万年、生まれなかった子ども10万人（ただし、実際に生まれたとしても今のわたしたちには養えないだろう。世界にはすでに飢餓状態の子どもたちがあまりにも大勢いるのだから）。

わたしたちは、このことを夢に見て夜中に叫んだりするだろうか？　しないだろう。夢に見ないのは考えていないからだ。考えていないのは、気にしていないからだ。それよりも自分たちの町の治安のほうがはるかに気になるし、そのおかげでアメリカの町は安全かもしれない。だが、そのあいだも、わたしたちはベトナムの町を血の下水管へと変えている。自分たちの息子にこちらの国で刑務所に入るのか、向こうの国で棺桶《かんおけ》に入るのか、どちらかを選ばせて、毎年その下水管に新たな血を補充している。「旗を見るたびに、目には涙があふれてくる」のはわたしも同じだ。

（毎年五月末の戦没将兵追悼記念日の週末に、サーファーや海水浴客やスキーヤーや登山者、キャンパー、ハンター、釣り人、サッカーで遊ぶ人やビールをがぶ飲みする人で高速道路が大渋滞することを除けば）死者がわたしたちにとってどうでもいい存在であるなら、三〇万人の負傷者についてはどうだろう？　彼らが今どこにいるか知っているだろうか？　彼らの今の気持ちは？　彼らは手足や耳や鼻や口、顔、ペニスをいくつ失ったのか？　耳や目が不自由になった人、口がきけなくなった人、あるいはそのすべてに当てはまる人は、いったい何人いるのだろう？　手足を一本、二本、三本、あるいは四本失った人は、いったい何人いるのだろう？　残りの人生をずっと動けずに過ごすことになる人は、いったい何人いるのだろう？　人目につかない暗くて小さな秘密の病室で、静かに呼吸しながら懸命に生きている脳死状態の人は、いったい何人いるのだろう？

陸軍や空軍、海軍、海兵隊、陸軍病院や海軍病院、米国国立医学図書館の医学担当部長、

退役軍人庁や公衆衛生局に問い合わせれば、自分たちの無知さ加減に驚くだろう。ある組織によると、一九六五年一月以降の「四肢切断の処置」のための入院件数は七二六件だったという。また、別の組織によれば、一九六八年度のはじめ以降に四肢の一部を切断した人は三〇一一人いるという。そのほかの組織からは回答がなかった。「米国陸軍軍医総監年次報告書」は一九五四年を最後に発行されなくなった。米国議会図書館によると、陸軍軍医総監医療統計局は「四肢のいずれか、あるいは複数を切断した者の人数を把握していない」という。これは、政府が重要なことではないと思っているのか、または、ある研究員が全米ネットワークのテレビ局に語ったように「軍そのものが、落とした爆弾のトン数は正確に把握している一方で、兵士が失った手足の数については何も知らない」のか、どちらかだろう。

ベトナム戦争については正確な数字が存在しないとしても、過去の戦争と比較した数字がひとつの手がかりになる。ベトナム戦争では第二次世界大戦のときより四肢の麻痺《まひ》患者は八倍、全身性障害者は三倍、四肢の一部の切断者は三五パーセントも多いという。カリフォルニア州選出のクランストン上院議員によれば、陸軍退役軍人の一〇〇人に一人がベトナム戦争の傷害補償金を受給しており、そのうちの一二・四パーセントが全身性障害者、つまり全身にわたる障害を有しているという。

だが、この戦争で生じた、生きながら死んでいる人の正確な数はわかっているのだろうか？　わたしたちは知らない。訊《たず》ねてもいない。現実に向きあってもいない。目も耳も鼻も口も顔も背けている。「なぜ向きあう必要がある？　俺たちのせいじゃないだろう」と言って。たしかにそのとおりだが、そういう問題ではない。時間は否応《いやおう》なく進んでいく。死はわたしたちのことも待ち構えている。わたしたちには追い求める夢があり、どこまでも純粋な希望があり、それを追いかけて見つけなければならない。光が消えてしまう前に。

意気地なしどもよ、またな。元気でいろよ。身体には気をつけろ。またいつか会おう。

D・T

ロサンゼルスにて　一九七〇年一月三日

目次

第一部

死　者

1

電話が鳴り止んでほしかった。具合が悪いところに一晩中鳴りっぱなしなのだ。気分は最悪。あの酸っぱいフランスワインのせいじゃない。こんなひどい二日酔いに耐えられるやつなんかいない。胃がぐるぐるひっくり返っている。誰も電話に出ないなんて上等じゃないか。壁から壁まで何百万キロもある部屋で鳴っているようだった。彼の頭の中もそれくらい広かった。電話なんかくそくらえ。

あのむかつく電話は世界の反対側で鳴っているに違いない。電話に出るには二、三年歩かないと。一晩中リンリンリンリン鳴っている。誰かからの悪い知らせか。夜の電話は大ごとだ。夜なら出てもらいやすいから。でも、よりによって何の知らせだ？　こっちは疲れてるし、ひどい二日酔いなんだが。耳に電話機を突っこまれても、きっとわかりゃしない。何かヤバいものを飲んだんだろう。

なんで誰も電話に出ない？

「おい、ジョー。前の真ん中の電話だ」

　気分は最悪なのに夜の発送室を歩いていって電話に出るなんて、バカにもほどがある。発送室はうるさすぎて、電話のベルみたいに小さい音なんか誰にも聞こえないだろう。でも、彼には聞こえた。バトルクリーク社製の包装機が休みなく動く音、ベルトコンベアの音、階上の回転式オーブンの音、金属コンテナが所定の位置に運ばれていく音、朝の仕事に向けて車庫の車のエンジンを調整する音、台車がきしむ音の向こうから聞こえたのだ。なんで誰も台車に油をささないのか？

　パンがぎっしり入った金属コンテナが両側に並ぶ中央通路を進んでいく。発送室は台車や箱、しわくちゃの段ボール、それに身体の不自由な男たちでいっぱいだった。男たちが通路を歩く彼に目を向けた。歩きながら視界に入ってくる彼らの顔には、みんな見覚えがあった。オランダ人、小さいオランダ人、背中を撃たれた白人、パブロ、ルディなどなど。誰もが通り過ぎるジョーをけげんそうに眺めていた。内心びくついているのが、はた目にもわかるのだろう。彼は電話を取った。

「もしもし」

「もしもし、ジョー？　今すぐ帰ってきて」

「わかった、母さん、すぐ帰るよ」

発送室の隣の事務室に行った。事務室の大きなガラス窓からは、夜勤の現場主任のジョディ・シモンズが作業の様子を見張っていた。

「ジョディ、もう家に帰らないと。父さんが死んだんです」

「死んだ？　そりゃ大変だ。すぐに帰りな。ルディ、おい、ルディ、運搬用の車でジョーを家まで送ってやれ。こいつの――父ちゃんが亡くなったんだと。いいから帰れ。タイムカードは誰かに押させとくから。気の毒にな。さあ行け」

ルディは車を飛ばしてくれた。一二月のクリスマス前のロサンゼルスだから、外は雨だった。濡《ぬ》れたアスファルトを走る車のタイヤの音がする。これまでの人生でいちばん静かな夜で、聞こえてくるのはタイヤの音と、人気《ひとけ》のないビルが立ち並ぶ空っぽの道路を走るフォードの揺れる音だけだ。ルディはめいっぱい飛ばしていた。どれだけスピードを上げようとも、背後から聞こえる走行音のリズムが乱れることはなかった。ルディは無言で、運転に集中していた。フィゲロア通りを抜け、古い大邸宅の町並みと小さな家の町並みを過ぎて、南の端に来た。ルディはそこで車を止めた。

「ありがとな、ルディ。落ち着いたら連絡する。何日かしたら仕事に戻るよ」

「ああ、ジョー。心配すんな、大変だろうから。無理すんなよ」

フォードはアスファルトをしっかりつかんだ。そして轟音《ごうおん》を上げると、横滑りしながら走り去っていった。縁石のそばで雨水が泡立った。雨がしとしと降っている。彼は立ったままひとつ深呼吸してから、家に向かった。

家は路地の先にあり、二階建ての家の裏手にあるガレージの上を利用したものだった。そこまでは、二軒の家に挟まれた細い道を歩いていかなければならない。道は暗かった。両側の屋根から雨水が落ちてきて巨大な水たまりを作っており、貯水槽に水が流れこむときのような奇妙な音を立てていた。歩くたびに足が水たまりに浸《つ》かった。

二軒のあいだを抜けると、ガレージの上に明かりが見えた。玄関ドアを開けたとたん、生ぬるい空気に包まれた。石鹸《せっけん》と、父の身体を拭《ふ》くときに使うアルコールと、拭いたあとに床ずれ予防ではたくパウダーの匂いがする。すべてが静まり返っていた。忍び足で階段を上がるときも、濡れた靴がなおも小さな音を立てていた。

居間に入ると、死んで横たわった父の顔までシーツがかけられていた。闘病生活が長く、もともと両親と妹たちの寝室だったガラス張りのサンルームは隙間風がひどかったので、父だけ居間に寝かすようになっていたのだ。

母に歩み寄って肩に手を置いた。母はそこまでひどく泣いていなかった。

「誰かほかに連絡した？」

「ええ、じきに葬儀屋さんがくるわ。まず、あなたにいてほしかったから」

下の妹はサンルームでまだ寝ているが、一三歳の上の妹はバスローブ姿で居間の隅にうずくまったまま静かに泣いていた。彼は上の妹を見つめた。いっぱしの女みたいに泣いている。妹がこんなに大きくなっていたことに、いまはじめて気がついた。前から大きくなっていたはずだが、父が死んで泣く姿を見るまでは気づかなかった。

階下のドアがノックされた。

「来たわ。台所に移りましょう。そのほうがいいから」

上の妹を連れていくのに少し手間取ったが、そのうち黙ってついてきた。歩くこともままならないようだ。うつろな顔をしている。目を大きく見開いたまま、泣くというよりあえいでいた。台所のスツールに腰かけた母が妹を抱きしめた。ジョーは階段の上から、ドアに向かって小さく呼びかけた。

「どうぞ」

まっ白な襟をつけたふたりの男が玄関から入って階段をのぼってきた。細長い籐《とう》の籠《かご》を運んでいる。男たちが階上に来る前に、ジョーは足早に居間に入って父の顔をひと目見ようとシーツをはずした。

まだ五一歳だった父の疲れ果てた顔を見下ろした。父さん、俺のほうがずっと年食ってる気分だよ。かわいそうにな、父さん。あのまま生きてても、あまりいいことはなかっただろうし、よくもならなかっただろうから、きっと死んでよかったんだよ。最近はみんな父さんよりてきぱき必死にやらなきゃいけなくてさ。おやすみ、いい夢見てね。父さんのことはずっと忘れない。いまは昨日ほどかわいそうだなんて思ってないから。ずっと大好きだったよ、父さん、おやすみ。

男たちが居間に入ってきた。ジョーは母と妹がいる台所に戻った。七歳の妹はまだ眠っている。

居間から音が聞こえてきた。ベッドのそばを静かに歩き回る男たちの足音。シーツが足元までめくられるときのかすかな音。ベッドのスプリングが八カ月間の重みから解放された音。ベッドから降ろされたものが籐に移されたときのきしむ音。籠のあちこちから重々しい悲鳴が上がったあと、足を引きずるように居間を出て階段を下りていく音。階段を下りるときも籠は水平のままだろうか、それとも頭のほうが足より下になっているのか、どんな運びかたであれ、乗っているほうは苦しくないだろうか、と彼は思った。もし父が同じことをするとしたら、どこまでも慎重に運ぶだろう。

男たちが出ていき、階下の玄関ドアが閉まると、母が小さく首を横に振りはじめた。母が発した声は乾いた空気のようだった。

「あれはビルじゃない。似てるけど違う人よ」

ジョーは母の肩をやさしく叩《たた》いた。妹はほっとしたのか、また床に腰を下ろした。

それで終わりだった。

なのに、なぜまだ続いてる？　同じことを何度繰り返せばいい？　全部終わったはずなのに、どうしてあのうるさい電話がまだ鳴り止まない？　ひどい二日酔いで頭がイカれて悪い夢を見てるんだ。どうしてもというなら、もう少したってから、また起きて電話に出てやってもいいが、ちょっとでも思いやりのあるやつなら代わりに出てくれるだろうに。こっちは疲れてて、具合が悪いんだから。

頭がどんどんぼうっとして、気持ち悪くなってきた。ずいぶん静かだった。むかつくほど静まり返っていた。二日酔いの頭痛で頭が割れそうに痛くて、どうにかなってしまいそうだ。これは二日酔いじゃない。自分は病人なのだ。病人で、記憶が戻りかけている。麻酔が覚めるみたいに。でも、電話はそろそろ鳴り止んでいいころだ。永遠に鳴りっぱなしなんてありえないし。もう一度最初から、さっきと同じように電話に出て父さんが死んだと聞かされて、雨降りの晩に家に帰ることなんてできない。またあんなことをしたら風邪を引いちまう。それに父さんは一度しか死ねないはずだ。

あの電話のベルも、ただの夢だったのだ。ほかのベルの音と全然違って、どんな音とも違ったのは、死を意味していたからだ。上級英語の授業で老エルドリッジ先生がよく言っていた「きわめて特徴的で珍しいもの」ってやつだ。「きわめて特徴的で珍しいもの」は頭にくっついて離れないものだが、くっつきすぎるとろくなことはない。あの電話のベルも知らせも、何もかもはるか昔のことで、もう終わったことなのに。

またベルが鳴った。ずっと遠くのほうから聞こえてきて、頭のなかにたくさん下りているシャッターに反響しているみたいだった。身体を縛られていて電話に出られないのに出ないといけない気がした。応答を待ちながら頭の奥で鳴り続けるベルの音は、キリストみたいに孤独だった。なのに、出てくれる人が誰もいない。電話は鳴るたびにどんどん孤独になっていった。電話が鳴るたびに、彼は恐ろしくなっていった。

彼はふたたび漂った。怪我をしている。ひどい怪我だ。ベルの音が小さくなった。夢を見ていた。いや、違う。目は見えなくても意識はあった。実際には鳴っていない電話のベル以外は何も聞こえないのに、意識はあった。彼はそら恐ろしくなった。

子どものころ、『ポンペイ最後の日』を読んでから暗い夜中にふと目覚め、恐怖のあまり枕に顔をうずめて泣き叫んだときのことを思い出した。コロラド州のどこかの山が噴火してシーツが溶岩となり、生き埋めになったまま死んでいくような気がしたのだ。いまも、あのときみたいに息苦しい。あのときみたいに恐怖で胃がよじれんばかりに痛い。ひどく脅《おび》えながらも、やわらかい土に埋もれた男が空に向かって両手を動かして脱出しようとするかのように、ありったけの力をかき集めた。

そのうち疲れて息苦しくなり、気を失いかけたところで、また痛みに引き戻された。全身に電流のようなものが走る。強いショックを受けてベッドに投げ出されたのか、疲れきったままぴくりとも動けなくなった。横になりながら汗が噴き出るのを感じた。そして、何か別のものも感じた。全身汗だくになったせいで、身体に包帯が巻かれているのがわかった。上から下までぐるぐる巻きにされている。頭にも巻かれていた。

大怪我をしているのだ。

ショックのあまり心臓が肋骨《ろっこつ》を叩きはじめた。身体じゅうがぴりぴりする。胸の内で心臓が激しく打っているのに、その音が聞こえない。

耳が聞こえないのだ。兵士のひとりが弾に当たって、複雑な作りの耳を全部吹き飛ばされて、心臓の音さえ聞こえなくなったというのに、何を根拠に弾が飛んできても安全な塹壕《ざんごう》だなんて言ったのか？　実際に弾をまともにくらった自分は、耳がまるで聞こえなくなってしまったのに。ちょっと聞こえが悪くなったんじゃない。耳が遠くなったわけでもない。まるっきり、何も聞こえなくなってしまったのだ。

しばらくすると痛みが引いてきた。そうだ、これはじっくり物事を考えるいい機会なんだ、そうに決まってる。ほかのやつらはどうした？　たぶん、みんな似たり寄ったりの運命だったんだろう。なかにはいいやつもいたんだが。耳が聞こえないのに大声で人を呼ぶってどんな感じだ？　紙に書けばいいのか。いや、違う、相手が紙に書いてこっちに見せるんだ。浮かれはしゃぐようなものじゃない。もっと最悪かも。耳が聞こえないと、人間はひとりぼっちになる。哀れになる。

要するに、これからは二度と何かを聞くことはないわけだ。二度と聞きたくないものなんか山ほどある。カスタネットみたいにかたかた鳴る機関銃の音とか、75ミリ砲弾が猛スピードで落ちてくるときのかん高い音とか、それが着弾したときの、ゆっくり轟《とどろ》く雷鳴みたいな音とか、頭上を飛ぶ飛行機の音とか、男の悲鳴とか。あの悲鳴は、腹に弾をくらって朝食が腹から流れ出てるのに、なんで誰も足を止めて助けてくれないんだと訴えていたが、みんな怖くて自分のことに必死で、誰も聞いちゃいなかった。何もかもくそったれだ。

いろんなことがはっきり見えてきては、またぼやけていく。髭剃《ひげそ》り用の鏡をのぞきこみながら、それを近づけたり離したりしているようだった。病人で、たぶん正気を失っていて、ひどい大怪我をしていて、耳も聞こえず孤独だが、まだ生きていて、遠くで鋭く鳴る電話のベルが聞こえていた。

彼は沈んだり浮かんだりしながら、黒い円のなかをゆっくりと静かに回っていた。何もかも音であふれかえっていた。やっぱり頭が変になってるんだ。ロサンゼルスに来る前、パン工場で働く前に、コロラドでよく友だちと泳ぎにいった大きな川が見えた。友だちのアートが高いところから川に飛びこんだときの水しぶきの音が聞こえた。あんなところから飛びこむなんてバカだな、じゃあ俺たちもやってみるか？　高さ三三〇〇メートルのグランド・メサ山のなだらかにうねる草地を見渡し、何エーカーにもわたって咲くオダマキの花が八月の涼しい風にそよぐのが見え、遠くで流れる渓流の音が聞こえた。クリスマスの朝に、父が橇《そり》に母を乗せて引っ張る姿が見えた。橇の脚の下で新雪がきしむ音が聞こえた。橇はジョーへのクリスマスプレゼントで、母は少女のように笑い、父はあのゆったりとした、くしゃくしゃの笑みを浮かべていた。

母も父もひどくはしゃいでいた。とくにあのときは。妹が生まれる前のふたりは、よく彼の目の前でじゃれ合っていた。これ覚えてる？　あれ覚えてる？　わたし、泣いたわ。こんなこと言うんだもの。あんな髪型だったね。抱きあげられたとき、すごい力持ちって思ったの。もうおじいちゃんだったフランクに乗せてくれてね。フランクはおとなしい馬だったから。それからふたりで凍っている川を馬で渡って、フランクったら犬みたいに慎重に歩いてた。

付き合う前にくれた電話のこと、覚えてる？　全部覚えてるよ、きみを抱きしめたらよく雄のガンがすごい勢いでそばをかすめて飛んでいったことも。とくに用もないのに電話をくれたのよね。うん。じゃあ、コール・クリーク盆地沿いに共同電話線が三〇キロも引かれたのに五人しか加入しなかったことは？　覚えてるよ、きみが大きな目で見つめてきたことも、おでこがつやつやだったことも。今も変わらないなあ。あの電話線、引かれて間もなかったわよね。寂しかったわ、家の周りは五、六キロ先まで誰もいなくて、この世界にあなたしかいないみたいで。ずっと電話が鳴るのを待ってたのよ。たしか電話のベルは二回鳴らすことにしてたね。そう、二回。閉店後のスーパーからかけてくれたのよね。加入してる五つの受話器がいっせいにかちかち鳴って。ビルからマシアに電話だぞ、かちかちかちって。はじめて電話で声を聞いたときは不思議な感じがしたわ。声を聞けるのはいつだって嬉《うれ》しかった。

「もしもし、マシア」

「もしもし、ビル、元気？」

「うん、やることは全部すんだ？」

「ちょうどお皿を洗い終えたところ」

「今夜もみんな聞いてるんだろうね」

「でしょうね」

「ぼくがきみを好きなことも知らないのかな？　もうじゅうぶんわかってるはずだけど」

「わかってないのかも」

「マシア、ピアノで何か弾いてくれない？」

「いいわよ。どの曲？」

「好きな曲でいいよ。ぼくはなんでも好きだから」

「わかったわ、ビル。受話器を持っていくからちょっと待っててね」

そうやって、コロラド州の州都デンバーから山脈を越えて西側にあるコール・クリークに、真新しい電話線を通じて音楽が流れた。母がジョーの母親になる前、母親になろうと思う前のことで、コール・クリークにある唯一のピアノに向かっては、よく〈美しく青きオハイオ〉や〈赤き翼〉を弾いていた。シェイル・シティにいる父は母の流暢《りゅうちょう》なピアノを聴きながら、一二キロ離れたところにいても彼女のピアノが聴けるなんて最高だな、小さな黒い受話器を耳に当ててるだけで、ぼくの美しいマシアが弾く曲を聴けるんだから、と思っていた。

「ビル、聞こえた？」

「うん。とってもよかったよ」

すると一〇キロほど先にいる別の誰かが臆面《おくめん》もなく会話に割って入ってきた。

「マシア、さっき電話を取ったらあなたのピアノが聞こえたの。次は〈舞踏会のあとで〉を弾いてくれない？　もしよかったら。クレムが聴きたいだろうし」

母はまたピアノに向かい、〈舞踏会のあとで〉を弾き、どこぞにいるクレムはたぶん三、四カ月ぶりに音楽を耳にした。

やることが終わってくつろいでいる農家の嫁たちは、電話から流れる音楽を聴きながらうっとりとなり、旦那《だんな》には想像もつかないようなことをあれこれ夢想した。そうやってコール・クリークで寂しく寝ているみんなが、自分のお気に入りの曲を母にリクエストして、シエイル・シティの父はそれを楽しく聴きながらも、ときどきいらいらして、いまはピアノの演奏会じゃなくて男が好きな子を口説いているときなんだから引っこんでろ、とひとりごちた。

あちこちから音が聞こえ、電話のベルが消えてはまた鳴り、病人で耳も聞こえないジョーは死にたくなった。暗闇でのたうち回り、遠くでは電話が鳴っているのに誰も出ない。はるか遠くから、かすかなピアノの音がした。きっと母が父のために弾いているのだろう。死ぬ前の父に。息子について考えるようになる前の母が。ピアノがベルに、ベルがピアノにテンポを合わせ、背後には深い沈黙と、聴きたいという熱意と、孤独が広がっていた。

今宵《こよい》の月は美しい赤き翼を明るく照らしている
鳥たちがため息をつき、夜風が叫んでいる……

2

母は台所で歌を歌っていた。別室にいても聞こえてくる歌声は家の音そのものだった。母は何度も繰り返し同じ歌を歌っていた。歌詞がついたことは一度もなく、何か別のことを考えているのかメロディだけで、ただの退屈しのぎにも思えた。そしてひときわ忙しくなると、ずっと歌っていた。

母が一段と忙しくなるのは秋だった。ポプラやハコヤナギなどの木が赤や黄色に染まる時期。母は台所の古い石炭こんろに向かって手を動かし、歌を歌った。大鍋《おおなべ》に入ったアップルバターをかきまぜたり、桃を瓶に詰めたり。濃厚で刺激的な桃の匂いが家中に漂っていた。ジャムも作っていた。火のついていないこんろの上には、粉袋に入った果物のしぼりかすが吊《つ》るされ、袋からしたたり落ちる果汁を、下の浅鍋が受け止めていた。鍋のふちにはぐるりとピンク色の泡がついていて、真ん中の果汁は透き通るように赤かった。

母はパンを焼いていた。焼くのは週二回だ。焼かない日でも、酵母菌入りの瓶は冷蔵庫にいつも入れてあるので、イーストがなくて困ることはなかった。母が焼くパンは茶色くて、ずっしりしていて、容器のふちから六、七センチほど膨らんでいることもあった。焼きあがったらオーブンから取り出し、表面にバターを塗って冷ます。でも、このパンよりもっとおいしいのはロールパンだった。夕食の直前に焼きあがるように作ってくれるのだ。焼きたて熱々のロールパンの中にバターを入れて溶かし、ナッツをからめたアプリコットのコンポートを載せると、もうそれだけで大満足な夕食になるのだが、もちろん、ほかにも食べなければならないものはあった。

夏の午後には、厚くスライスしたパンに冷たいバターを載せた。バターに砂糖を振りかければケーキよりおいしかった。あるいは、平たくて甘い玉ねぎを厚くスライスしてバターといっしょにパンに挟めば、これ以上おいしいものを食べられる人なんて、この世にひとりもいなくなった。

秋になると、母は毎日、毎週キッチンにこもりきりだった。桃やさくらんぼ、ラズベリーやブラックベリー、プラムやアプリコットの瓶詰めを作り、ジャムやジェリー、コンポート、チリソースも作った。そうやってたえず手を動かしながら、歌を歌っていた。何か別のことを考えているのか心ここにあらずという感じで、歌詞もつけずに同じメロディをずっとハミングしていた。

五番通りと大通りの交差点にハンバーガー屋があった。店の男は細身の猫背で青白い顔をしていて、店に来た客みんなといつも愛想よく楽しげに会話していた。シェイル・シティに一軒しかないハンバーガー屋だったから、いわば独占状態だった。男は薬物常用者で、ときどきヤバくなるという噂だったが、実際にそうなったことは一度もないし、何より、誰にとってもいままで食べた中でいちばんうまいハンバーガーを作る人だった。男がガス台でハンバーガーを作り出すと、玉ねぎの焼けるいい匂いが店の両側一ブロック先まで漂った。開店は夕方の五、六時くらいで、夜の一〇時、一一時までやっていた。ハンバーガーを買うときはいつも待つ必要があった。

母はこの男のハンバーガーが大好きだった。土曜の夜は、父がいつも店の遅番だったので、ジョーはダウンタウンに行き、父が給料をもらうのを待った。閉店間際の九時四五分になると、父がハンバーガー三つぶんの代金として三〇セントくれる。それを握りしめて店に走り、列に並んだ。ハンバーガー三つを玉ねぎとマスタードたっぷりで、と注文し、できあがるころには、もう父は家路についている。ジョーは店の男が紙袋に入れてくれたハンバーガーを素肌の上に着たシャツの中に入れる。そしてハンバーガーが冷めないうちに、全速力で走って帰るのだ。腹のあたりにハンバーガーのぬくもりを感じながら、身を切るように冷たい秋の夜の中を走った。

土曜の夜が来るたびに、彼はもっと温かいハンバーガーが食べられるように、前週の記録を塗りかえようとした。家に着いてシャツから袋を取り出すと、すぐに母はハンバーガーをほおばった。ちょうどそのころに父も帰宅する。土曜の夜のごちそうだった。幼い妹たちはもう寝ているので、父と母をひとりじめできる時間でもあった。ある意味、そのころの彼はもう大人の入口に立っていた。好きなだけハンバーガーを食べられる店の男がうらやましかったから。

秋になると雪が降った。だいたい感謝祭のころには降るが、一二月中旬まで降らない年もあった。初雪はこの世でいちばん美しいものだった。いつも父が雪だよと言って早朝に起こしてくる。初雪はたいていべちゃべちゃで、降ったところにしがみついていた。裏庭の鶏小屋の金網の上にも一センチくらい積もった。鶏たちは初雪にたえず戸惑い、気にしていた。降り積もった雪におそるおそる足を踏み入れては振りまわし、雄鶏《おんどり》は日がな一日雪に文句を垂れていた。離れ小屋を望む景色はいつも美しく、フェンスの支柱は高さ一〇センチほどの雪を載せていた。空き地に来る鳥たちが雪に小さな足跡をつけ、たまにウサギがその上にさらに新しい足跡をつけた。

雪が降った日は、決まって父に朝早く起こされた。だから起きると真っ先に窓辺に駆け寄って、外を眺めた。それから厚手の服とコートを着てブーツを履き、羊皮の手袋をはめ、橇を持ってほかの子どもたちと出かけ、足の感覚がなくなって鼻が凍りつくまで家には帰らなかった。雪は最高だった。

春になると空き地一面にサクラソウの花が咲いた。花は朝に開き、太陽が昇って気温が上がると閉じ、夕方になるとまた開く。毎日夕方になると、子どもたちはサクラソウを摘みに出かけた。両手いっぱいに摘んだ白い花を花束にして持ち帰り、水を入れた浅い器に生けるのだ。五月一日のメーデーには、編んだ籠にあふれんばかりのサクラソウを摘んで、その下に小さな飴玉《あめだま》を一粒だけ忍ばせる。そして暗くなってから、あちこちの家に籠を置いてノックしては、駆け足で夜の中に逃げていくのだった。

あるとき、曲芸飛行家のリンカーン・ビーチェイが町にやってきた。シェイル・シティに飛行機が来るのは、はじめてのことだった。屋外イベント会場の競馬場の真ん中にテントが建てられ、中に飛行機が展示された。連日たくさんの人がテントにやってきては飛行機を見物した。針金と布だけでできているようだった。こんな頼りない針金で作った代物に命を預けられるなんて、まったくわけがわからなかった。針金が一本でも切れたら、一巻の終わりなのだ。飛行機のプロペラの前には小さな操縦席があり、その前に操縦桿《そうじゅうかん》がついていた。あの席こそ、かの勇敢な飛行家が座る場所だった。

リンカーン・ビーチェイがやってくると聞いて、シェイル・シティの人たちはみな大喜びだった。すばらしいじゃないか。これでシェイル・シティも晴れて大都市の仲間入りだ。リンカーン・ビーチェイは古臭い小さな町なんかには立ち寄らない。訪れるのはデンバーとかシェイル・シティとかソルトレーク・シティのような街だけで、最終目的地はサンフランシスコなのだ。リンカーン・ビーチェイが宙返りを披露する日になると、シェイル・シティの全員が集まってきた。宙返りは五回行なわれた。誰が見ても度肝を抜かれる技だった。

曲芸飛行の前に、町の教育長のミスター・ハーグレーブスが挨拶《あいさつ》をした。飛行機の発明はこの一〇〇年の人類にとって、もっとも偉大な一歩であります。飛行機は国と国、人と人との距離を縮めるものです。人々が理解しあい、愛しあうきっかけを作る、すばらしい道具です。飛行機は、平和と繁栄と相互理解の新たな時代へとわたしたちを導いてくれるでしょう。飛行機によって世界がひとつになり、世界中の人々が理解しあえば、みんなが友だちになることでしょう。

この挨拶のあと、リンカーン・ビーチェイは宙返りを五回披露して町を去っていった。その数カ月後に、飛行機がサンフランシスコ湾に墜落して彼は溺死《できし》してしまった。シェイル・シティはその死をまるで市民が亡くなったかのように扱った。地元紙の「シェイル・シティ・モニター」は社説でこう述べた。偉大なるリンカーン・ビーチェイが亡くなっても、平和の道具であり、人と人とをつなぐ飛行機は、これからも活躍するだろう、と。

ジョーの誕生日は一二月だった。誕生日には、母が毎年ごちそうを作ってくれて、友だちみんなを家に招待した。みんなが自分の誕生日パーティーを開くから、少なくとも年に六回は誰かの家に集まって盛大に祝う機会があった。ごちそうのメニューはたいていチキン料理で、誕生日ケーキとアイスクリームも必ずあった。そしてみんながプレゼントをくれた。グレン・ホーガンが茶色いシルクの靴下をプレゼントしてくれたときのことは、けっして忘れないだろう。まだ長ズボンを穿《は》くようになる前のことだった。あの靴下を穿くことで、大人の階段を一歩上がるように思えた。とても素敵だった。パーティーが終わってから、それを穿いた自分の足をしばらく眺めていたものだ。その三カ月後から、靴下に合わせるために長ズボンを穿くようになった。

友だちはみんな父のことが好きだったが、それはたぶん、父もみんなのことが好きだったからだろう。誕生日のごちそうを食べ終えると、父はみんなをショーに連れていってくれた。ぶ厚いコートを着て、みんなで雪の中をエリシウム劇場まで歩いていくのだ。ごちそうのおかげで身体はぽかぽかで、顔に零下の外気が当たるのも冷たくて気持ちよく、ショーも楽しみで、歩いているときから胸が躍った。みんなが歩くときの雪鳴りの音が、いまでも耳に残っている。エリシウム劇場へ向かう一行の先頭にいる父の姿も思い出せる。それにショーはいつでも楽しかった。

秋には郡のお祭り《カウンティーフェア》があった。そこでは荒馬乗りや闘牛、裸馬に乗った先住民のレース、馬の速歩レースなどが行なわれた。かの偉大な女リーダーのチペタ率いる先住民の部族も、毎年お祭りに来ていた。シェイル・シティにはチペタの名を冠した通りがある。コロラドのユーレイという町の名前も、彼女の夫のユーレイ首長にちなんでつけられたものだ。チペタが連れてくる先住民は、とくに何をするでもなく会場にたむろして周囲を眺めているだけだったが、チペタ本人は満面の笑みを浮かべながら昔日の思い出を語っていた。

お祭りには移動遊園地も来て、女の小人や、円形の壁をぐるぐる回る命知らずのバイク乗りを見物できた。メイン会場では瓶の中の果物がきらきらと輝き、刺繍《ししゅう》作品の展示や、ずらりと並んだケーキや山積みになったパン、巨大なかぼちゃや珍しいじゃがいももあった。家畜の囲いには、納屋のように四角い体をした雄牛や、雌牛みたいに大きくてでっぷりした豚や、元気な鶏がいた。

お祭りの週は、一年でいちばん華やぐ時期だった。ある意味、クリスマスより大きなイベントだった。房飾りつきの鞭《むち》を買って女の子の足をぴしゃりとやれば、その子が好きだという合図だった。お祭り会場の独特の匂いは一生忘れないだろう。いつも夢に見る匂い。生きている限り、あの匂いは心のどこかでいつも感じていることだろう。

夏になると、みんなで町の北を流れる広い水路に行き、服を脱いで岸辺に寝っ転がっておしゃべりした。夏の空気のおかげで水は温かく、茶灰色の地面からは熱気が湯気のように立ちのぼっていた。しばらく泳いでから岸に上がると、みんな素っ裸のまま座って日光浴しながら雑談する。話題といえば、自転車か女の子か犬か銃のこと。キャンプ旅行やウサギ狩り、女の子、釣りのこと。みんなほしがっていたのに実際に持っているのはグレン・ホーガンだけだった狩猟用ナイフのこと。それから女の子のこと。

女の子とデートする年頃になると、行先は決まってお祭りのテントだった。それくらいから、服にも凝りはじめる。ネクタイとお揃いのポケットチーフの話をしたり、穴飾りつきの靴を履いたり、派手な赤や緑や黄色の縦縞《たてじま》入りのシャツを着たりするのだ。グレン・ホーガンはシルクのシャツを七枚も持っていた。彼はほとんどの女の子を落としていた。車の有無が物を言うようになり、デート相手をテントまで歩かせようものなら赤っ恥をかいた。

ダンスパーティーに行く金もないので、お祭り会場の近くを当てもなく車で走りながら、夜通し流れてくる音楽に耳を傾けるしかないこともあった。あらゆる歌が意味を持ち、歌詞が心に突き刺さった。そうこうするうちに胸がいっぱいになって、テントに入れたらいいのにと思う。自分が好きな子はいったい誰と踊っているんだろうか。それから夕バコに火をつけ、話題を変える。夕バコに火をつけるのは、勇気がいった。誰も見ていない夜にしかやらないこと。内心では、いかにもさりげなく夕バコを持とうと必死だった。仲間うちでいちばん早く夕バコの煙を肺に入れたやつが、世界でいちばん偉いやつになって、そのうち、ほかの連中もあとに続いた。

ジム・オコンネルの夕バコ屋では、老人たちがたむろしながら戦争の話をしていた。店の奥の部屋は、とても涼しかった。コロラド州で酒の販売が禁止されるまでは酒場だったから、雨の日になると、床からビールの匂いが漂ってきた。老人たちは奥の部屋のハイチェアに腰かけてビリヤード台を眺め、ばかでかい真鍮《しんちゅう》の壺《つぼ》に向かってしきりに痰《たん》を吐いては、イギリスやフランスのこと、そして最後にロシアのことを話題にした。ロシアはいつでも大反撃できるから、もしそうなれば、憎ったらしいドイツはベルリンに退散する。それで戦争もおしまいだ、と。

やがて父が一家でシェイル・シティを離れることに決めた。そうしてロサンゼルスに引っ越した。戦争を最初に意識するようになったのは、引っ越しのあとだ。きっかけはルーマニアの参戦だった。これは一大事だと思ったのだ。ルーマニアという名前を聞いたのは、地理の授業以外になかったから。しかも、ちょうどルーマニアが参戦した日に、ロサンゼルスの地元紙で、カナダのふたりの若い兵士が、中立地帯の向こう側にいる仲間たちからよく見える場所で、ドイツ兵に磔《はりつけ》の刑にされたことが報じられた。このニュースでドイツ人は鬼畜以下になり、みんながルーマニアからドイツがとっとと追い出されることを、ごく自然に願うようになった。

ルーマニアには油田と麦畑があるから、それを連合国側に提供してくれれば戦争も終わる、と誰もが言っていた。なのにドイツはやすやすとルーマニアに攻め入ってブカレストに達し、ルーマニアの王妃マリーは宮殿を追われてしまった。やがて父が死に、アメリカが参戦し、彼もやむなく兵士となって、いまここにいるのだった。

彼は寝ながら考えていた。おい、ジョー、ここはおまえのいるところじゃない。これはおまえの戦争じゃない。おまえには何の関係もない。民主主義のために世界を安全にするなんて、知ったこっちゃないだろう。おまえの望みは生きることだけだ。自然豊かなコロラドで生まれ育ったおまえにとって、月の住人と同じくらい、ドイツもイギリスもフランスもアメリカ政府でさえも、まったく関係ない。なのに、おまえはいまここにいる。おまえに何の関係もないのに。ジョー、おまえはいま、想像以上にひどい怪我をしている。重傷なんだ。死んでシェイル・シティの川向こうの丘に埋葬されたほうがよっぽどましだっただろうに。ジョー、たぶんおまえが考えるよりもひどい状態だよ。ああ、なんでこんなひどい目に遭っちまった？　たぶん、これはおまえの戦いじゃなかったからだ。おまえは戦いがどういうものかなんて、まるっきり知らなかったからなんだ。

3

冷水から顔を出したけれど、水面に到達できたのだろうか。三回水に沈んだら溺《おぼ》れてしまうとかいう話を、よく聞く。なのに、浮かんではまた沈むことを、いったい何日、何週間、何カ月繰り返しているのか？　でも、まだ溺れ死んではいない。水面に浮かび上がるたびに現実で気を失い、また沈んでいくと、今度は無の世界で気を失う。いつもゆっくりと少しずつ気を失って、そのあいだもずっと空気と命を求めてもがいている。自分が懸命に闘っているのはわかる。でも、人は永遠に闘えない。もし溺死か窒息死する寸前なら、死に物狂いの最後の闘いに備えて、多少なりとも体力を温存しておくべきだろう。

彼もバカではないから、じっとあおむけになった。あおむけになれば水に浮かんでいられる。子どものころは、よくそうやって水に浮かんでいたから、お手のものだ。ただ水に浮かんでさえいれば、最後に残った体力をこれからくる闘いに振り向けられる。何てバカだったのか。

みんなが寄ってたかって彼に何かしていた。それに気づくまで少し時間がかかったのは、耳が聞こえないからだった。そこで自分が耳が聞こえないことを思い出した。じっと横たわったまま、部屋にいる人たちに身体をいじられたり見られたり診察されたりしているのに、音が聞こえないのは妙な感じだった。まだ頭に包帯が巻かれているので、周りの人の姿は見えない。わかることといえば、音が聞こえない遠くの暗闇の中で、みんなが自分を助けようと何かしてくれていることだけだった。

包帯の一部が解かれた。身体の左側に、ひんやりした空気と、汗がふいに乾いていくのを感じた。腕の手当てをしているのだ。小さくて鋭い道具が皮膚のごく一部を何度もつまんだ。飛び上がりはしなかった。体力を温存しなければならないから、ただじっとしていた。なぜ皮膚をつまんでいるのか、その理由を突き止めようとした。つままれるたびに上腕の肉が少しだけ引っ張られるので、摩擦熱のような不快な熱を感じる。何度もつままれるたびに、皮膚が熱くなる。痛い。やめてほしい。むずむずする。身体を掻《か》いてほしい。

猫が死ぬときのように、全身がこわばった。つままれたり引っ張られたり熱を感じたりするときも、違和感がある。腕に何かされている感覚はあるのに、自分の腕を感じられないのだ。感覚が腕の内側からきているようだった。それでいて、腕の先端から伝わってくるようでもあった。腕の先端として真っ先に思い浮かぶところといえば、手首のつけ根あたりだ。

なのに、その手首のつけ根、腕の先が、肩と同じくらい高いところにある。

ああ、なんてことだ、左腕が切り落とされたんだ。

ちょうど肩のところで切り落とされたんだ。まちがいない。

ひどい、なんでそんなひどいことをした？

そんなことしていいはずがない、クソ野郎どもが、そんなことできるはずがない。書類にサインか何かさせるべきだろうが。それがルールってもんだ。何も確認せず、こっちだって許可してないのに腕を切り落とすなんて、やっちゃいけないはずだ。その人の腕はその人だけのもので、その人にとって必要なものなんだ。おい、あの腕で働かなくちゃいけないのに、なんで切り落とした？　なんでだよ、答えろ、なんで切った？　なんで、なんで、なんでそんなことをした？

彼はまたしても水に沈んでいったが、必死に抵抗した。水面に戻ったときには腹が波打ち、喉《のど》が痛かった。水中にいるあいだ、片腕だけで戻ろうとしながらも、なんでこんな目に遭ってしまったのか、よりによって自分が、とずっと自問していた。

片腕を切られてしまった。これからどうやって働けばいい？　誰もそんなこと考えちゃいないんだ。自分たちがやりたいようにやるだけで、なんにも考えちゃいない。また腕に穴の開いた男が来たぞ、じゃあ切り落とすか、どう思う？　そうですね、切っちゃいましょう。

腕を治すには膨大な金と手間がかかる。これが戦争で、戦争は地獄みたいなもので、どうしようもない。おい、みんな、これを見たまえ。ずいぶんひどい怪我だろう？　ベッドに寝たきりで、なんにも言えなくて気の毒だが、こっちも疲れてるし、どっちみち戦争なんて悲惨なものなんだから、めんどくさいものはさっさと切ってしまおう。

俺の腕。俺の腕を切りやがって。おい、切り口が見えるか？　ここに腕があったんだぞ。そうだ、俺には腕があった。生まれたときからあったし、みんなと同じ健康体の人間だったし、耳もちゃんと聞こえてたし、みんなと同じように左腕もあった。なのに、手抜きしたい連中に切り落とされちまったんだよ、どう思う？

どう思う？

俺は耳も聞こえない。聞こえないんだよ。だから紙に書いてくれ。何かの紙切れに。読むことはできるから。でも耳は聞こえないんだ。紙に書いて、俺の右手に渡してくれないか。左手はないから。

俺の左腕。いったいどこにやった？　切り落とした腕は、何らかの形で始末しなくちゃならない。その辺に転がしておくなんて、できないだろう。解剖して仕組みを調べるために病院に送るのか？　古新聞にくるんでゴミの山に捨てるのか？　土に埋めるのか？　腕だってその人の身体の一部だし、大事な大事な部分なんだから丁重に扱わなきゃならない。どこかに埋めて、ちょっとは祈りを捧《ささ》げるのか？　人間の身体の一部なんだから、そうすべきだし、若くして死んじまったんだから、それなりに送別の儀式をしてやらないと。

俺の指輪。

手に指輪があった。あれをどうした？　カリーンがくれたものだから返してほしい。残ったほうの手にはめればいいから。すごく大事なものなんだ。もし盗んだなら、包帯が取れたらすぐに警察に突き出してやる、この泥棒め。もし盗んだなら、そいつは墓泥棒だ。死んだ俺の腕から指輪を取ったなら、死人に盗みを働いたことになるからな。あの指輪、カリーンからもらった指輪を返せ、もう一度気を失ってしまう前に。必要なんだ。腕を取っただけじゃ足りないっていうのか。俺の指輪、カリーンの指輪、俺たちふたりの指輪だぞ、いったいどこにある？　あれをはめてた手は死んじまったが、あの指輪は腐った肉の塊にはめておくものじゃない。俺の生きてる指、俺の生きてる手にはめるべきものなんだ。命みたいなものだから。

「お母さんからもらったものなの。本物の月長石よ。あなたにあげる」

「サイズが合わないよ」

「おばかさんね、小指にはめればいいでしょ」

「ほんとだ」

「ね。ぴったりでしょ」

「アイルランド娘ちゃん」

「ねえ、ジョー。怖いわ。もう一度キスして」

「明かりを消すんじゃなかったな。お父さんに怒られちゃうよ」

「キスして。お父さんも気にしないわ。わかってくれてるもの」

「ぼくのかわいいかわいいアイルランド娘ちゃん」

「お願い、行かないでジョー」

「召集されたから行かなくちゃ」

「殺されちゃうわ」

「どうだろう。そうは思わないけど」

「そう思わなくても殺されちゃう人なんていっぱいいる。行かないで、ジョー」

「無事に帰ってくる人もたくさんいるよ」

「愛してるわ、ジョー」

「アイルランド娘ちゃん」

「わたしのルーツはアイルランドじゃなくて東欧よ」

「どっちとも言えないけど、アイルランド人みたいだよ。目も髪もそれっぽいし」

「ねえ、ジョー」

「泣かないで、カリーン、お願いだから泣かないで」

ふいに影が見えて、ふたりとも顔を上げた。

「やめろ、いいかげんにせい」

カリーンの父親のマイク・バークマンだった。音も立てずにどうやって家に入ってきたのか、暗闇からふたりを睨《にら》んでいる。

ソファに横たわっていたふたりはマイクを見上げた。マイクは大きくなりすぎた小人みたいに見えたが、それは西部の山岳地帯にあるワイオミング州の炭鉱で二八年間働いて猫背になってしまったからだった。世界産業労働者組合の赤い身分証を持って誰彼かまわず当たり散らしながら過ごした二八年だった。そのマイクに睨みつけられ、ふたりは凍りついた。

「俺の家でそんなことをするなんて許さんぞ。おんぼろ車の後部座席か、ここは？　さあ、立て。まともな恋人同士みたいにな。ほら。カリーンも立つんだ」

カリーンは立ち上がった。彼女の身長は一五〇センチしかない。小さい頃にちゃんと食べなかったからだ、とマイクは言うが、たぶん違うだろう。彼女の母親も小柄だし、カリーンは非の打ちどころがないほど完璧《かんぺき》なスタイルで、健康的で、とてもとても美しかった。マイクは興奮すると、何かと大げさになる。カリーンはひるみもせずに父親を見上げた。

「朝になったら彼は行っちゃうのよ」

「わかっとる。わかっとるよ。寝室に行きなさい。ふたりで。もう二度とこんな機会はないだろうからな。さあ、行け、カリーン」

カリーンはしばらく父親を見つめると、考え事で頭がいっぱいの子どものようにうつむいたまま寝室に入っていった。

「おまえもだ。あの子は怖がってるぞ。抱きしめてやれ」

ジョーが寝室に行きかけたとき、マイクの手が肩をつかむのを感じた。マイクがまっすぐ見つめてきて、暗闇の中でも彼の目が見えた。

「どうしてやればいいかわかっとるな。商売女じゃないんだぞ。そうだろ?」

「ええ、わかってます」

「よし、なら行け」

ジョーは踵《きびす》を返して寝室に入っていった。

化粧箪笥《だんす》の端に置かれた電気ろうそくが光っていた。ろうそくの向こうの部屋の隅に、カリーンが立っていた。脱いだブラウスがそばの椅子にかけてある。スリップ姿だった。ジョーが部屋に入ったとき、彼女は身体をひねってスカートの留め具を外そうとしているところだった。目を上げて彼の姿を見ると、そのまま手もどこも動かさずに、ただじっと見つめてきた。まるで彼とは初対面で、好きかどうかもわからないというように。そんなふうに見つめられて、彼は泣きたくなった。

ジョーは彼女に歩み寄ってそっと抱きしめた。カリーンが額を胸に預けてくる。彼女が身体を離し、ベッドへ向かった。ベッドカバーをめくり、服を着たままベッドに入る。そうやってしばらく彼をひたと見つめていた。彼が辛辣《しんらつ》なことを言ったり、笑ったり、部屋を出ていったりするのを恐れているかのように。やがてカバーの下で静かに動きながら、脱いだものをベッドの横の床に落としていった。全部の服が落ちると、彼に向かってほほ笑んだ。

彼もゆっくりシャツを脱ぎはじめたが、そのあいだも彼女を見つめていた。彼女は部屋の中を見回して眉《まゆ》をひそめた。

「ジョー、向こうを向いて」

「どうして?」

「ベッドから出たいの」

「なんで?」

「取りにいきたいものがあるの。あっち向いて」

「いやだ」

「お願い」

「やだ。ぼくが取ってきてあげる」

「自分で取りにいきたいの。ねえ、背中を向けて」

「やだ。きみを見たい」

「だめよ、ジョー、ローブを取って」

「わかった。取るよ」

「クローゼットの中よ。赤いやつ」

彼はクローゼットからローブを取り出した。花柄入りの薄い生地で、誰が着ても、ほとんど何も隠せないだろう。ローブをベッドまで持っていき、少し離れたところから彼女に差し出した。

「もっとそばに来て」

「手を伸ばすんだ」

彼女は声を上げて笑うと、すばやく手を伸ばしてローブをつかみ、ベッドカバーの下に入れた。遠くまで手を伸ばした拍子に、彼女の胸のふくらみが見えた。彼女はくすくす笑いながらカバーの下でローブを着て、まるで彼に盛大ないたずらを仕掛けるかのように裾《すそ》を下ろした。それからカバーをめくってベッドから飛び出ると、裸足《はだし》のまま居間に出ていった。床の上をすばやく動いていく彼女の足裏が見えた。足には滑らかな曲線がふたつあり、ひとつは足の甲の曲線、もうひとつは足の親指から踵《かかと》にかけて小さな弧を描く曲線だ。なんと美しい足なんだろう。力強く、そして美しい。

カリーンが赤いゼラニウムの鉢を持って戻ってきた。それを窓辺の小さなテーブルの上に置く。

彼女が窓を開け、ゆっくりと振り向いて彼を見つめた。小さなテーブルにもたれ、しがみつくようにその端を両手で同時につかんだ。

「本当に見たい？」

「きみがいやなら見ないよ」

カリーンはクローゼットに行き、こちらに背中を向けたままローブを脱いだ。そして彼のほうに向き直ったが、そのあいだもずっと自分の足元を見つめていた。それからベッドまで行き、カバーのあいだに滑りこんだ。

ジョーは明かりを消して服を脱ぎ、ベッドに入って彼女の隣に横たわった。まるで偶然のように、ごくさりげなく彼女に片腕を回す。彼女はじっとしていた。片足を動かす。シーツのあいだからわずかに立ちのぼる空気に彼女の匂いを感じた。どこまでもさわやかでみずみずしく、石鹸とシーツの香りがした。片足を彼女の足に添わせた。彼女がこちらを向き、両手を彼の首に回してきつく抱きしめた。

「ねえ、ジョー、ジョー、行ってほしくない」

「行きたいから行くとでも？」

「怖いのよ」

「ぼくが？」

「そうじゃなくて」

「アイルランド娘ちゃん」

「こういうの、いいわね」

「そうだね」

「別の人とこんなふうになったことある？」

「好きな人とは一度もないよ」

「よかった」

「本当だよ。きみは？」

「そういうこと訊《き》いちゃだめ」

「どうして？」

「だってレディだもの」

「アイルランド娘ちゃんだよ」

「一度もないわ」

「知ってるよ」

「でも、知りようがないはずだけど。ねえ、ジョー、逃げて、行かないで」

「ほら。ぼくの左腕がきみの下にある。クッションみたいだろう」

「キスして」

「かわいいアイルランド娘ちゃん」

「ダーリン、ねえ、ダーリン。お願いよ、お願い、お願いだから」

　ふたりはほとんど眠らなかった。ときどきうとうとしたが、ふと目覚めて離れ離れになっているると、ずっと見失っていて、やっとまた巡り会えたかのように、すぐにくっついて抱きしめあった。そのあいだ、マイクは一晩中家の中をうろうろしながら咳払《せきばら》いしたり、何かつぶやいたりしていた。


　朝になると、マイクがふたりぶんの朝食が載ったパン切りボードを持ってベッドのそばに立っていた。

「ほら、食え」

　頑固なマイクが今日は優しかった。頭は白髪まじりで、血走った悲しげな眼は険しい。刑務所に入ることがあまりにも多かったのは気の毒だった。マイクはあらゆる人を憎んでいた。ウィルソンを憎み、ヒューズを憎み、ルーズベルトを憎み、社会主義者を憎んでいたのは、みんな口先だけで、血管には血ではなく牛乳が流れているような連中だからだ。労働運動の指導者のデブスのことも多少は憎んでいたが、ほかの連中ほどではなかった。二八年間の炭鉱での日々は、彼をいっぱしの人間嫌いに育て上げてしまったのだった。「その俺がいまや鉄道警察官だぞ、よりによって鉄道警察官さ。金を稼ぐ手段として、こんなに汚らわしいものはない。だろ?」そのマイクが、炭鉱生活で身についてしまった猫背の姿勢で、ふたりの朝食を持ってベッドのそばに立っていた。

「ほら、急いで食え。時間があまりないぞ」

ふたりはそれを食べた。マイクは何やらつぶやきながら出ていき、もう部屋に戻ってこなかった。ふたりは食べ終わると少しだけベッドに横になり、天井を見つめながら食事が消化されるのを待った。

「お腹が鳴ったね」

「鳴ってないわ。それに、そんなこと言うなんて失礼よ。鳴ったのはあなた」

「かわいい音だったなあ。ぼくは好きだけど」

「ひどいわ。ねえ、あなたが最初に起きて」

「いやいや、きみが先だよ」

「ああ、ジョー、キスして。行かないで」

「ふたりとも早くしろ」

「あなたが起きて」

「きみだよ」

「じゃあ数えるわよ——一、二、三」

ふたりともベッドから飛び起きた。部屋は寒かった。身震いし、笑いながらキスを求めあうあまり服を着るのを忘れてしまうところだった。

「おい、急げ。列車に乗り遅れたらジョーがドイツ人じゃなくてアメリカ人に撃たれちまうぞ。そんなのこっぱずかしいだろが」

その朝に出発する列車は四本あって、駅はごった返していた。駅舎も貨車も機関車までもが幔幕《まんまく》で飾り立てられ、ほとんどの女性や子どもが手に手に小さな星条旗を持ち、うつろな顔でぼんやりと旗を振っていた。三つの音楽隊がそろって演奏しているようで、大勢の軍人が群衆を誘導し、歌が流れ、市長が演説し、集まった人々は泣いたり、はぐれたり、笑ったり、酔っぱらったりしていた。

ジョーの母親と妹たちも、カリーンもマイクもいて、マイクは文句を垂れながら周りの人をいちいち睨みつけてはカリーンに鋭い視線を送っていた。
「民主主義を地上から消滅させないために、必要なら命も捧げましょう」
ティペラリーまでは遠く　長い長い道のりだ
「心配しないで、カリーン。大丈夫だから」
「偉大なる愛国者のパトリック・ヘンリーが言ったように」
ジョニーよ銃を取れ　銃を取れ　銃を取れ
「偉大なる愛国者のジョージ・ワシントンが言ったように」
「さよなら、母さん、さよなら、キャサリン、さよなら、エリザベス。給料の半分は送るよ。ぼくが帰るまで父さんの保険金もあるから」
彼の地の戦争が終わるまで　俺たちは戻らない
「さあ元気よくいけ、おまえはもう軍人なんだから」
悩みはいつものリュックに詰めこんで　笑って　笑って　笑って
「偉大なる愛国者のエイブラハム・リンカーンが言ったように」
「あの子はどこ、あの子はどこ？　あの子はまだ子どもなんだよ、わかんないの？　一週間くらい前にトゥーソンから来たばかりなんだ。路上生活者扱いされて監獄に入れられたから迎えに来たんだよ。なのに軍隊に入るなら釈放してやるだなんてさ。まだ一六歳だよ。年のわりには昔っから身体もでかいし力もあるってだけで。まだ幼くて赤ちゃんみたいなのに。あたしのかわいい坊やはどこにいるんだい？」

さよなら　かあちゃん　さよなら　とうちゃん　さよなら　かわいく鳴くロバちゃん

「偉大なる愛国者のセオドア・ルーズベルトが言ったように」

ああ愛《いと》おしいアメリカよ

「行かないで、ジョー、逃げて、殺されるわ、そうに決まってる、もう二度と会えなくなるわ」

ああカリーン、なんでぼくたちが出会ってすぐに戦争なんか起こるんだろう？　カリーン、ぼくたちのほうが戦争なんかよりずっと大事なのに。カリーンと暮らすことのほうが。夜には自分の家に、きみがいる家に、きみの家に、ぼくたちの家に帰るんだ。ぷくぷくしてて、いつもご機嫌で賢い子どもたちもいて。そういうのが戦争よりも大事なのに。ああ、カリーン、カリーン、ぼくの目に映るきみは、まだ一九歳なのに、まるで年取ったおばあさんみたいだ。カリーン、きみを見ながらぼくは心の中で泣いてるよ。胸が張り裂けそうだよ。

あたりが暗くなったら祈りましょう

「偉大なるウッドロウ・ウィルソンが言ったように」

黒雲の裏側には　輝くような銀色の光
「全員乗車、全員乗車せよ」

彼の地へ　彼の地へ　彼の地へ　彼の地へ　彼の地へ
「さようなら、ジョー。手紙をちょうだいね。こっちは何とかやるから」

「さよなら、母さん、さよなら、キャサリン、さよなら、エリザベス。泣かないで」

「きみたちはロサンゼルスの宝だ。神のご加護を。われわれに勝利を」

「全員乗車せよ、全員乗車だ」

ヤンキーが来るぞ　ヤンキーが来るぞ
「さあ祈りましょう。天にまします我らの父よ」

祈れない。カリーンも祈れない。カリーン、カリーン、いまは祈るときなんかじゃない。

「天のごとく、地にもあなたの御心《みこころ》が行なわれますように」

カリーン、カリーン、行きたくないよ。ここにいたい。きみといっしょに暮らして、働いて、お金を稼いで、子どもを持って、きみを愛したい。でも行かなくちゃ。

「国と力と栄光はとこしえにあなたのものです、アーメン」

「さよなら、マイク、さよなら、カリーン、愛してるよ、カリーン」

ああ　あなたには見えるだろうか

「さよなら、母さん、さよなら、キャサリン、さよなら、エリザベス」

われわれは誇り高く　大きな声で呼びかける
「きみはずっとぼくの腕の中にいるよ、カリーン」

太き縞と　輝く星々を
さよなら、みんな、さよなら。さよなら、息子、父さん、兄さん、愛する人、夫よ、さよなら。さよなら、さよなら母さん、父さん、弟よ、妹よ、愛しい妻よ、さよなら、さよなら。

自由の地　勇者の故郷に
「さよなら、ジョー」

「さよなら、カリーン」

「ジョー、ああ、大好きなジョー、きつく抱いて。かばんを置いて両腕でぎゅっと抱いて。あなたの両腕で。両方の腕で」

ぼくの腕の中にいるカリーン、さようなら。ぼくの二本の腕。腕の中のカリーン。両方の腕。腕、腕、腕、腕。ずっと意識を失ってはまた戻ってるんだよ、カリーン、何がどうなってるのかわからなくて。きみはぼくの腕の中だよ、カリーン。ぼくの両腕の中にいる。両腕に。二本の腕に。二本。

ぼくにはもう一本も腕がないよ、カリーン。

腕がなくなっちゃったんだ。
二本ともなくなっちゃったんだ、カリーン、二本とも。
もうないんだよ。
カリーン、カリーン、カリーン。
二本とも切り落とされちゃったんだ。
ああ、神よ、母さん、神さま、カリーン、二本とも切り落とされてしまったよ。
ああ、神よ、母さん、神さま、カリーン、カリーン、カリーン、ぼくの腕が。

4

暑い。暑くて身体が内も外も全部焼き尽くされてしまいそうだ。暑すぎて息ができない。あえぐことしかできなかった。遠くには、山々の稜線《りょうせん》が空を背景にぼんやり見えていて、砂漠地帯をまっすぐ貫く線路は、灼熱《しゃくねつ》の中で揺らめいたり跳ねたりしていた。どうやらハウィーと線路で働いているようだ。妙な感じだった。またわけがわからなくなっている。見たことのある光景だ。はじめて入った薬局で待つうちに、ふと、ここに何度も来たことがあって、薬剤師がこれから言うこともすでに聞いたような気がしてくるのと似ていた。うだるような暑さの中、ハウィーといっしょに働いてる？　そうか、そうか。わかったぞ。万事問題なしだ。

じりじり照りつける太陽の下、ハウィーとユタ州北部にあるユインタ砂漠の中で線路を敷いていた。暑すぎて死にそうだった。ほんのちょっとでも休憩できたら生き返るのに。でも、鉄道保線員が休憩するなんて高望みにもほどがある。保線員はぜったいに休めない。同僚たちは、よくイメージする普通の男たちみたいに笑わないし、冗談も飛ばさない。みんな一言もしゃべらない。ただひたすら働いていた。

保線員の仕事ぶりをはたから見ると、いつも動きが遅いように見える。だが、休憩がなく、体力も限られているとなれば、そうせざるをえないのだ。怖くて手を止められない。現場監督が怖いわけではない。なぜって、現場監督はいっさい仕事に口出ししないからだ。たんにこの仕事に自信がなく、ほかの連中の働きぶりに恐れをなしているからだった。だからハウイーといっしょにゆっくり動き続けることでメキシコ人の同僚から浮かないようにしていた。

頭はずきずきするし、心臓が肋骨を叩く音がするし、両足のふくらはぎも激しく脈打っているのに、一分たりとも休めない。呼吸が浅くなり、肺は縮んでしまって生き延びるのに必要な酸素も入れておけない感じだった。日陰でも気温が五〇度もあるのに、その日陰さえなく、熱くて白い毛布の下で息もつけないみたいで、休め、休むんだ、休まないとだめだ、としか考えられなかった。

昼休みになった。

その日は、ふたりが保線員として働くはじめての日だった。ふたりともトロッコの中に全員分の昼食が用意されているのだろうと思っていたが、違った。現場監督がふたりとも何も食べ物を持っていないことに気づいて、何人かのメキシコ人に話しかけた。すると彼らが来て、自分たちの弁当袋から何やら取り出すと、差し出してきた。彼らの昼飯の赤とうがらしをびっしりまぶした目玉焼きのサンドイッチだ。彼もハウィーも遠慮しとくわ、とつぶやいて、あおむけに寝っ転がった。それから、うつぶせに変えた。陽光がまぶしすぎて、瞼《まぶた》を閉じていても目玉が焦げてしまいそうだったのだ。メキシコ人たちは目玉焼きのサンドイッチをほおばりながら、ふたりをじろじろ見ていた。

ふいにメキシコ人がいっせいに立ちあがった気配がして、ふたりは何事かと寝返りを打った。連中が線路沿いにゆっくりと駆け出していく。現場監督もその様子を見守っているだけだ。どうしたのかと監督に訊くと、これから泳ぎにいくのだという。

泳ぎにいくと聞いただけで胸が躍った。ふたりはあわてて後を追った。現場監督の口ぶりは、線路のちょっと先まで行くだけのように聞こえた。だが実際にはたっぷり三キロ以上も走ってようやく幅三メートルほどの濁った水路にたどり着き、しかも水路の両岸は回転草でびっしり埋めつくされていた。メキシコ人たちはさっそく服を脱ぎはじめている。回転草の棘《とげ》に身体じゅうを刺されることなく水に入る方法を、あいつらはどうやって見つけたんだろう、とふたりは不思議に思った。きっと回転草のあいだに細い道があるに違いない。そうでなければ、そもそも泳ごうなんて思うはずがない。ふたりが服を脱ぎ終えるころには、メキシコ人たちはもう水路でばしゃばしゃやりながら大声で笑ったり叫んだりしていた。ところが、回転草のあいだに道などなかった。そのうち、ほかの連中より青白い身体をさらして突っ立っているだけの自分たちが恥ずかしくなってきた。だから回転草をジャンプして飛び越えて水路に入った。水はぬるかったしアルカリ臭がしたが、そんなことはどうでもよかった。まるで心地よい四月の雨を浴びているみたいだった。シェイル・シティのＹＭＣＡのプールを思い出す。こいつらみんな、ここが世界でいちばんの水浴び場所みたいな感じだな。きっとプールで泳いだことが一度もないんだろう。水の中で立つと足首まで泥に沈んだが、そのうち、メキシコ人たちが続々と岸に上がって、服を着はじめた。水遊びはおしまいだ。

ふたりが服を脱ぎ捨てた場所に戻ると、足先から腰あたりまで、回転草の棘だらけだった。でもメキシコ人たちは棘なんかまるで気にしてない。何人かが、もうトロッコに向かって戻りはじめたので、ふたりも足についた棘を気休め程度に払ってから急いで服を着た。三キロの道のりを走って戻ると、昼休みは終わって仕事に戻る時間だった。

午後はのろのろと過ぎていき、ジョーもハウィーも足もとがおぼつかなくなって、とうとう倒れこんでしまった。だが、現場監督もメキシコ人たちも無言だった。メキシコ人たちは、ただ足を止め、ふたりが立ち上がるのを赤ん坊を見守るように待っていた。ふたりは立って、また作業をはじめた。身体じゅうの筋肉が痛いのに、動き続けなければならない。両手の皮は、ほとんどすりむけている。熱いトングレールをつかんで持ち上げるたびに素手に激痛が走り、口の中まで苦くなるほどだった。歩くたびに両足の棘が深く刺さって痛みがひどくなるのに、足を止めて棘を抜く暇さえなかった。

でも、最悪なのは痛みでも痣《あざ》でも、ひどい疲れでもなかった。身体の表面部分はどうにか耐えられても、内臓が悲鳴を上げていた。肺が乾ききって息をするたびにきりきりする。心臓は激しく動きすぎて破裂しそうだ。もう無理なのに動き続けなければいけないと思うと、気がどうにかなりそうだった。働かずにすむものなら死んでもいいくらいだった。足元の地面が上下に揺れはじめ、あたりの風景が妙な色に変わり、すぐそばにいるはずの男が数キロ先の霧の中に漂っているように見えた。痛み以外は何もかも幻のようだった。

午後のあいだずっと土埃《つちぼこり》の中でよろめき、息をあえがせ、胃がよじれんばかりに締めつけられていた。ダイアンのことを考えようとした。彼女の姿を思い浮かべようとした。心の拠《よ》りどころを求めて砂漠の中に彼女の姿を見つけようとした。でも、彼女の顔が思い浮かべられなかった。想像すらできなかった。

そして、ふいに思った。ダイアン、きみはくだらない人間だ。何の価値もない。男をこんなに辛《つら》い目に遭わせて許されるなんて母親くらいなものだ。それでも、痛みのさなかで働きながら、ダイアンなりの言い分を考えようとした。きっと裏切るつもりはなかったんだ。断る理由が見つからなかったから、しかたなくグレン・ホーガンとデートしたんだろう。もしそれが本当なら、本当だと思いたいが、何もかも忘れるためにこんな砂漠までやってきてメキシコ人と働くなんて、ばかばかしいにもほどがある。シェイル・シティの涼しい木陰で楽しい夏休みを過ごしながら、今夜のダイアンとのデートのことを考えていてもいいのに。

女の子は怖いな、と彼は思った。女の子なんて、みんな嘘つきで信用できなくて男をひどい目に遭わせるものなんだろうが、そう覚悟しておかなくちゃいけないんだ。そういうもんだとわかった上で、許さなきゃいけない。だからハウィーと砂漠の真ん中まで来て、三カ月の夏休みのあいだ、ずっとここにいることにしたのだ。そうすれば、自分以外に誰も苦しまないから。それにダイアンもシェイル・シティで好きなだけグレン・ホーガンと出歩ける。

おぼつかない足取りで必死に働き、息を吸おうとしながら、彼はふと悲しい気持ちに襲われた。そして、こう自問した。おい、ジョー・ボーナム、おまえはバカなのか？

もう終わりの時間だと誰かが叫ぶと、目の前の視界が徐々に晴れてきた。あたりの景色がくっきり見えてくると、トロッコの壁から頭を出してうつぶせに横たわり、隣にハウィーが寝そべった。そうして水が流れるように目の前を動いていく地面を見ながら、メキシコ人の歌を聴いていた。宿舎に着くまでメキシコ人たちは、かわるがわるトロッコのハンドルを押していた。彼は少し気持ち悪くなりながらも横になったまま、メキシコ人の歌に耳を傾けていた。

保線員の宿舎の床は地面がむき出しで、ブリキ屋根の納屋という趣だった。宿舎の中は暑く、両手で空気をかき集めて肺に詰めこみたくなるくらいだった。木製のベッドは上下二段になっている。彼とハウィーは二段ベッドの上と下にそれぞれ倒れこんだ。寝袋を広げもしなかった。倒れこむやいなや、身じろぎひとつしなかった。現場監督がやってきて、食事の場所まで案内してやろうかと声をかけてきた。でも、ふたりは一瞥《いちべつ》もくれなかった。ただ横になって目を閉じていた。

そのうち、身体が妙な状態になった。こんなのは生まれてはじめてのことだった。身体のどの部分も痛くなくなり、身体じゅうの痛みが治まって、ただひたすら頭がぼうっとして眠くなったのだ。またしてもダイアンのことを考えた。そんなに長くはなかったが、暗闇が訪れる前に最後に思い浮かべたのは彼女のことだった。はじめてキスしたときのダイアンが小さくてかわいくて脅えていたことを思い出す。ああ、ダイアン、どうしてあんなことをしたんだ？　どうしてあんな仕打ちを？　そのとき、誰かに身体を揺すられた。

ひょっとすると何時間も揺すられていたのかもしれない。目を開けた。まだ宿舎にいる。あたりは暗く、ため息に満ちていた。煙の臭いがする。メキシコ人たちが部屋の中央のたき火で夕食を作っていた。ブリキ屋根には煙を逃すための穴が開いている。その穴の隙間から瞬く星が見え、まるで熱に浮かされながら見る夢のようだった。息が苦しい。食べ物と煙の臭い。一日じゅう地獄の底にいたあとの夕食に熱々のものを食べたがるなんて、いかにもメキシコ人らしいじゃないか。

身体を揺すっていたのはハウィーだった。

「おい、起きろ。一〇時だぞ」

いまが夜なのか、それとも目玉が焦げたせいで太陽の光と暗闇も区別できなくなったのか、わからなかった。

「朝の？　夜の？」

「夜だ」

「明日の？　今日の？」

「今日だろうな。おい、これを見ろよ。さっき管理事務所から来たんだけど」

ハウィーが目の前に何かを突き出してきて、懐中電灯で照らした。ふたりとも、手袋は忘れても懐中電灯は忘れていなかった。見せられたのは電報だった。ハウィーが触っていた紙の角には四つとも血がついている。電報にはこう書いてあった。ハウィーへ　どうしてそうせっかちなの　いいかげんにして　こんなことされて辛い　お願いだから許して　シェイル・シティにすぐ戻ってきて　もういや　グレン・ホーガンなんて大嫌い　お願いよ　愛をこめて　オニー

薄暗い宿舎の中でも、ハウィーの嬉しそうな顔が見えた。オニーはグレン・ホーガンが大嫌いだって？　理由はお見通しだ。もしハウィーがわからないとしたら大バカだ。オニーがグレン・ホーガンを大嫌いなのは、自分を捨ててダイアンを選んだからだ。少しそう考えて、ダイアンはオニーよりずっと美人だから、要するにグレン・ホーガンはいい選択をしたのだと思った。ハウィーが何か言ってほしくてうずうずしていた。だから応《こた》えてやろうとしたところ、ささやき声しか出せない自分に気づいた。

「なんでこんなものを見せるために、俺みたく睡眠をうんと必要とする男をわざわざ叩き起こしたんだよ？」

「だって、これで全部わかったからさ」

「へえ」

ハウィーがひどく興奮しながら小声で言う。

「つまりだ。おまえや俺みたいな男がこんなところまで来て人生でいちばんいい時期を保線

員としてこきつかわれるなんて、オニーやダイアンみたいにかわいい女の子が急に洗濯女になろうとするようなもんだって」

ジョーは何も言わなかった。ただ寝ながら考えていた。言いたいことはわかる。洗濯女になったダイアンを想像するだけで気分が悪くなり、また目を閉じた。ハウィーが耳元でささやきかけてくる。

「もちろん、オニーがこう思ってる以上、かわいそうな彼女にどうしてやればいいか、ようやくわかってきてさ」

彼は目を閉じたまま黙って横になっていた。

「戻る理由がないわけじゃないってことさ。俺にとっては義務みたいなもんだよ」

彼は力なく横たわっていた。だが、ハウィーの言うことは注意深く聞いていた。

「管理事務所の話だと、今夜、シェイル・シティ行きの砂利列車がここを通るんだって」

あいかわらず彼は無言だった。でも、ちゃんと聞いていた。

「それに乗れば、一時間でシェイル・シティに着くらしい」

彼は片足をほんの少し動かして、ちゃんと聞いていることをアピールした。

「その列車が一〇分後にここを通るんだ」

彼は飛び起きると、あっというまに寝袋を背負った。ハウィーが驚いて彼を見る。

「どうしたんだよ？」

彼は、すべてはおまえ次第だぞと言わんばかりの目でハウィーを見た。

「いいか、おまえが約束を破ってどうしても戻るっていうなら、俺に止められるわけがない。その列車に乗るんなら、すぐに出ないとな」


列車に乗ってシェイル・シティに着くまでは、ほとんどビル・ハーパーのことばかり考えていた。あいつを殴ったのは、つい昨日のことだ。いちばんの親友で、本当のことを教えてくれたのに、そのことで殴ってしまうなんて。砂利の上に寝ながら星を見上げた。ビルとふたりで薬局にいたとき、彼はしばらくためらってから、ようやく切り出したのだった。あの話を聞いたときの怒りが蘇《よみがえ》ってくる。その夜、ダイアンはグレン・ホーガンとデートしているという話だった。たぶん本当なんだろうと思ったし、そうでなければ彼が教えるはずがないとわかっていた。なのに、とっさに立ちあがって嘘つき呼ばわりしたあげくに殴ってしまい、そのままひとりで薬局を出ていったのだ。

そして家に帰る途中、ダイアンとグレン・ホーガンがオープンカーを降りてエリシウム劇場に入っていくのを見てしまった。そのとき、やっぱりあの話は本当だったのだと思い知った。ダイアンに裏切られたのだと。

さらに一ブロックほど行ったところで、今度はハウィーに会った。ハウィーもグレン・ホーガンのことでオニーと喧嘩《けんか》している最中だったから、いっそのこと、ふたりでいっしょに砂漠で力仕事をして何もかも忘れようということになった。でも、自分はハウィーと違う。ハウィーは女の子とちゃんと付き合えたためしがない。ハウィーに同類と見なされて、彼はどことなく腹立たしかった。でも、とにかく町から逃げ出したかったから、ハウィーが提案してきたとき、それなら明日出発しようと自分から言ったのだった。

彼は砂利を積んだ貨車で横になりながら、ビル・ハーパーとのキャンプ旅行や楽しかった日々を思い出していた。ふたりがはじめて女の子とデートしたときのことも覚えている。ふたりとも内心びくびくだったからダブルデートにしたのだ。彼が飼っていた子犬のメジャーが車に轢《ひ》かれて死んだときは、ビルが父親の車で駆けつけてきてくれて、夜中過ぎまでいっしょにドライブしたのだが、そのあいだも、こっちの気持ちをわかってくれていたから、一言もしゃべらなかった。ほかにもたくさんの思い出があり、女の子が原因で失うにはあまりにも惜しい友だちだった。ダイアンが原因だとしても、やはり失いたくない友だちだから、明日本人にそう言おう。明日になったらビルの家に行って、今回のことは水に流してほしいと言おう。ビル、もう二度とあんなことはしないから仲直りしよう、と。

列車がシェイル・シティに近づくにつれて、またダイアンのことを考えはじめた。涼しい夜気の中だと、彼女の顔を思い浮かべることができた。砂漠では無理だったことだ。脳裏に浮かんだ彼女の顔は、笑っていた。ハウィーはオニーに振られたと思っていたみたいだが、実際は違った。オニーに自分がまちがっていた、もう一度やり直したい、と言われたのだから。

それはともかく、ダイアンにはグレン・ホーガンと付き合ってほしくない。よりによってグレン・ホーガンとは。かっこいい車を持っているというだけで、女の子なんてよりどりみどりだと彼は思っているようだが、普通の男はそんなふうに考えたりしない。ダイアンとグレン・ホーガンがいっしょにいると考えるたびに、ぞっとする。弟に諭すみたいにダイアンと話をして、グレン・ホーガンのことを教えてあげるのは、多少なりとも自分の義務のように思える。あいつがどんな男かをダイアンが身をもって知ることがないように助けてあげなくては。自分のプライドを犠牲にしても、そうすべきなのだ。

ふたりとも自分たちのひどい身なりを誰にも見られたくなかったので、シェイル・シティの駅のすぐ外で列車を降りた。そこから二ブロック歩いたところで、ハウィーが足を止めた。

「ここで別れようか」

「どこに行くんだ？」

「オニーの家に寄ろうと思って」

ハウィーの口調は夢見心地で、どこか媚《こび》があった。ジョーが家以外に行き先がないことをわかっていたからだ。女の子とちゃんと付き合ったことがないくせに、調子にのりやがって！

ハウィーが暗闇へと去っていった。彼はひとりきりになった。家に向かって歩き出した。その夜のシェイル・シティは世界でいちばん美しい町に思えた。薄墨色の空に幾千もの星が輝いていた。木々はみな黒っぽい緑色で、そのあいだを冷たいそよ風が吹き抜けていた。ふいに、砂漠も保線員もこの世に存在しないような気がした。疲れ切っていたが、足が止まってないか見張る人間などいないから、いつでも好きなときに休めると思うと、どういうわけか元気がわいてきて、寝袋の重みも感じなくなった。ひんやりした空気の中で自分が漂っているだけのような気がした。時刻は夜の一一時過ぎだった。

本来ならみじめな気持ちになるところなのに、どうしてこんなに気分がいいのか、その理由が急にわかった。ダイアンの家がある通りに来ていたからだ。帰り道から数ブロック離れているし、疲れ果てていたので、もともと寄るつもりはなかった。まるで何かに引き寄せられたみたいで、嬉しくなった。普段の夜でさえ、彼女の家のそばに来ると何とも言えない気持ちになる。彼女の家の近くに来るたびに喉元がこわばって、嬉しいような怖いような気分になるのだった。

そのとき突然、手は血まみれだし汚い格好だからダイアンの家なんか通っちゃだめだ、と思った。こんな姿を彼女に見られる危険は冒したくない。だから家の向かい側の道に渡り、忍び足で歩き出した。まるで、寝ている彼女をほんのかすかな足音で起こして怖がらせないようにするために。そのあいだもずっと心の片隅で、明日になったら彼女に会える、明日になったら彼女に会える、ぜったい会える、と自分に言い聞かせていた。

彼女の家の真向かいまで来たとき、足が止まり、呼吸をやめた。玄関前の階段にいるダイアンが誰かを抱きしめていて、相手も彼女を抱きしめていたのだ。ふたりはキスしていた。ジョーは微動だにしなかった。木陰に立ちつくしたまま、ふたりを見つめていた。見たくないのに、ほかのどんなことよりも見たくてたまらなかった。こんなふうに盗み見ていることを恥ずかしく思いながらも、その場から一ミリも動けなかった。ただそこに突っ立っていた。突っ立ったまま、ふたりを見つめていた。

やがてキスの相手のほうが身体を離し、ダイアンはいつものように軽やかに階段を駆けあがると、玄関ドアのところで振り向いてほほ笑んだ。もちろん、彼女の顔は見えなかったが、ほほ笑んだのがわかった。少しして、キスの相手が踵を返して歩き出した。男は口笛を吹いていた。小さく口笛を吹きながらダイアンとキスした場所から遠ざかるあいだも、はずむように歩いていた。ジョーが木陰から出たとき、星明かりが男の顔を照らした。ビル・ハーパーだった。

ジョーはなおも立ったままだった。ビル・ハーパーは道の角まで来ると、そこで曲がった。ダイアンの家の居間の明かりがつき、そして消えた。次に、彼女の寝室の明かりが灯《とも》った。カーテン越しに二度、彼女の姿が見えた。それから寝室の明かりが消えた。彼は立ちつくしたまま、さよなら、ダイアン、さよなら、と思った。

そして家に向かって歩き出した。

あちこちの筋肉が痛かった。両手も胃も頭もずきずきした。寝袋が重さ五〇キロくらいあるように感じる。でも辛いのはそのせいではなかった。内なる自分が、おまえはどうしようもない人間だと言い続けていた。おまえはどうしようもない人間だ。

そのうちみんなから、なんで最近はダイアンといっしょにいないのかと訊かれるだろうが、自分は何も言えない。ビル・ハーパーと何があったんだ、最近はいっしょにいるところを見ないけど、とも訊かれるだろうが、自分は何も言えない。父さんには、なんで保線員の仕事を一日で辞めたんだと訊かれるだろうが、何も言えない。

すべてが終わりだった。自分には説明できないことだった。きっと誰にもわからないだろう。それに、このことを話せそうな唯一の友だちも失った。ビルとの関係が元通りにならないのはわかっていたからだ。握手して、いままでのことは水に流して、また一から仲良くやろうという話になるかもしれないが、元には戻れない。お互いにわかるはずだ。ふたりのあいだにはダイアンがいると。ダイアンはたぶん気にしないことも、お互いにわかるだろうが、だからといって、それでふたりの関係が何か変わるわけではない。なぜなのかは、当の自分たちにも説明できないだろう。

でも、それより気になるのはダイアンのことだった。もう二度と彼女には会わない、近寄らない、笑いあったり冗談を言いあったりすることもない、と思うだけで死にそうだった。ダイアンの相手はグレン・ホーガンじゃなかった。もしグレン・ホーガンだったら、彼女を許せただろう。許して、仲直りしようとしたはずだ。最悪なのは、どんなに許したくてもぜったいに許せないことを、彼女がしでかしたことだった。実際、彼女を許したかった。心からそう思っていた。でも、許せなかった。

ベッドに入りながら彼は考えた。なんだってこんな目に遭わなきゃならないんだろう？　いっそのこと、まだ見込みのあるうちに外で撃ち殺されたほうがましだ。なんでみんな親友がいる？　囚人でさえ、みんなどこかに親友がいるだろう。でも、俺にはいない。ハウィーでさえ彼女がいる。砂漠から帰るときに歌を歌っていたメキシコ人たちにも彼女がいる。でも、俺にはいない。なんでみんな、ほんのわずかにせよ自尊心というものが持てる？　人殺しや泥棒や犬やアリでも、自分に誇りを持って生きていけるだけの何かを持っている。でも、俺は持っていない。

ベッドで過ごしたあの夜は、彼が女の子のことではじめて泣いたときだった。ただ横になって子どものように声を上げて泣いていた。両手は血だらけ、両足は棘だらけのまま、両目に涙を溜《た》めて悲しみに暮れていた。寝つくまでに長い時間がかかった。

あのころはすべてがリアルに思えたのに、いまは全然そう思えない。何しろ、遠い昔のことだ。シェイル・シティでのこと。ロサンゼルスに来る前のこと。若かった高校時代のこと。ずいぶん昔のことに感じるものだ。たぶん、いまでもコロラドのどこかでグレン・ホーガンもハウィーも元気にやってるだろう。前にもらった手紙では、ビル・ハーパーはベローの森で戦死したらしい。ラッキーなやつだ。ダイアンをものにした上に殺されたなんて。

ああ、またわけがわからなくなってきた。自分がどこにいるのか、どんな状態なのかわからない。でも、冷静だ。いらだってもいない。ただ頭がぼうっとして混乱していて、何が何だかわからない。すべてが混沌《こんとん》としていたが、少なくとも冷静だった。

5

いろいろな物事が溶けあっていくことに、彼は慣れることができなかった。あるときは、白い雲に乗って漂いながら、大きな空に比べてあまりにもちっぽけな自分に恐れをなしている。そうかと思えば、やわらかい枕に頭を載せて、荒れたでこぼこ道を足から先に滑っているときもある。でも、たいていは、シェイル・シティを流れるコロラド川を漂っていた。ロサンゼルスに来るずっと前、カリーンと出会うずっと前、市長の演説を聞きながら幔幕を張った列車に乗りこんで戦地へ赴くずっとずっと前にいた故郷を流れる川に浮かんでいるのだった。

彼はあおむけで川を漂っていた。川辺には柳の木が立ち並び、スイートクローバーが生い茂っている。顔に太陽が照りつけていたが、少し前まで山に積もる雪だった川の水のおかげで、腹も背中も冷たくて気持ちがいい。そうやって漂いながら、カリーンのことを考えていた。

ここに浮かんでると気持ちいいよ、カリーン。もっと背中を反らせてごらん、こんなふうに、そうそう、そんな感じ。気持ちよくないかい、カリーン、こうするのが大好きなんだよ、きみも大好きさ。ゆったりとね、カリーン、頭は水面から出したままだよ、息ができるようにね。もっとそばにおいで、カリーン、ただここに浮かんでいるだけで最高だろう？　どこに行くわけでもなく、どこに行こうとか考える必要もない。ただ川の流れに身をまかせていればいいんだから。何もしなくていいし、どこにも行かなくていい。冷たくて温かくて情け深い川に浮かんでいると、何も考えずにいられるんだ。

もっとそばにおいで、カリーン。離れないで。もっともっとそばに、カリーン、顔に水がかからないようにね。ぼくはうつぶせになって泳げないんだよ、カリーン、浮かぶことしかできないんだ、だからそんなに遠くに行かないで。カリーン、どこにいるの、見つからないよ、顔に水がかかっちゃうよ。沈まないで、カリーン、顔を水面から出して。戻っておいで、カリーン、窒息しちゃうよ、水を吸いこんじゃうよ、ぼくみたいに。水に沈んでいっちゃうよ、カリーン、気をつけて、お願いだから気をつけて。戻ってきて、カリーン。いなくなっちゃったよ。川になんていなかったんだね。川にいるのはぼくひとりで、鼻にも口にも目にも水が入ってくる。

顔に水をかぶり続けているのに、どうすることもできない。身体に比べて頭が重すぎるから、あおむけでいると沈んでしまうみたいだ。それとも、身体が軽すぎるから、頭を水から出していられないのかも。目や鼻や口に水が入るたびに、彼は必死に水を吐き出した。自分の身体が橇になったみたいに、川の流れに逆らってあおむけのまま足先から上流にのぼっていくようだった。両足だけが水面からすっかり出ていて、頭は水に沈んだままだ。のぼるスピードがどんどん上がって、止まらないと顔に水がたっぷりかかって溺れてしまいそうだった。

実際、もう溺れかけていた。首に力をこめて水面から鼻先を出そうとしても、出ない。泳ごうとしたが、腕もないのにどうやって泳ぐというのか？　そうやってどんどん沈んでいき、とうとう溺れてしまった。まるで抵抗せずに暗い川底に沈んでしまったが、ほんの二メートルほど上には陽光と柳とスイートクローバーと酸素があるのだろう。抵抗せずに溺れてしまったのは、できなかったからだ。抵抗する手段さえ持っていないようだった。まるで誰かに追いかけられて死ぬほど怖いのに、走れなくてどうすることもできない悪夢を見ているようだった。足が固まったまま、筋肉ひとつ動かせない。だから溺れたのだ。

酸素と陽光までたった二メートルしかないのに溺れるなんて、と水中に横たわったまま思う。両足で立って手を上に伸ばせば、女の子の髪、カリーンの髪のように水面になびく柳に触れるのに。でも、溺れたら、もう立てない。溺れ死んでしまったら、身体の上を流れる川のように、時間が流れていくだけだ。

目の前にいろいろなものが現われては消えはじめた。ロケット弾、爆弾、照明弾、炎のゆらめき、巨大な白い閃光《せんこう》が頭の中をぐるぐる回って、ひゅうという音とともに脳のやわらかな部分に沈んでいく。音は鮮明そのものだった。蒸気機関車が煙を吐くときの音に似ている。爆発音、うめき声、かすかな泣き声、意味不明の言葉も聞こえた。ホイッスルの音はかん高く、耳を切り裂くナイフのように鋭かった。すべてがまばゆく、耳がつんざかれそうだった。あまりにも苦しくて、自分の額と後頭部のあいだに囚《とら》われた世界中の苦しみが外に出ようとして頭の内側からがんがん叩いてくる感じだった。あまりにも痛くて、頼む、お願いだからやめてくれ、こんなの死んだほうがましだ、としか考えられなかった。


やがて、急に騒ぎがやんだ。頭の内側のあらゆるものが静まり返った。目の前の光がスイッチを切られたように突然消えた。痛みもなくなった。唯一感じるのは、脳の中で激しく脈打つ血管が頭を収縮させていることくらいだった。でも、心は平和だった。痛くなかった。ほっとして、溺死状態から抜け出せた。考えられるようになった。

そして、こう思った。なあ、おまえは耳がぜんぜん聞こえないけど、痛みはない。腕もないが、痛くはない。これからは手をやけどしたり指を切ったり爪が割れたりすることもないなんて、ラッキーじゃないか。生きていて、しかも痛みがないなんて、生きていて痛みがあるより、よっぽどましだろう。たいして痛いところもなく、痛みでおかしくなりそうでもないなら、両手がなくても耳が聞こえなくても、できることはいくらでもある。鉤状《かぎじょう》のものを腕代わりにすればいいし、読唇術だって学べる。いまのこの状態は有頂天になるようなものじゃないが、頭が砕けそうな痛みを感じながら川底で溺れてるわけでもない。息もできるし、苦しくないし、柳の木も見えるし、考え事もできるし、痛みもない。

看護師とか世話してくれる人が、なんで身体を水平に直してくれないのだろう。下半身は羽根みたいに軽いのに、頭や胸はひどく重たい。だから溺れていると思ったのだ。頭が低すぎる。下半身をどこか動かせて自分で身体を水平にできれば気分もよくなる。溺れる夢も二度と見ないはずだ。

彼は足を蹴《け》って身体の下半分を動かそうとした。だが、そうしようと思っただけだった。蹴る足がないのだ。股関節《こかんせつ》の下のあたりで足が二本とも切り落とされている。

足がない。

足がなければ、もう走ることも歩くことも這《は》うこともできない。働くこともできない。

足がないんだ。

もう二度と足の指も動かせない。なんてこった。足の指を動かすとすごく気持ちがいいのに。

ひどい、ひどい。

現実のことだけ考えていれば、足がない夢が覚めるかもしれない。蒸気船、大きなパン、女の子、カリーン、機関銃、本、チューインガム、木材、カリーン。でも、無駄だった。夢ではなかった。

本当のことなのだ。

だから足より頭のほうが低い感じがしたのだ。足がないから。どうりで下半身が軽いわけだ。空気も軽い。足の爪でさえ空気より重いのだから。

腕もない、足もない。

恐ろしさのあまり、のけぞって叫ぼうとした。でも、叫べなかった。そうしようにも口がないのだ。叫ぼうと思ってもできなかったことに驚いて、顎《あご》を動かしてみようとした。何かおもしろいものを見た男が、自分でもまねしようとするみたいに。口がないなんて夢に決まってると思ったから、落ち着いて確かめてみようとした。なのに顎を動かそうとしても、顎がない。ラズベリーの種を出すときのように、自分の舌を口の中や歯の裏側や口の内側の上に当てようとした。でも、舌もないし、歯も一本もない。口の天井部分もなく、口そのものがない。唾《つば》を飲みこもうとしても、できない。口蓋《こうがい》がなく、物を飲みこむための筋肉もない。

息が詰まり、動悸《どうき》がしてきた。何者かにマットレスを顔に押しつけられているようだった。呼吸が荒いのに、自分では息を吸っていないのだ。鼻がない。胸が上下に動く感覚はあるが、鼻であるはずの場所に空気が通っていない。

激しいパニックに襲われて自殺したくなった。呼吸を落ち着かせ、息を止めて窒息死を試みた。喉元の筋肉がこわばるのは感じたが、胸の呼吸は止まらない。空気が喉を通っていないから、息を止められないのだ。肺は喉の下あたりから空気を取り入れていた。

自分が死にかけているのはたしかなのに、好奇心もあった。すべてを知るまでは死にたくなかった。鼻も口も口蓋も舌もないなら、当然、ほかにもないところがあるのだろう。とはいえ、知ったところで無意味だ。こんな姿になってしまった人間は、どのみち死ぬのだから。ここまで身体のあちこちがなくなってしまった人間が、そう長く生きられるはずがない。でも、自分が失ったものを知り、その理由を考えるなら、それはまちがいなく生きていることになる。なぜって死んだ人間は考えないからだ。死んだ人間に好奇心などないのに、自分が知りたくてたまらないということは、まだ生きているに違いない。

顔の神経を使って、様子を探りはじめた。神経を研ぎ澄ませ、あったものがなくなっているのを感じようとした。口と鼻だったところは、包帯が巻かれた穴でしかないはずだ。その穴がどこまで続いているのか探ろうとした。穴の縁を感じようとした。顔の神経と毛穴で穴の縁をたどり、上のどのあたりまで続いているのか把握しようとした。

それは、目玉が飛び出さんばかりに真っ暗闇に目をこらすのと似ていた。肌で感覚を探り、動かせないもので意識したところを探索していく作業。顔の神経と筋肉が、まるで蛇のように額のほうをゆっくりたどっていった。

穴は顎があった場所のすぐ下の喉元あたりから始まり、上へ行くにつれて大きくなっていた。その穴の縁を肌がなぞっていく。穴は広がる一方だった。もし耳があるとすれば、穴は両耳のつけ根あたりまで広がり、そこからまた狭くなっていった。そして鼻の上あたりで終わった。

こんなに上まで穴が開いているなら、目があるはずがない。

目がないのだ。

それでも冷静でいられる自分が我ながら不思議だった。どこかの店主が春物の在庫を調べながら、そうか、目がないのか、なら注文書に書いておこう、とひとりつぶやいているような感じだった。足もない、腕もない、目もない、耳もない、鼻もない、口もない、舌もない。ひどい夢だ。これは夢なんだ。そうに決まってる。早く目覚めないと、どうにかなってしまいそうだ。こんな姿で生きられるはずがない。こんな状態になったら死んでしまうだろうし、自分が死んでないということは、つまりそういう状態じゃないということだ。ただの夢なんだ。

だが、夢ではなかった。

永遠に夢であってほしかったが、そう思ったところで何も変わらない。なぜなら、自分はまちがいなく生きているからだ。ただの肉塊でしかなく、生物の老ボーゲル先生が話していた軟骨の塊のようなものでしかないのに。軟骨の塊は生命のほかに何もなく、化学物質だけで育つ。でも、自分は軟骨より上の存在だ。心があるし、考えているのだから。ボーゲル先生の軟骨の話には、そういうものは出てこなかった。自分は考える存在で、それでいてひとつの物体にすぎない。

いやだ、そんなのいやだ。

こんな姿で生きられない。そのうち、どうかなってしまうから。でも、死ぬこともできない。自殺ができないんだから。自力で呼吸できていたら、死ねるのに。まったくおかしな話だが、それが現実だった。息を止められれば自らを死に追いやれるのに。それが唯一残された方法だったのに。でも、自分では息をしていない。肺は空気を出し入れしているが、自分ではそれを止められない。生きることも死ぬこともできない。

いやだ、いやだ、いやだ、こんなのありえない。

いやだ、もういやだ。

母さん。

母さん、どこにいるの？

早く、母さん、早く、早く、早く、早くぼくを起こして。悪い夢を見てるんだよ、母さん、どこにいるの？　早くして、母さん。ぼくはここだよ。ここにいるよ、母さん。真っ暗な中に。抱っこして。ゆらゆらして。ぼくはこれから眠りにつくよ。ねえ、母さん、早くして、目が覚めないんだ。ここに来て、母さん。風が吹けば、ゆりかご揺れる。高い高いして。

母さん、もうどっかに行っちゃって、ぼくのことなんか忘れたんだね。ぼくはここだよ。起きられないんだよ、母さん。ぼくを起こして。動けないんだよ。抱きしめて。怖いよ。ああ、母さん、母さん、歌を歌って、なでなでして、お風呂に入れて、髪を梳《と》かして、耳を拭いて、つま先をこちょこちょして、両手をぱちぱちさせて、鼻に息を吹きかけて、目と口にキスして、エリザベスにやってたみたいに、きっとぼくにもやってくれてたでしょう。そしたら起きれるし、母さんともうずっといっしょにいて離れないし、怖くないし、夢も見ないから。

こんなのいやだよ。

やだよ。耐えられないよ。叫びたい。動きたい。何かを揺さぶりたい。物音を立てたい、どんな音でもいいから。もう無理だ。無理、無理、無理。

お願い、もう無理だよ。無理。誰か来て。助けて。こんなふうにずっとここで、これからずっと何年も寝てるだけなんて無理だよ、死んじゃうよ。いやだよ。誰も耐えられないよ。ありえない。

自分で息ができないのに息をしてる。怖くて考えられないのに考えてる。ねえ、お願い、お願いだよ。いやだ、いやだ。こんなのぼくじゃない。助けて。こんなのぼくじゃない。違う。もういやだ、もういやだ。

ねえ、お願いだよ、お願いだから。いやだ、いやだ、こんなのいやだ。お願い。ぼくじゃない。

6

パン工場では一晩中歩いていた。毎晩一八キロも歩くのだ。セメント床を歩きながら両手をぶらぶらさせていた。疲れ知らずだった。よくよく考えてみると、悪くない仕事だった。一晩中歩いて一生懸命に働いた見返りに、週末になると一八ドルもらえるのだから、悪くなかった。

夜の発送室がいちばん忙しいのは、いつも金曜の夜だった。土曜の朝に出ていく運転手は、日曜日まで足りるくらいの大量のパンやパイやケーキやロールパンを客先に届けるからだ。つまり金曜の夜は仕事がたくさんあって、たくさん歩かなければならない。でも、悪くなかった。

会社はいつも金曜の夜に働いてくれる人を慈善団体の「ミッドナイト・ミッション」からひとり派遣してもらっていた。派遣されてくるやつは消毒液の匂いをまとい、見るからにだらしない格好で、まごついていた。消毒液の匂いを放っていれば慈善団体から来た路上生活者だとすぐにばれることは、連中もわかっていた。嬉しくないことだろうが、彼らに罪はない。連中はいつも腰が低かったし、なかには機転が利くやつもいて、よく働いた。でも、そうでない者もいた。容器に貼られた注文書さえ読めないやつもいた。ジョージア州の松林が広がる地方から来たやつもいた。そいつは学校に行ったことがないという。怠け者は、たいていテキサス出身だった。

ある晩、ひとりのプエルトリコ人が派遣されてきた。名前はホセという。金曜の夜の発送室はいつも目が回るほど忙しく、箱やら台車やら移動棚やらが通路のそこかしこに置き去りにされ、みんなが大声でわめき、ベルトコンベアががたがた動いて、二階の回転式オーブンが金属音を立てながら油の足りない天板を動かしていた。まさにてんやわんやで、慈善団体からはじめて来た男たちは発送室に足を踏み入れるなり、きまって困惑する。ところがホセは違った。彼は発送室を見渡してから黙って指示を聞くと、すぐに働き出した。目は茶色で背が高く、メキシコかプエルトリコかそのあたりの国の男にしては見栄えがよかった。慈善団体のほかの男たちとはどこか雰囲気が違っていて、そういう男たちより多少は運のいいやつなのかもしれなかった。

金曜の夜勤の男たちはみんな外の食堂には行かず、男子トイレで軽食をとる。トイレにはベンチもロッカーもあったし、ベンチに座って急いで軽食を食べればすぐに仕事に戻れるからだ。

ところがホセは軽食を持ってきていなかったので、ほかの男たちが工場の冷蔵庫から牛乳を半リットルくすねてきて、ロールパン一個をつけて渡してやった。ホセはいたく感激し、ロールパンを食べて牛乳を飲みながら話しはじめた。カリフォルニアはいいところだ、と言う。故郷のプエルトリコよりもいいところだ。春はすぐそこだから、もうちょっとしたら公園で寝られるだろう。路上生活者にとってカリフォルニアは最高だよ、そこまで寒くないからね、コートを着こめば公園でぐっすり眠れる、ありがたいことだよ。このパン工場で定職につけるといいんだけどなあ。そうすれば身ぎれいでいられるから。汚い格好でいるのは好きじゃないし、「ミッドナイト・ミッション」だと水に消毒液を混ぜられるのが嫌だ。そんなこと気にしない哀れな連中があそこにはたくさんいるけど、自分はすごく気になるんだよ。

カリフォルニアに来たのは、映画業界で働くためだ、と彼は言う。俳優になりたいわけじゃないよ。映画みたいに大きな業界で成功したいと思う自分のような若者にうってつけの仕事がたくさんあるだろうしね。映画会社の調査部とかで働ければいいなあ。そういう仕事をどうやって見つけたらいいのか、誰か教えてくれないかな?

みんなはホセを見つめたまま小声で何やらつぶやくだけだった。もし映画会社で働く方法を知っているやつがいたら、こんなつまらないパン工場の仕事にしがみついてないで、とっくの昔に転職しているだろう。さあ、知らんな。ホセに伝手《つて》を紹介できる者など誰もいなかった。

ホセは肩をすくめるばかりだった。人生は辛いことばかりだな、と彼は言う。ニューヨークにいたときはいろいろうまくいってたけど、大金持ちの家の女の子に好かれたせいでいられなくなったんだ。

大金持ちの女の子に好かれただって？

そうなんだ。五番街に住む大富豪の家の運転手になって、いろいろ順調だったのに、その家の娘に気に入られて、ふたりで取引したんだ。その子はスペイン語を覚えたくて、ぼくは英語がうまくなりたかったから、教え合うことにしたんだよ。そのうち向こうのほうが熱くなっちゃって、結婚したいとか言いはじめたから、ニューヨークを離れるしかなくて、それでカリフォルニアに来たんだ。

男たちは座ったまま互いに目配せするばかりで、無言だった。慈善団体の連中は自分の過去にまつわる物語を何かしら持っていた。みんな、昔は大金持ちだったがある日突然何かが起こり、今は仕方なく慈善団体で暮らしている、と言う。パン工場の男たちは、彼らと言い争っても無駄だとずっと前に学んでいた。どんなに細かく質問して作り話だと証明してみせても、彼らは自分の物語にしがみつく。そうしないとやってられないからだ。それが今の自分たちがこうなってしまった唯一の言い訳だったから。そのうち、工場の男たちも彼らの話をただ聞くだけで、何も言わなくなった。だからホセが話し終えても、ぶつぶつ言うだけで、また仕事に戻っていった。

次の週はイースターで、それはつまり、伝統的な菓子パンのホットクロスバンを焼くために人手がたくさん必要になるということだった。助っ人なしに発送室の通常の人員だけでホットクロスバンを二〇万個も三〇万個も出荷できるはずがない。そこでジョディ・シモンズがホセにその週はずっと働いてもらうように頼んだところ、彼は快諾した。ホセはホットクロスバンを作るのがうまかったから、ラルピン・ラリーが辞めると、その後釜《あとがま》になった。ホセは喜んだが、落ち着いていた。彼は気候が暖かくなってきたことにも喜んでいた。公園で寝られるのが嬉しかったのだ。そうすれば節約できるし、ホセには服を買う金が必要だった。映画会社で働く男はいい服を着ないと、とホセは言う。

ある日、ホセが一通の手紙を持って職場にやってきた。ひどく困った顔をしている。彼は同僚に手紙を見せてアドバイスを求めた。アメリカ人は変わってるから、この国のしきたりがさっぱりわからない。こういうとき、紳士ならどういう態度を取るべきなんだろう?

みんなが手紙に目を通した。いかにも高級そうな便箋《びんせん》に女性の字が書かれている。便箋の上のほうにニューヨークの五番街の住所が小さく印刷されていた。ホセが話していた女の子からの手紙だ。いつも局留めで手紙を出さなくてもいいように、住所を教えてほしい。五〇万ドルより少し多い金額を自分の資産として相続したから、ホセの住所がわかったらすぐにロサンゼルスに行って結婚したい、とある。

手紙を読んだ男たちは考えを改めた。慈善団体のほかの連中と同じく、ホセも大嘘つきかもしれないが、それでも彼が話していた女の子は実在するらしい。おい、つべこべ言わずにとっとと結婚しろ。住所を教えてやって、有り金全部持ってすぐにこっちに来させて、彼女の気が変わらないうちに結婚しろ。

ところがホセは首を横に振った。彼女の気が変わる可能性はゼロだよ、だって前にも言ったけど、ぼくにぞっこんなんだから、と言う。金持ちの女の子と結婚することに異論はないし、実際、貧乏な若い男にとって唯一賢い身の振り方は、金持ちの女の子と結婚することだとも思うよ。でも自分の望みは、自分が好きになった金持ちの女の子と結婚することだ。残念だけど、手紙の女の子のことは好きじゃない。

くそったれ、そんなの、あとから好きになればいいだろう、と男たちは言った。いや、それは無理なんだよ、とホセは悲しそうに言った。自分が知りたいのは、こういう場合、アメリカ人ならどうふるまうのか、彼女にどう返事してこっちの事情を説明したらいいのかってことだ。アメリカ人の紳士がアメリカ人の女の子に向かって、きみのことは好きじゃないと言うのは礼儀にかなってるんだろうか？　いやいや、それはまずい、だめだ、親切じゃない。じゃあ、たとえばこの中の誰かに手紙を書いてもらって、ぼくが失恋して銃で自殺して火葬された、とか伝えてもらったほうがいいのかな？　ホセはこの状況を何とかするためなら、どんなことでもする気だった。

男たちは、いよいよホセは頭のネジが外れてると思うようになった。でも、それはいい意味でだった。だからホセが故郷のプエルトリコについて大げさな話をしても、これまでよりも真剣に聞くようになった。女の子の話が本当だったんだから、プエルトリコの話も五分五分で本当の可能性がある、と思うようになったのだ。ホセはとてもおもしろい男だったが、パン工場にはおもしろい男なんてごろごろいたから、いずれにせよ、細かく問い詰めないほうがいいのはたしかだった。だから話をそのまま受け止めて、何も訊かずにいた。

手紙の件から一カ月ほど経ったある晩、ホセがひどく深刻な顔で職場に現われた。

どうしたんだよ、ホセ？　なんでそんなにさえない顔してる？　ホセはため息をついて眉をひそめた。困ったことになってね。どういうことだ、ホセ？　いつもみたいに一日中職探しをしていたら、仕事が見つかったんだよ。

男たちはがぜん色めきたった。みんなもっといい仕事に就きたがっていたのに、それを実行できた者は皆無だったからだ。その仕事はどこで見つけたんだよ、ホセ？　もちろん、映画会社だよ。カリフォルニアに来たのはそのためなんだから。前に言わなかったっけ？

みんな無言だった。ただホセを見つめていた。ほかの男の口から出た話なら嘘だと思うだろうが、ホセが言うことなら本当だとわかっていた。いいじゃないか。彼らにしてみれば、映画会社がハリウッドにあるというのは中国にあるのと同じことだった。給料はいいが、伯父《お》とか甥《おい》とかの伝手がないと就けない仕事だと思っていた。それなのに、おとなしいことこのうえないホセが自分から動いて、まんまと希望の仕事にありついたとは。

どうやって見つけたんだよ、ホセ？　直接頼んだのさ、とホセは言った。そうか、とみんなは言い、じっと座ったまま、なおもホセを見つめていた。そのうち誰かが沈黙を破った。ホセ、それのどこが問題なんだよ、なんでそんな暗い顔してる？

ホセは驚いたようだった。当然じゃないか、一文無しでカリフォルニアに来て「ミッドナイト・ミッション」でしこたま消毒液をかけられてみじめな思いをしていたところに、親切な紳士のジョディ・シモンズがパン工場に雇ってくれたおかげでいい仕事に就けたんだよ。つまりジョディ・シモンズには借りがある、そうだろう？　なるほどね。ジョディ・シモンズに借りがあるところに新しい仕事が見つかった。恩人の気分を害さずに今の職場を辞めるには、どうしたらいいんだろう？

男たちは熱く語り出した。仕事を辞める口実について、各々の持論を披露した。ある男は、いちばんいいのはジョディ・シモンズの鼻に一発お見舞いしてやることだ、と言う。別の男は、ジョディ・シモンズの事務室に行って自分の仕事を代わりにやってもらえませんかと丁重にお願いすればいい、と言う。さらに別の男は、明日無断欠勤すればジョディ・シモンズもすぐに察するだろう、と言う。ほかにもいろんな案が出た。当然だろう。みんな辞めるときの口上を何年も考えてきたのだから。そのことに、どれだけ多くの能力をつぎ込んできたことか。それが、ここにきて実行に移そうとする男が現われたのだから、誰もが協力的になるのも無理はなかった。

だが、意見がひととおり出たところで、ホセはいっそう悲しげな目をして首を横に振った。もっといい方法を考えないと。提案してもらった方法はどれも紳士的な辞め方とは言えない。ジョディ・シモンズは恩人で、恩人にそんなことをする人なんていない。それがアメリカ人のやり方だとしても、ここは自分の故郷のプエルトリコのやり方に従うべきだし、プエルトリコでは育ちのよい人間はそんなことはしないんだ。

その仕事はいつから始まるんだ、ホセ？　今朝からだよ、それで疲れ果ててるのに、これからまた一晩中働かないといけないから、明日の朝はもっと疲れたまま新しい仕事に行かなくちゃ。そんな感じだから本当に困ってるんだけど、自分でもどうしていいかわからないんだ。

その夜、ホセは一晩中働いた。パン工場の男たちもいっしょに考えるうちにホセと同じくらい悩みはじめた。誰かがいい案を思いついてほかの連中に言うと、みんな頭を振りながら、いや、それじゃだめだ、よくない、と言って、また仕事に戻りながらも、みんな必死に解決策を考えた。ホセという男は風変わりなやつだし考えることもイカれてるが、それでもみんな何とかいい解決策を見つけてやりたいと思うようになっていて、みんながこの問題を熱心に考えるようになっていた。

夜が明けた。夜勤の男たちはみな帰宅して睡眠をとり、その日の夜にまた職場に戻ってきたが、そのときもホセのことが気になっていた。ホセも戻ってきた。顔面蒼白《そうはく》だった。ひどく疲れてる、と言う。四五分しか寝てないから、早くいい辞め方を考えないと、自分が何をしでかすかわからない。この切羽詰まった状況をうまく乗り越えるアメリカ人なりの方法というのがあるはずだよ。でも、そのアメリカ人なりのやり方とやらを前の晩にみんなで教えてやったのに、ことごとくボツにしたのはホセだった。

だからホセは二晩続けて夜通し働き、朝になって工場を出たのだが、昇りたての太陽の光を浴びている彼の姿は、どこまでも弱々しく見えた。その日の日中は映画会社で働き、夜にまた工場に戻ってきたときの彼は、今にも倒れそうだった。お願いだ、何とかしてうまい辞め方を考えてくれよ、こんな生活はいつまでも続けられないし、実際、一睡もしなくなってから身体がどんどんおかしくなってるんだ、仕事がひとつだけだとしても、まじめにやろうとするなら寝なきゃだめなのに。

そのとき、ピンキー・カーソンがいいことを思いついた。ホセ、こうしたらいい。午前二時ごろにパイが焼きあがるから、それを六つか八つくらい箱に入れてジョディの事務室の小窓の前に持ってって、やつが見てる前でわざと落としてやれ。そしたらおまえはクビになって万事解決さ。それを聞いて、ホセはしばらく考えていた。手荒いまねをするのは好きじゃないけど今はそんなこと言ってる場合じゃないしなあ、それでうまくいくっていうならやってみるよ、と彼は言った。そしてまた少し考えてから、だめにするパイはぼくが弁償すればいいよね、と言う。まあな、そんなことするなんてアホみたいだが、そうしたいならすればいいさ、とみんなは言った。

その夜の午前二時か三時ごろ、ホセはパイを六つ持って、工場の隣にある事務室の窓のそばに行き、ジョディからよく見える場所に陣取った。ほかの男たちは近くで働いているふりをしながらも、ホセから片時も目を離さなかった。そして机に向かっているジョディが窓の向こうを見る瞬間をひたすら待った。ジョディが窓に目を向けたらピンキー・カーソンが合図を送り、ホセがパイを落とすという段取りだ。いつになく長い時間が経ったように思えたころ、とうとうジョディが窓を見たのでピンキー・カーソンが合図を出し、ホセがパイを落とした。

ジョディがマルハナバチみたいに事務室から飛び出してきた。いったい何をしでかしてくれたんだ、こののろま野郎、パイを全部ひっくり返しやがって。全部だめになっちまったじゃないか、弁償しろ。哀れなホセはその場に立ちつくしたまま、悲しみで溶けそうになっていた。そして大きな目でジョディ・シモンズを見ると、本当にすみません、シモンズさん、パイを台無しにしてしまって、と言った。うっかりしてたもので、本当です、こんなことをするのは役立たずの人間だけですよね、恥ずかしいです、もちろん弁償しますから許してもらえないでしょうか？

ジョディ・シモンズは一瞬、ホセをまじまじと見てから、ふいに笑顔になった。もちろんだよ、ホセ、誰でもミスはするもんだ。弁償してくれるならいいさ。おまえはまじめに働いてくれてるから、ちょっとのミスなんか気にならんよ。おまえみたいなやつがもっといてくれたらなあ、今回のことは忘れろ、さあ、仕事に戻って。

ホセは立ったままかすかに身震いしながら、こんなひどい展開になるなんて信じられないと言わんばかりに頭《かぶり》を振った。そして一部始終を見守っていた同僚たちを見やった。ピンキー・カーソンを見る目は、まるで飼い主に裏切られた犬のようだった。それから第一通路に戻ると、また働きはじめた。

ピンキー・カーソンはすぐにホセのところに行った。おい、ホセ、アイデアは悪くなかったんだよ、ただちょっとインパクトが足りなかったな。ここみたいにいい職場を辞めるには、とんでもない騒ぎを起こさないと。今夜はもうパイは出てこないが、あきらめちゃだめだ、なぜってパイは毎晩焼きあがるから、明日はパイがたんまり入った大きな棚を使えばいい。その棚のどれかひとつ、パイが一八〇個載った棚を今日と同じ場所に運んでって押し倒したら、大変なことになるぜ。そうすりゃ上を下への大騒ぎになってクビになるはずさ。

ホセはピンキー・カーソンを見て言った。ずいぶん卑怯《ひきょう》なやり方だけど、こっちの身体ももう持たないから、明日の夜パイが焼けたらそうするよ、と言った。そして肩をすくめながら仕事に戻っていった。

その日は、ほとんどの男がよく眠れなかった。ホセがパイの棚をひっくり返すところを見たくてうずうずしていたのだ。だからみんな早々に出勤してきた。ジョディ・シモンズはいつも夜一〇時くらいにならないと来ない。でも、今日は早く来てほしいと誰もが思っていた。早く来れば、それだけ長く一八〇個のパイが台無しになるのを目の当たりにする男の顔を見ていられるからだ。だが、ジョディの事務室を通り過ぎながら中をうかがっても、彼はいなかった。唯一見えたのは、机の上に置かれたフラワーボックスらしき大きな長い箱だけだった。みんながその箱を横目に見ながら二階に上がって着替えているうちに、まもなくホセもやってきた。その夜の最初の数時間は、これまでにないほど長く感じた。

夜の一〇時ごろにジョディ・シモンズが出勤してきた。みんないっせいに彼を見たが、それは机の上の箱に興味津々だったからだ。事務室に入ったジョディは、時限爆弾を見るような目で箱を見た。彼は用心深い男だったから、職場の様子がいつもと少しでも違うと、すぐに疑いを抱く。だが、そのうち安全なものだと判断したらしく、ゆっくりと慎重に箱を開けはじめた。すると真っ赤なバラが二四本、机の上にこぼれ落ちた。ジョディはバラをかき分けてカードを探したが、見つからなかった。

その夜の作業予定表を取りに事務室に入ってきたルディがバラを見て、きれいですね、と言った。ジョディはうさんくさそうな目で花を見ながら、誰かが妙ないたずらを仕掛けてきたんだな、と言った。きれいだし、家に持って帰って、かみさんにあげるから、まあいいさ。ジョディは水を入れた缶をルディに持ってこさせると、バラがしおれないように生けた。その夜は、男たちがジョディの事務室の小窓に目を向けるたびに、彼の小さな禿《は》げ頭にバラの冠が載っかっているように見えた。

午前二時になり、パイが焼けはじめた。ピンキー・カーソンは様子を見るために、パイが箱詰めされている二階の焼き場に行った。その夜のパイは、アップル、バニラクリーム、ブルーベリー、ピーチで、ピンキー・カーソンは全部の種類を持ち上げて焼き上がり具合やフィリングの厚みを確かめた。その日のスタッフはベテランぞろいだったので、まだパイが熱いうちから棚に載せていた。ピンキー・カーソンはブルーベリーパイが最適だと判断し、いちばん焼きたて熱々のブルーベリーパイが載った棚を慎重に運ぶと、貨物用エレベーターで一階のホセのところに運んでいった。

ホセは木の葉のように震えていた。ほかのみんなはジョディ・シモンズの事務室の窓のそばに陣取って働いているふりをしていたが、実際は身体を動かしているだけで、作業なんかしていなかった。ピンキー・カーソンはゆっくりと慎重に棚を事務室の窓の前まで運んでいくと、窓から見えないように身をかがめ、ホセに合図を送った。やってきたホセは鞭打たれた犬のようだった。彼はパイの棚まで来ると、棚の背面に手を添えた。棚を倒すには、さほど強い力は必要なさそうだった。ホセは棚にもたれるように立ったまま、悲しげな顔をしていた。みんなでジョディ・シモンズが窓の外に目を向ける瞬間を今か今かと待った。何時間も経ったように思えた。

ついにジョディが窓の外に目を向け、ピンキー・カーソンが合図した。ホセが少しだけ片手に力を入れて押すと、棚は大きな音を立てて倒れた。熱々のブルーベリーパイ一八〇個が発送室の床に飛び散った。

ジョディはしばらく椅子に座ったまま呆然《ぼうぜん》としていた。こんなことが自分の職場で起こるなんて信じられないというように。やがて、誰かに電気ショックをかけられたかのように、椅子を後ろに押して立ち上がるのではなくストーブの上にうっかり座ってしまったみたいに飛び上がると、大声でわめきながら事務室を飛び出してきた。ホセはその場に立ちつくしたままジョディを見つめた。ホセのほうがはるかに背が高いのでジョディを見下ろす形になったが、その目はこの世でいちばん悲しげだった。

ジョディが怒鳴り出した。このくそラテン野郎、昨日の夜にもう一度チャンスをやったのに、いったい今夜は何をした？　一八〇個のブルーベリーパイをめちゃくちゃにしやがって。自分が何をやったかわかってるよな？　もうおしまいだ、おまえはクビだ、出てけ。出ていくんだ、もう二度と俺の前に現われんなよ、この腐れ野郎が、出てけ。

ホセはしばし立ったまま、今のあなたの発言はすべて聞かなかったことにします、と言いたげな目でジョディを見ていた。やがて背を向け、二階のトイレへとのろのろ歩いていった。みんなもすぐにあとを追った。ホセはずっと独り言をつぶやいていた。こんなに卑怯なまねをしたのははじめてだ。自分がここまでひどいことをする人間になるなんて思いもしなかった。シモンズさんの言うとおりだ。あの人は紳士だ。ぼくが困っているときに仕事をくれた。それなのに恩を仇《あだ》で返すなんて、ぼくは人でなしだ。そうとしか言いようがないだろう？　ルディが言う。おい、ホセ、ひょっとして、ジョディの机の上の花のこと、何か知ってるんじゃないか？　ホセはうなずいた。うん、でもこのことは秘密にしておいてくれよ。今日の午後に花を買ってシモンズさんに送ったんだ。ルディが言った。おまえバカだな、送り主の名前がないと誰から送られたものかわかるわけないだろう。

そういう問題じゃないんだよ、とホセ。大事なのは、シモンズさんが花をもらうことだ。花はきれいなものでしょう。シモンズさんはいい人だから、その美しさもわかるはず。送り主が誰かなんて知ってもらう必要はないし、そんなのはどうでもいいことなんだよ。美しいものを送ることで、ぼくなりに感謝の気持ちを伝えたんだ。いろいろ親切にしてもらったから、その恩返しがしたかった。送り主を知ってもらうのは重要なことじゃない。大事なのは、あの人がバラを受け取ること、それだけなんだよ、違うかい？

ホセはコートをはおると工場を出ていった。それ以来、彼を見た者はいない。翌日に小切手を受け取るときも、彼は現われなかった。かわりにホセからジョディ・シモンズ宛に一九ドル八七セント分の郵便為替が送られてきた。それと小切手の額を合わせればパイの弁償代になるから、と……。

今、ホセが目の前にいて霧の中を動き回っているように見える。ホセに話しかけてみた。よお、元気か、ホセ？　ホセ、今は何をしてて、例の金持ちの女の子とどうなったのか教えてくれよ。大きな声でね、ホセ、最近は耳がよく聞こえなくてな。大声でね、ホセ。もっとそばに来てくれないか、あまり動けないんだよ。事情はあとで話すけど、俺がベッドにいるのが見えるだろう。元気だったか、ホセ？

ホセ！

待って、待ってくれよ、ホセ。ごめん。またみんなでいっしょにパン工場で働いてるもんだとばかり思ってた。みんないっしょにね。でも違った。俺、寝てたんだな。夢を見てたんだ。よくわからん。ちょっと待て、ホセ、今目が覚めるから。よしよし。このほうがずっといい。おまえがどこにいるのかわからないよ、ホセ、でも自分がどこにいるのかわかってるから、大丈夫だ。

自分がどこにいるのかわかってるから。

7

これを止めないと。いろんなものが消えていっては、また襲ってくるのを止めないと。息苦しくて沈んでは浮かびあがるのを止めないと。恐怖のあまり叫んだり大声でわめいたり、笑ったり、今ごろ病院のゴミ捨て場で腐っていそうな両手で身体をかきむしりたくなったりするのを止めないと。

正気を取り戻して、ちゃんと考えられるようにならないと。こんな状態になってから、あまりにも長すぎる。傷口は治っているはずだ。包帯が取れたんだから。それだけ時間が経ったということだ。長い時間が。じゅうぶん時間が経ったんだから、この状態を抜け出して考えられるようにならないと。ジョー・ボーナムという人間のことや、次はどうするか考えないと。もう一度きちんと考えないと。

まるで大人の男が突然、母親のお腹の中に押し戻された感じだ。静寂の中で、ただひたすら寝ている。自分ではまったく何もできない。腹のどこかに管が差し込まれていて、そこから栄養が送られてくる。まさに子宮の中にいるみたいだ。でも母親のお腹にいる赤ん坊は、生まれる瞬間を楽しみに待っていられる。

でも自分はずっと永遠に子宮の中だ。それは肝に銘じておかないと。別の人生を期待したり望んだりしちゃいけない。これが毎日、毎時間、毎分ずっと続いていく自分の人生だ。やあ、元気、調子はどう、愛してるよ、なんて言うことも二度とできない。音楽や、木々の間をすり抜ける風のささやきや、流れる水の軽やかな音を聞くことも二度とできない。母さんがいる台所でステーキが焼ける匂いを嗅《か》ぐことも、春の湿った空気の匂いを嗅ぐことも、開けた草原の向こうから風に乗って漂ってくるヤマヨモギのかぐわしい匂いを嗅ぐことも二度とできない。カリーンみたいにちょっと見かけただけで嬉しくなる人の顔を見ることも二度とできない。太陽の光や星や、コロラドの山の斜面に生えている小さな草を見ることも二度とできない。

両足で地面を歩くこともできない。走ったり跳んだり、疲れたときは大の字になって寝そべったりすることもできない。疲れることなんてないのだから。

もし今いる場所が火事になっても、ただじっとしているだけで、火を止められない。自分の身体も燃えてしまうだろうが、身動きひとつできない。手足の切断面を這う虫がいても、指一本動かせないから殺すこともできない。虫に刺されても、かゆみをやわらげることもできないし、ちょっと身もだえしてシーツに身体をこすりつけるくらいがせいぜいだ。何より、この人生は今日や明日限りでも来週末までもない。永遠に子宮の中にいるのだ。夢じゃない。これが現実だ。

そもそも、自分はどうやって生き延びられたのか。自分の親指を掻いたと思ったら死んでしまった人がいる。玄関前の階段から落ちて頭蓋骨《ずがいこつ》を骨折し、木曜日に死んでしまった登山家もいる。親友が盲腸の手術で入院したと思ったら、四、五日後にその親友の墓のそばに立っていることもある。インフルエンザのように小さなウイルスが、ひと冬で五〇〇万人から一〇〇〇万人の命を奪うこともある。なのに、手足も耳も目も鼻も口も失った男がどうしてまだ生きていられるのか？　これをどう説明できるのか？

手足のどちらかがなくなっても生きている人は、たくさんいる。だから、その両方を失っても生きていられるのは、何となく理解できる。片方を失って生きていられるなら、両方失っても生きていけるだろう。医者も三、四年くらい従軍しているから、生きた実験材料がたくさん手に入っただろうし、それだけ経験を積んでいるはずだ。怪我人が失血死する前にすばやく手当てできれば、どんな怪我だろうが、たいていは救えるだろう。そうやって自分もすばやく手当てされたのだ。

そう考えると、いろいろ納得がいく。脳震盪《のうしんとう》のせいで耳が聞こえなくなった人はたくさんいる。珍しくはない。失明した人もたくさんいる。自分のこめかみを銃弾で撃ち抜こうとした人が、失明したことを除けば健康そのものだという話もときどき新聞で目にする。だから自分の目が見えないのも納得できる。前線の後方にある病院には、管で呼吸している人も顎のない人も鼻のない人もたくさんいる。それでわかった。自分は、そのすべてが合わさった状態というだけだ。砲弾で顔全体がくりぬかれてから医者にすばやく手当てされたので、失血死せずにすんだのだろう。砲弾の破片が頸動脈《けいどうみゃく》や脊椎《せきつい》に当たらなかったのは奇跡としか言いようがない。

自分が怪我をする直前、戦闘はしばらく小康状態だった。つまり、前線の後方にいる医者にしてみれば、怪我人がトラックに満載されて運ばれてくる攻勢時よりも、この身体をあれこれいじくる時間がたっぷりあったわけだ。そうに違いない。だからすぐに手当てされて兵站《へいたん》病院に送られ、そこで待ち受けていた医者連中はみんな腕まくりして手をこすり合わせながら、おお、これは非常に興味深い症例だぞ、腕試しにはうってつけだ、とか言ったんだろう。それでなくとも、故郷で一万人の身体を切り刻んで、その仕組みを学んできた連中だ。そういう連中の目の前にやりがいのある患者が現われて時間もたっぷりあったから、身体をあちこち改造して子宮に戻したのだ。

でも、なんで失血死しなかったのか？　両手両足の傷口から血が噴き出ていたら、どう考えても死んでしまう。手足には太い血管が何本もあるのだから。実際、腕一本失っただけで死んでしまった人を何人も見てきた。患者が死んでしまう前に、医者が四つの傷口の出血を全部すばやく止められるとは思えない。きっと俺は手足を負傷しただけで、たぶん面倒な状態になるのを避けるためか、怪我したところが化膿《かのう》してきたから、あとで切り落とされたんだ。壊疽《えそ》の話や、傷口に蛆虫《うじむし》がたかった状態で見つかった兵士の話も思い出した。蛆がいるのは、とてもいい兆候だ。腹に銃弾をくらっても、その傷口に蛆がわいていたら大丈夫だ。蛆は膿《うみ》を食べてくれるし、傷口を清潔に保ってくれるから。でも、似たような傷があっても蛆がわいていないと、やがて傷口は腐って壊疽を起こしてしまう。

たぶん、自分には蛆虫がいなかったんだろう。あの白い小さな虫がほんの数匹でもいれば、今も両手両足があったはずだ。あの白い小さな虫が何匹かいたなら。きっと病院に収容されたときは手も足もあって、負傷も数カ所だけだったはずだ。でも、目や鼻、耳、口など大事な部分の手当てが終わるころには、手足の壊疽が始まっていた。それで切り落としたのだ。この足の指も手首も壊疽を起こしている、よし、つけ根のあたりから切るか。そんな調子だったんだろう。身体の一部を切り落とすだけなら、止血の仕方も医者はわかっているから、患者が失血死することもない。それに、助かる見込みがなければ何もせず、ただ死なせただろう。でも実際は徐々に身体の節々が壊死していったから自分は生き長らえることになって、医者も今となっては殺すこともできないわけだ。もしそうすれば殺人になってしまうから。

それにしても、この戦争ではおかしなことがたくさん起こっている。まさになんでもありだ。いろんな話をしょっちゅう耳にした。ある男は、胃の上の皮膚が銃弾で吹き飛ばされたが、かわりに死んだ男の皮膚と肉で〝蓋《ふた》〟をしたという。まるで窓みたいに〝蓋〟を開ければ、胃が食べ物を消化している様子が見えるらしい。管で呼吸する男たちだけが集められた病室もあれば、管で食事を取り、残りの人生もずっとそうすることになる男たちの病室もある。管は大事だ。生きているあいだ、ずっと管でおしっこする男もたくさんいるし、肛門《こうもん》を吹き飛ばされた男も大勢いる。そういう人たちの内臓は、身体の脇や腹の穴と繫《つな》がっている。穴は吸水性のある包帯で覆われているが、それは自力で穴を開け閉めできる筋肉がないからだ。

それだけではない。南フランスには、戦争のショックで変になってしまった者を収容する病院がある。身体は健康そのものなのに、しゃべれなくなってしまった人がいる。恐怖のあまり話し方を忘れてしまったのだ。身体はどこも悪くないのに床を四つん這いで走り回っては、怖くなると部屋の隅に頭を突っ込み、犬のようにお互いの匂いを嗅ぎあったり足を上げたりして鳴くことしかできない者もいる。炭鉱作業員だったある男は、妻と三人の子どもが待つイギリスのカーディフに帰還した。男は、ある晩に照明弾をくらって顔一面が焼けただれてしまったのだが、妻は夫の変わり果てた姿を見るなり金切り声を上げて手斧《ておの》をひっつかむと夫の頭を切り落とし、三人の子どもも殺してしまった。同じ晩、その妻がパブで平然とビールを飲む姿が目撃されている。唯一奇妙だったのは、彼女がビールのジョッキを出されたときに、それを食べようとしたことだ。いったい何が信じられて何が信じられないというのか？　四〇〇〇万人、五〇〇〇万人の戦死者の誰ひとり死にたいなんて思ってなかったし、数百人、数千人が精神に障害をきたしたり失明したり身体が不自由になったりしたまま、どんなにがんばっても死ぬことさえできずにいる。

でも、自分と似たような人は、そう多くない。医者が指さしながら、見たまえ、これが最新の医学のなせる業だ、過去の症例の中でもとりわけむずかしくて多くの努力を要した成功事例である、なんて言われる者は、そう多くない。手足も耳も目も鼻も口もない男が息をして食べて、ほかの人と同じように生きている。この戦争は医者にしてみればまたとない機会であり、自分は彼らが学んだあらゆる知識の恩恵を受けているラッキーな男なのだ。でも、その医者でもできないことがひとつだけある。やつらはひとりの男を子宮に戻すことは完璧にやってのけたかもしれないが、子宮の外にふたたび出すことはできないのだ。子宮に戻された男は、ずっとその中にとどまることになる。男が失ったあらゆる部位は、永遠に失われたままだ。自分はそれを忘れてはいけない。そういうふうに考える努力をしなければならない。そう腑《ふ》に落ちたことで、彼は冷静に考えられるようになった。
これは、一〇〇万人に一人しか当たらない宝くじに当たった人の新聞記事を読んだときの気持ちに似ている。そんなに確率が低いのに当たる人がいるなんて信じられないが、それでも実際に当たった人はいるわけだ。でも、自分が宝くじを買っても当たるはずがないと思う。つまり、彼はその逆のパターンなのだ。彼は一〇〇万人に一人しか経験しない不運に見舞われた。だが、もし自分のことが書かれた新聞記事を読んだら、本当のことだとわかっていても信じられないだろう。自分の身にそんなことが起こるなんてありえない、と。実際、みんなもそう思う。でも、これからはどんなことでも信じられそうだった。一〇〇万人に一人だろうが、一〇〇万人に一人だろうが、その一人というのはたしかに存在する。その一人が彼だった。きわめてまれな不運に見舞われた男。

気分が落ち着いてきた。思考が少しずつはっきりして繋がってきている。寝たままでも論理的に考えられるようになってきた。大きな違和感だけでなく、小さな違和感にも気づくようになってきた。喉元あたりにかさぶたがあって、それが何かとくっついている。頭を軽く左右に振ると、かさぶたも引っ張られる。眼のくぼみと髪の生え際のあいだの額あたりで紐《ひも》が結んであって、そこもかすかに引っ張られる感じがする。どうしてそんな紐があるのか、頭を左右に振るとなぜそれが引っ張られるのか、気になりはじめた。顔の真ん中の穴では何も感じないので、これは興味深いささやかな疑問だった。寝ながら頭を右に左に振って、紐とかさぶたが引っ張られる感覚を確かめているうちに、どういうことなのかわかった。

顔に覆いがかけられていて、それが額のあたりで紐で縛ってあるのだ。覆いはやわらかい布製で、下のほうが顔の傷口の粘液とくっついている。それでわかった。四角い布の覆いを額できつく縛って喉元まで垂らし、病室を出入りする看護師が自分を見て吐き気を催さないようにしているのだ。なんと思いやりのある配慮だろう。

覆いの意味と仕組みがわかると、かさぶたが単なる興味の対象ではなく、苛立《いらだ》ちのもとになってきた。子どものときから、かさぶたが治るまでそっとしておけず、いつも途中で剝《は》がしていた。だから今も頭を左右に振って覆いを引っ張ることで、剝がそうとした。でも、自分では覆いを動かすことも、かさぶたを剝がすこともできない。そのうち、やっきになりはじめた。布とくっついているところが痛いわけではない。そういうことではなかった。かさぶたは苛立ちの原因であり、挑戦であり、自分の力を試すものだった。覆いを動かせたら、自分はまったくの役立たずではなくなる。

首を伸ばして布をかさぶたから剝がそうとした。でも、あまり動かせない。自分の体力と気力を全部この小さな苛立ちのもとにぶつけていた。それでも首を振るたびに、自分にはなぜったいに無理だと痛感した。布がほんの少し皮膚にくっついているという他愛もないことなのに、持てる体力と知力を振り絞っても、布はびくともしない。子宮の中にいるよりずっとみじめだった。赤ん坊は足でお腹を蹴る。暗くて静かで安らかな羊水の中で寝返りも打つ。でも、自分には蹴る足も動かせる手もないし、身体を回転させる力もないから寝返りも打てない。試しに体を左右に揺らそうとしたが、太腿《ふともも》に残っている筋肉だけではうまく動かせないし、腕を切られたせいで肩幅も狭くなっているから、何の役にも立たない。

かさぶたと覆いのことはあきらめて、どうやったら寝返りを打てるか考えはじめた。身体をかすかに揺らすくらいならできるが、それだけだった。たぶん練習すれば、背中と太腿と肩が鍛えられる。一年後か五年後か二〇年後には、大きく身体を左右に揺らせるようになる。いつか寝返りを打って、うつぶせになれる日が来るはずだ。そうすれば自殺できる。肺や胃に空気や食べ物を送りこんでいる管が金属製なら、それが身体の重みで生きるために必要な臓器に突き刺さるだろうし、管がゴムみたいにやわらかいものなら、つぶれて窒息するはずだから。

だが、今はどれだけ力を振り絞っても身体をかすかに揺らすのが精いっぱいだし、そうするだけで全身汗だくになり、痛みで失神しそうになる。二〇歳の自分が、ベッドで寝返りを打つ力も出せないのだ。これまでは病気で寝込んだことなど一日もなかった。それに力持ちでもあった。一個の重さが〇・七キロのパンが六〇個入った容器をひとりで持ち上げられたし、その容器を肩に担いで、高さ二メートルもある棚の上に載せられた。その動作を毎晩一回どころか、肩と二の腕が鋼みたいに硬くなるまで何百回も繰り返すことができた。なのに今は、太腿をごくわずかに動かして、眠りにつく前の赤ん坊のように身体を小さく揺らすことしかできない。

ふいにどっと疲れが出た。静かに横になり、気になりはじめた別の小さな傷口に意識を向ける。身体の脇に穴が開いている。小さな穴だが、明らかにまだ治っていない。手足の傷口はもう治っているから、相当長い時間が経ったはずだ。手足の傷が治るまで、そして気を失っては意識を取り戻すことを繰り返していた何週間か何カ月かのあいだも、身体の脇の穴は開いたままだったわけだ。長い時間かけて徐々にその穴に気づいたのだが、今ははっきりわかる。身体の左側に包帯が湿っている部分があり、そこから細長い粘液が垂れていた。

ふと、フランスのリールにある陸軍病院に入院中のジム・ティフトを見舞ったときのことを思い出した。ジムの病室には、身体のあちこちに治る見込みのない穴が開いた男たちが大勢いた。なかには何カ月も臭い体液を垂れ流したまま寝ている者もいた。病室に入ったとたんに襲ってきた臭いは、巡回中に出くわした死体の臭いに似ていた。ブーツが軽く当たっただけで肉が崩れ、悪臭がガスのように立ちのぼってきた腐乱死体の臭い。

たぶん、嗅覚《きゅうかく》がないのはラッキーなんだろう。寝ているときに自分の身体の腐ったような臭いを否応《いやおう》なく嗅がされるのは、いい気がしない。やっぱり自分はラッキーなんだ。そういう臭いを絶えず嗅いでいると食欲もあまりわかないだろうから。しかも食欲のことで悩む必要がない。食事はちゃんと取っているから。食べ物が腹に流れこむ感覚はあるし、それで栄養はじゅうぶん取れている。料理の味など自分には関係ない。

いろんなものがぼやけてきた。また気を失うわけではない。集中力がなくなってきたのだ。目の前の暗闇が、夕暮れ時の空のような紫がかった色に変わった。彼は休んでいた。たくさん考えて激しい運動をしたあと、今はただ横になり、なるようになるさ、傷もほっとけ、どっちにしろ臭いなんて嗅げやしないんだから、と自分に言い聞かせる。そもそも残ってる身体が少ないんだから、その一部が死んでも気にすることはないだろう？　じっとしてろ。暗闇がまた別の色みを帯びてきた。星のない夕暮れ時、星のない夜。故郷みたいだ。夕暮れ時になると、どこかでコオロギやカエルや牛が鳴いていて、遠くでは犬が吠《ほ》えていて、遊んでいる子どもたちの声が聞こえてくる故郷みたいだ。心地よく美しい音色と、暗闇と、安らぎと、眠り。でも、星だけがない。

いつのまにか身体の上にネズミがいた。鋭い小さな爪で左足の上のほうにのぼってきている。塹壕にいたときに、よくシャベルで叩き潰《つぶ》していた、どでかい茶色のネズミみたいだ。身体の上にのぼって、あちこちの匂いを嗅いでは、身体の脇の包帯を引きちぎろうとしている。ネズミの長いひげが膿《う》んだ傷口の端をくすぐり、穴から滲《にじ》んでいる膿をひきずっている。でも、自分ではどうすることもできない。

前に見つけたプロシア人将校の顔を思い出した。あれはドイツ軍陣地の外側の塹壕を急襲していたときだった。その塹壕は、放棄されてから一、二週間経っていた。進撃してきた兵士がいっせいに塹壕に飛びこんだときに出くわしたのが、その将校だった。階級は大尉で、片足を空に向かって突き出したまま倒れていた。足はズボンがはちきれんばかりに膨らみ、顔も膨張していたが、口ひげは形を保っていた。その将校の首に一匹のでっぷり太ったネズミが乗っかって、むさぼるように顔を食べていた。塹壕の中に入った兵士たちは、そこでいったい何が起きたのか察した。塹壕の中に防空壕の入口があり、将校はそこに向かっていたときに被弾したのだ。片足を宙に突き上げたままのプロシア人将校。そいつを齧《かじ》っているネズミ。

誰かが悲鳴を上げ、続いてみんなおかしくなったみたいに口々に叫び始めた。ネズミは将校の身体に乗っかったまま、こっちを見つめていたが、そのうち防空壕の入口に向かって走り出した。彼は追いかけようとしたが、出遅れた。叫んだり悲鳴を上げたりしていたほかの者も、後ろからついてきた。誰かがヘルメットを脱いでネズミの尻《しり》に投げつけた。ネズミはかん高く鳴いてヘルメットに嚙《か》みつくと防空壕へとよろよろ歩いていき、全員があとを追った。防空壕の薄明かりの中でネズミを捕まえ、体が赤いゼリー状になるまで叩き潰した。するとー瞬だけみんなが静まりかえった。自分たちが愚かしく思えたのだ。兵士たちは防空壕を出て戦闘に戻っていった。

彼はあとでこの出来事を振り返ってみた。ネズミが味方の身体を齧ろうがドイツ野郎の身体を齧ろうがどうでもいいことで、どっちでも同じことだった。真の敵はネズミであり、たらふく食べて太っているネズミが齧りつく相手が自分になる可能性もあったから、頭にきたのだった。

そのネズミが、今は自分の身体を齧っている。小さな鋭い歯が傷口の端に食い込んで齧っていくのがネズミの小刻みな動きから伝わってくる。このままどんどん深く傷口に足を突っこまれ、肉のかけらを掘り出されて痛くなり、そしてまた齧られるのだろう。

看護師はどこだ。ネズミが病室に入りこんで患者様の身体を齧っているというのに、ちょっと仮眠したいから放置するなんて、とんでもない病院だ。身体をひねったりねじったりしても、ネズミは居座っている。怖がらせることもできない。叩いたり蹴ったり叫んだり口笛を吹いたりして脅すこともできない。唯一できるのは、例のごとく身体をゆっくり揺することくらいだ。でもネズミはその動きがいたくお気に入りらしく、ずっと同じ場所にいて動かない。ネズミは選《え》りすぐりの部分だけをじっくり味わって食べており、ぺったり腹ばいになったまま、小さな顎をひたすら動かしている。

こうやってネズミに齧られるのは、たった一〇分か一五分ですむ話ではないと気づきはじめた。ネズミは賢い動物だ。このあたりの道も知りつくしている。これで満足して去っていったら、もう二度と来ないなんて、ありえない。毎日毎日、毎晩毎晩また戻ってきて、こっちの頭がおかしくなるまで齧り続けるだろう。気がつくと、彼は病院の廊下を走り回っていた。看護師に出くわして胸倉をつかみ、彼女の頭をネズミがしがみついている身体の脇の穴に押しつけて、この怠け者のアマが、なんで患者様の身体からネズミを追い払わないんだ、と怒鳴っていた。彼は一晩中悲鳴を上げて走り回っていた。来る晩も来る晩も永遠に走り回りながら、お願いだから、誰かこのネズミを追い払ってくれ、ここにしがみついてるのが見えるだろう、と叫んでいた。一生のあいだ、ずっと夜になると走り回って悲鳴を上げ、ネズミを追い払おうとするのに、その歯が傷口をどんどん深く齧っていく。

足もないのに疲れるまで走り回り、声も出せないのに喉が痛くなるまで叫んだあと、彼はまた倒れ込むように子宮へと、静寂へと、孤独と暗闇と恐ろしいまでの静けさへと戻っていった。

8

看護師の手が彼に触れていた。身体を拭いてマッサージして、脇の傷口を手当てして包帯を巻いてくれた。顔の覆いに張りついて不愉快だった喉元のかさぶたを、温かいクリーム状のもので剝がしてくれた。悪夢から目が覚めて泣きながら母親の安らかな腕にしがみつく子どもに戻ったようだった。たとえ姿が見えず声が聞こえなくとも、看護師はいっしょにいてくれる友人みたいだった。もうひとりぼっちじゃない。彼女がそばにいれば心配せずにすむし、苦しまずにすむし、考えずにすむ。あらゆる責任は彼女が引き受けてくれるし、近くにいてくれれば何も怖くない。彼は脇を齧るネズミではなく、ひんやりした彼女の指と、新しい清潔な包帯とシーツの感触を味わっていた。

ネズミはただの夢だった。それがわかってほっとするあまり、あのときの恐怖をしばし忘れそうになった。だが、看護師に世話されてリラックスするうちに、またネズミが夢に出てくると思うと急に背筋が寒くなった。ほぼまちがいなく出てくるだろう。あの夢を見たきっかけは、身体の脇の傷について考えたことだ。眠りに落ちながらも意識が傷に向いていたせいで、そこがネズミに齧られる夢を見たんだ。傷がまだ治ってないんだから、あのときと同じ思考の連鎖がまた起こって、夢にネズミが出てくるのはほぼ確実だ。眠るたびにネズミが出てきて、現実を忘れるはずの眠りが、起きているのと同じくらい嫌なものになってしまう。人間は、起きているあいだ、いろいろ我慢している。でも寝ればすべて忘れてしまうものだ。睡眠は死と似たものであるべきなのに。

ネズミは夢だった。まちがいない。自分がやるべきなのは、同じ夢を見たときに抜け出す方法を見つけることだ。子どものころ、よく悪い夢を見た。おもしろいのは、どの夢もたいして怖くなかったことだ。いちばん怖かった夢は、アリになった自分が歩道を横切っているもので、道が広いのに自分があまりにも小さすぎて怖くなり、悲鳴を上げて目が覚めたことがあった。悪夢を止める方法はそれだ。大声で叫べば目が覚める。いや、でもその手はもう使えない。そもそも叫べないし、耳も聞こえないんだから、自分の悲鳴だって聞こえない。だめだ、別の方法を探さないと。

自分がもっと大きくなって別の悪夢を見るようになったとき、そこから抜け出す方法を見つけられたことも思い出した。何か怖いものに追いかけられて捕まりそうになったら、眠ったまま、ジョー、これは夢なんだ、と考えるのだ。これはただの夢だ、ジョー、わかったか？　それから少しして目を開け、周りの暗闇を見つめれば、夢が覚めた。ネズミにもこの方法が効くかもしれない。次にネズミが出てきたら、助けを求めて叫びながら走り回る自分を想像するかわりに、これは夢なんだと考えればいい。そしたら目を開けて――。

いや、だめだ。目が開けられないのだから。寝ながらネズミの夢を見ているときに、夢から抜け出そうと思っても、目を開けて暗闇を見つめることができなければ、どうして目が覚めたとわかる？

おい、ジョー、もっと別の方法があるはずだ。目が覚めたことを証明したいだけなんだから、そんなにむずかしいことじゃない。がんばれ、ジョー、それがネズミをやっつける唯一の方法なんだ、何とかして、寝てるのか起きてるのか見分けるいい方法を早く考えないと。

もう一度最初から考えたほうがいい。今は目が覚めている。それはまちがいない。看護師の手を感じたし、その手は本物だ。つまり、手を感じられるときは起きていることになる。看護師はいなくなったが、今はネズミの夢のことを考えているから、まだ起きている。夢のことを考えているのは起きている証拠になる。そこまではわかったぞ、ジョー。おまえは今起きている。そして寝ているときに見る夢から自由になろうとしている。叫んで自分を起こすことはできない。叫べないんだから。夢から抜け出せと自分に言ってから目を開けて、夢が覚めたことを確かめることもできない。開ける目がないんだから。つまり、眠る前に何か手を打ったほうがいいんじゃないか、ジョー、そうだ、今すぐ始めるんだ。

寝落ちしそうなほど眠くなったらすぐに身構えて、ネズミの夢はもう見ない、と自分に言い聞かせたらどうか。あらかじめそうやって心の準備をしておけば、出てこないかもしれない。何しろ、いったん夢に出てきたら目が覚めるまでやつはずっと離れないし、看護師の手を感じるまで目が覚めたこともわからないのだから。それまでは目が覚めたかどうかもはっきりわからない。だから眠くなったら、もうぜったいあんな夢は見ないと強く言い聞かせて——。

待てよ。眠くなってきたことがどうやってわかるんだ、ジョー？　眠たくなってるぞと何が教えてくれるのか？　寝落ちする寸前は、どんな感じになる？　たぶん、仕事でくたくたになってからベッドに入れば、すぐに眠れるだろう。でも、その手は使えないぞ、ジョー、おまえがそこまで疲れることはないし、一日中ベッドにいるんだから。だめだ。なら、目がしょぼしょぼしてきてあくびが出て伸びをすれば最後に瞼が閉じるんじゃないか。いや、それもだめだ。目がしょぼすることもないし、あくびも伸びもできないし、瞼もないんだから。おまえが疲れることなんてないんだ、ジョー。おまえに睡眠なんか必要ない。だって、四六時中寝てるようなもんだろう。じゃあ、どうやったら眠くなる？　眠くならなければ、自分に警告もできない。警告できないと、あらかじめネズミの夢を見ないように身構えることもできない。

　ああ、これじゃどうしようもない。自分が起きているのか寝ているのかも区別できなきゃ、どうしようもない。でも、全然いい方法が思いつかない。眠る直前というのは、疲れてベッドに横になって目を閉じて音が聞こえなくなって、それから眠りに落ちる。たぶん、目を閉じられて耳が聞こえる普通の人でも、自分が寝た正確な時刻はわからないだろう。たぶん、誰もわからないはずだ。起きている状態と寝ている状態のあいだには、そのどちらでもない状態がほんの少しだけある。そのふたつの状態が混ざりあって、知らないうちに眠ってしまうのだ。それに、もうすぐ目が覚めるなんて思わずに突然目が覚めるものだ。

　これは困った。普通の人でも区別できないのに、一日二四時間ずっと寝ているだけのような自分が、どうやって区別できるというのか？　もしかすると五分くらいの間隔で眠ったり目が覚めたりしているのかもしれない。今はずっと寝ているだけの生活だから、時間の経過を追う手段も持っていない。もちろん、目が覚めている時間もたくさんあるのかもしれない。でも、目が覚めているとはっきりわかるのは看護師の手が触れているときだけだ。それに、今はネズミが夢だとわかっていて、それが唯一夢だとはっきりわかるものだから、ネズミに齧られているときは確実に寝ている唯一の時間ということになる。もちろん、看護師の手に触られていなくても起きている時間がたくさんあるように、ネズミ以外の夢も見ているはずだ。しかし、どうすればわかるのか？

　子どものころは、よく白昼夢を見ていた。ぼんやり座って未来の自分がやっていることをあれこれ空想していた。先週の自分がしたことを考えたりもしていた。でも、そのあいだはずっと起きていた。まちがいなく。だが、暗闇と沈黙の中でベッドで寝ている今の自分はそうではない。遠い昔のことを考えているときも白昼夢を見ている感じなのだが、それは本当の夢なのかもしれない。過去のことを考えているうちに寝てしまって、夢を見ているのかもしれない。

　たぶん、いい方法なんてない。たぶん、これから一生ずっと自分が起きているのか寝ているのか考えるはめになる。いったいどうすれば、俺はこれから寝るんだな、とか、今起きたところだぞ、とか思えるのだろう。しかし、それがわからないといけない。大事なことだ。自分に残されたいちばん大事なことだ。今の自分にあるのは知性だけなのだから、それがちゃんと機能していて考えていることを実感したい。でも、看護師の手が触れているときと、ネズミに齧られているとき以外は、どうすればいいのか？

　とにかく考えることだ。人間は身体の一部を失うと、別の能力を身につけるという。たぶん、一生懸命考えていれば、自分が起きているとわかるだろう。ちょうど今は起きているとわかっているように。それに、考えることをやめれば、これから自分が寝るとわかる。つまり過去の夢も見なくなる。ひたすら考えて、考えて、考えるしかない。そうすれば、そのうち考えることに疲れてうとうとして、眠るだろう。自分には神が残してくれた知性しかない。自分が使えるものはそれだけだから、起きているときはずっと使わなければならない。これまで経験したことがないほど疲れるまで考えなければならない。四六時中ずっと考えて、そして眠らなければならない。

ぜったいにそうしなければならない。起きているときと眠っているときの区別もつかなければ、自分が一人前の大人だとも思えないからだ。砲弾をくらって子宮に戻されたのは辛い。孤独と静寂と暗闇の中で何年も何年も過ごすことになると考えるのも辛い。でも、夢と自分の考えの区別がつかないのは、自分という存在の消滅を意味する。そんな自分は無であり、無以下だ。イカれた人間ではなく、まともな人間だという唯一の証《あかし》さえ奪われることになる。寝ながら何かを真剣に考えていて、それが大事なことだと思っていても、実際には眠っていて二歳児が見るようなばかばかしい夢を見ているだけかもしれないのだ。自分の考えに対するいっさいの敬意を奪われることになるし、それは誰にとっても最悪なことだ。わけがわからなくなって、看護師やネズミも本当に存在するのかどうか自信がなくなってきた。どっちも存在しないのかもしれない。どっちも存在するのかもしれない。存在するものなんてひとつもないのかもしれない。自分さえも。ああ神よ、なんということでしょう。

9

テントの前で焚火《たきび》をしていた。テントは大きな松の木の下に張ってある。その中で寝ていると、外でずっと雨が降っているように思えるのは、針みたいな松の葉がひっきりなしにテントに落ちてくるからだ。父は焚火の向こうにいて、火を見つめていた。毎年夏になると、松が生い茂り、湖が点在する標高二七〇〇メートルのこの一帯に父といっしょにキャンプに来ていた。湖で釣りをして夜にテントで寝ていると、湖のあいだを流れる小川の水音が耳の中で一晩中こだましていた。

ここには七歳のときから来ていた。今は一五歳で、明日はビル・ハーパーがここにやってくる。焚火の前に座り、火の向こうにいる父を見ながら、そのことをどう切り出そうか考えていた。とても悩ましい問題だった。父とのキャンプではじめて明日は別の人と釣りに行きたいと思っている。前は考えもしなかったことだ。いつも父は誰よりもジョーといっしょに行きたがったし、ジョーのほうも、誰よりも父といっしょに行くのが好きだった。でも今年は明日やってくるビル・ハーパーと釣りに行きたいと思っている。いつかはそうなるのだろう。それでも、これは何かの終わりだった。終わりでもあり始まりでもあるが、それを父にどう切り出したらいいのか迷っていた。

だから、ごく慎重に切り出した。ビル・ハーパーが明日来るから、いっしょに出かけたほうがいいと思ってるんだ。あいつは釣りにくわしくないけど、ぼくはくわしいから、明日早起きしてビルと合流して、いっしょに釣りに行こうと思うんだけど、いいかな。

父はしばらく黙っていた。やがて、ああ、もちろんいいよ、行っといで、ジョー、と言った。それからやや間をおいて訊いてきた。ビル・ハーパーは釣り竿《ざお》を持ってるのか？　いや、持ってないよ、と答えると、なら父さんの釣り竿を持ってって、ビルにはおまえのを使わせてあげたらどうだい、と父は言った。どっちにしろ、父さんは明日は釣りに行くつもりはないからな。疲れたから一日休もうと思うんだ、だからおまえは父さんの釣り竿を使って、ビルがおまえの釣り竿を使えばいい。

ごく単純な話だったが、すごい申し出であることはわかっていた。父の釣り竿はとても高価なものだ。たぶん、父の人生の中で唯一の贅沢品《ぜいたくひん》だった。琥珀《こはく》色の鉤素《はりす》ときれいな絹糸の飾り巻きがついている。毎年春になると、父はコロラド・スプリングスに住む釣り竿職人のもとへそれを送っていた。職人は毎年、塗装を丁寧に剝がし、スレッドを巻き直し、もう一度塗装してつやつやにしてから戻してくれる。父がこれ以上大事にしているものはなかった。父をひとり残してビル・ハーパーと出かけるというのに、わざわざその釣り竿を貸してくれると思うと、喉元にこみあげるものがあった。

その夜、ふたりで寝床に入った。下の地面は、針のような松の葉がびっしり敷き詰められている。腰のあたりに小さなくぼみができるように、少しだけ松の葉をどけてあった。ジョーは横になってもしばらく眠れず、明日のことや、隣で寝ている父のことを考えていた。そのうち、彼も眠りについた。朝の六時になり、ビル・ハーパーがテントの入口から小声で呼びかけてきた。ジョーは起きてビルに自分の竿を渡し、自分用に父の竿を持つと、父を起こさずに出かけていった。

事件が起こったのは、あたりが暗くなってきたころだ。ふたりは手漕《てこ》ぎのボートに乗ってルアーを流していた。釣り竿は二本とも使っていた。ジョーがボートを漕ぎ、ビル・ハーパーが後部座席に向かい合わせに座って、ボートの両側に一本ずつ釣り竿を出していた。あたりは静寂に包まれており、湖面は鏡のように穏やかだった。一日中楽しく過ごしていたので、ふたりとも少しぼんやりしていた。そのとき、当たりがきてリールが鋭く回転した。ビル・ハーパーの手から竿がはじき飛ばされ、水の下に沈んでいった。ふたりは必死に竿をつかもうとしたが遅かった。

落ちたのは父の釣り竿だった。それから一時間以上かけて湖面をあちこち移動しながら、残ったほうの竿とボートのオールで何とか引き揚げられないかと水の中を探ったが、そうしながらも、たぶん見つけるのは無理だろうと、なかばあきらめていた。父の宝物の釣り竿を見ることは、もう二度とない、と。

ふたりは岸に上がって釣った魚をさばくと食料雑貨店でルートビアを買い、それを飲みながら釣り竿のことを小声で話しあった。そのあと、彼はビル・ハーパーと別れた。

空に輝く星を眺め、山肌を流れる川の音を聞きつつ、やわらかい松の葉の絨毯《じゅうたん》を踏みしめながら松林を通ってテントへ帰るあいだ、ずっと父のことを考えていた。父と母はあまり裕福ではなかったが、暮らし向きは悪くなかった。町はずれの細長い土地の奥に、小さな家も持っていた。家の正面は芝生で、芝生と歩道のあいだには広い園芸スペースがあった。町じゅうの人が父の庭を見にきては、口々に褒めた。父は朝の五時か五時半に起きて庭に水を撒《ま》いていた。夕方になって仕事から帰ってきたあとも庭仕事に励んだ。ある意味、庭は父にとって金勘定や成功談や店の仕事から逃避する手段だった。そして何かを作り出す手段でもあり、芸術家でいるための手段でもあった。

最初のうちはそこでレタスや豆類、サヤエンドウ、ニンジン、タマネギ、ビーツやラディッシュを作っていた。やがて父は隣の空き地の所有者から許可をもらい、そこも自分の庭いじりのスペースにした。所有者は父が空き地を使ってくれて喜んでいたが、それは秋に雑草を焼き払う手間が省けるからだ。父は空き地でトウモロコシやズッキーニやメロン、スイカ、キュウリを育て、空き地をぐるりと囲むようにヒマワリをたくさん植えた。ヒマワリの中には花径が三〇センチほどの大きさになるものもあった。その種は鶏のいい餌になった。半日陰の小さなスペースには四季なりイチゴを植えたので、春から晩秋まで摘みたてのイチゴを食べられた。

家の裏庭には鶏やウサギがいたほか、ペットとしてチャボも何羽か飼っていた。週に二、三回は夕食にフライドチキンが出たが、それがごちそうだとも思わなかった。

冬には詰め物をした丸鶏の煮込みと自分たちの畑で穫《と》れたじゃがいもを食べた。鶏が卵をたくさん産んでスーパーでも安く買える時期になると、母は鶏小屋から余った卵を持ってきて、保存液の水ガラスを張った大きな壺に入れる。冬になって卵が高くなり、雌鶏《めんどり》が卵を産まなくなると、地下の貯蔵庫からその無料の卵を持ってくるのだ。雌牛も一頭飼っていて、母はバターを手作りしていたし、バターミルクもみんなで食べていた。浅鍋に牛乳を入れて勝手口の外に置いておくと、翌日の朝には鍋の表面に動物の皮ほどの厚みがある黄色いクリームができる。暑い夏の日曜日には、自家製の生クリームに自家製のイチゴなど自分たちが育てたものを入れて、アイスクリームを作った。自家製でない材料は氷だけだった。

父は隣の空き地の奥にミツバチの巣箱を六つ置いていたので、毎年秋になると大量のはちみつが取れた。父はよく巣箱の様子を見に行っては枠を取り出して巣の出来具合を確かめていて、もし巣の数が少なければ女王バチの巣を全部壊し、女王バチの羽もむしり取って分蜂《ぶんぽう》しないようにした。

気温が氷点下になったらすぐに、父は近所の農家から新鮮な肉を買ってきた。四分の一頭分の牛肉や半頭分の豚肉を勝手口に吊るしておくと、冬の間じゅう冷凍状態になって腐らない。ステーキを食べたければ、その肉をのこぎりで切り取ればいいし、しかも肉屋で金を払って買わずにすんだ。

秋になると、母は何週間もかけて果物の保存食を作った。秋の終わりには地下の貯蔵庫が食料でいっぱいになる。そこには水ガラスに浸かった卵の大壺のほかに、あらゆる種類の果物が入った保存瓶もあった。アプリコットのコンポートやオレンジマーマレードもあれば、ラズベリージャム、ブルーベリージャム、リンゴのジェリーなどもあった。ビーツのゆで卵ピクルス、キュウリのピクルス、さくらんぼの塩漬け、チリソースもあった。一〇月に貯蔵庫に行くと、柑橘類《かんきつるい》の皮やナッツ類がぎっしり入った、黒っぽくてずっしりしっとりとしたフルーツケーキが三つか四つ置いてあった。ケーキは貯蔵庫でもいちばん涼しいところにあって、湿った布巾《ふきん》で丁寧にくるまれたまま、クリスマスの時期の出番を待っていた。

こんなにいろいろ持っていたのに父は負け犬で、大金を稼ぐことができなかった。父と母が儲《もう》け話をしていたこともある。誰々さんはカリフォルニアに行ってから不動産業で大金持ちになった、とか、誰々さんは靴のチェーン店で働くだけでずいぶん稼いで店長にまで出世した、とか。カリフォルニアに行った人はみんな金持ちになって成功した。でも、シェイル・シティにいる父は負け犬だった。

改めて振り返ってみても、なぜ父がそこまでの負け犬になってしまったのか、よくわからない。父は善良で正直な人だった。子どもたちを養い、家族は都会住みの人より栄養たっぷりでおいしい豊かな食事をとっていた。都会の裕福な人であっても、あんなに新鮮でしゃきっとした野菜は食べられない。おいしい塩漬け肉も食べられない。いくら大金を積んでも、そういうものは手に入らない。自分で作らなければならないものだから。しかも、母が焼く熱々のスコーンに塗るはちみつまで手作りだった。ふたつの土地を使って、そういうものを全部自分で作っていたのに、父は負け犬だった。

山の斜面に立つテントが見えてきた。まるで暗闇に浮かぶ白い小さな雲のようだった。また釣り竿のことを考えたとき、父がどうして負け犬なのかわかった。家族を養って着るものと食べるものと楽しみを与えていないからではない。ここにきてはっきりした。新しい釣り竿を買う金が父にはないからだ。いちばん大事な釣り竿がなくなってしまったのに、新しく買えるだけの金がないから、父は負け犬なのだ。

テントに着くと、父は寝床で寝ていた。少しのあいだ、立ったまま父の寝顔を見つめていた。それから外に出て、魚を高いところに吊るしてからテントに戻り、手早く服を脱いで父の隣に横たわった。父が身じろぎした。朝まで待ってもいいことはひとつもない。今すぐ言わなくては。だが、いざ話そうとしても声がうまく出てこなかった。父に何を言われるか怖いからではない。なくなった釣り竿と同じくらい良いものを父が持てることは、もう二度とないとわかっていたからだ。

父さんの釣り竿をなくしちゃったんだよ。急に当たりがきたと思ったら、あっというまに竿が沈んじゃって。しばらく捜したし、オールで水の中を探ってみたけどだめだった。見つからなかったんだ。

五分くらい間があっただろうか。父が何か言った。そして小さく寝返りを打った。ふいに父の腕が胸の上に乗っかってきた。温かく、優しい腕の重み。父が言った。そうか、でも、そんな釣り竿みたいにどうでもいいことで、おまえとの最後のキャンプを台無しにしたくないな。

彼は何も言えず、ただ横になっていた。父はこれがふたりで行く最後のキャンプだとわかっていたのだ。これからは夏になるとビル・ハーパーやグレン・ホーガンたちとキャンプに行くことになるのだろう。父も男友だちと釣りに行くのだろう。ごく自然なことだ。そうなるのは必然だった。それでも父の隣で、ふたりで身体を折り曲げて、いちばん寝やすい体勢になりながら父に腕を回されていると、涙がこみあげてきて、必死にこらえた。父さんも自分もすべてを失ってしまった。お互いのことも、釣り竿も。

目が覚めて父のことを考えながら、看護師はどこだろう、と思う。記憶にある中でいちばん寂しい目覚めだった。シェイル・シティや、そこでの心地よい暮らしが恋しかった。シェイル・シティと父と母と妹たちを思い出させてくれるほんの少しの景色や匂いや味や言葉が恋しい。でも、自分だけ隔絶されてしまっている以上、たとえみんながベッドのそばにいてくれたとしても、二万キロ離れたところにいるような遠い存在でしかないのだろう。

10

何もすることがなく、行く場所もなく、ただあおむけに寝ているのは、雑音や人気《ひとけ》とは無縁の高い山にいるみたいだった。ひとりでキャンプしているみたいだ。考える時間がたっぷりある。物事をじっくり考える時間もある。これまで考えなかったような物事を。たとえば戦争に行くこととか。山にひとりきりでいれば、考えていても雑音や他人に邪魔されることもない。外の世界のことなどまったく気にせずに、ひたすら自分の頭で考えることができる。そうすると頭が冴《さ》えてきて、自分の答えも納得できるものになる。それに、たとえ納得できなくてもかまわない。その答えに従って何か行動を起こせるわけでもないのだから。

おい、ジョー・ボーナムよ、おまえは今、牛肉の塊みたいに寝っころがっていて、それがこれから一生ずっと続くわけだが、そうなったのはなぜだ？　誰かに肩を叩かれて、さあいっしょに戦争に行くぞ、と言われたからだ。で、おまえは行った。でも、どうして？　車を買うにせよ、使い走りをするにせよ、それをしたら自分に何かいいことがあるのか訊く権利がある。さもないと、法外な金を払って欠陥車を買うか、バカみたいに使い走りするはめになって飢え死にするのがおちだろう。あれをしろ、これをやれ、と誰かに言われたら、勇気を出して、いったい誰のためにやらなきゃいけないんですか、それをして何か見返りがあるんですか、と訊くのは自分への義務みたいなもんだ。それなのに、いっしょに戦争に来い、おまえの命を差し出せ、ひょっとしたら死んでしまうか身体が不自由になるかもしれんがね、と言われても、こっちに訊く権利がないのはどうしてだ？　イエスともノーとも、ちょっと考えてみますとも言う権利さえない。戦時だって個人の財産を守る法律はごまんとあるのに、人の命はその人だけのものだと書かれた法律なんて、どこにもない。

もちろん、たいていの男は訊くのをためらう。だから、さあ自由のために戦おうと言われて戦争に行って、自由のことなんかこれっぽっちも考えずに殺された。そもそも、どういう自由のために戦うのか？　どの程度の、誰が考える自由なのか？　一生ただでアイスクリームを食べ続けられる自由とか、自分が目をつけた人の財産を好きなときに奪える自由のために戦うのか？　もしそんなやつがいたら、盗みはだめだと言われて自由も制限される。当然だ。いったい自由とはどういう意味だ？　家とかテーブルとかといっしょで、ただの言葉でしかない。でも、自由という言葉は特殊だ。もし誰かが家と言ったら、それがどういうものか説明するには、実際に建っている家を指させばいい。だが、自由のために戦おうと言ってきたやつは、実際に建っている自由を見せることなんかできない。自分が口にした言葉を説明できやしないのに、どうして自由のために戦おうなんて言えるのか？

いや、そうじゃない。戦地に行って前線の塹壕で自由のために戦ったやつはみんなただのバカで、そいつらを連れて行ったやつは嘘つきなんだ。もし次に誰かが自分のところに来て、自由についてべらべらしゃべり出したら——次ってどういうことだ？ 自分に次なんかない。まあ、そんなことはどうでもいい。もし次に誰かが自由のためにいっしょに戦おうと言ってきたら、お言葉ですが、ぼくの命は大事なものなんです、と言ってやる。ぼくはバカじゃありません。自由と引き換えに自分の命を差し出すときは、自由とはどういうもので、誰が考える自由で、もし戦ったらどれくらいの自由が手に入るのか、あらかじめ知っておく必要があります。それとですね、ぼくに期待しているのと同じくらい、あなたもその自由に関心がありますか？ それに、自由がありすぎるのは、自由がなさすぎるのと同じくらいよくないことですし、あなたは口先ばかりで、はったりをかますだけの嘘つきなくそったれです。ぼくはもう決めました。自分がどういう自由が好きなのか、今わかったんです。歩いたり、見たり、聞いたり、話したり、食べたり、好きな女の子と寝たりする自由ですよ。ぼくにはそういう自由のほうがずっと大事なんです。いろんな理解できないことのために戦って、結局は自由なんてまるでなくなってしまうよりも。人生これからというときに死んで腐ったり、牛肉の塊みたいになったりしてしまうよりも。そんなわけで、すいませんが、あなたはどうぞ自由のために戦ってください。ぼくはあんまり興味がないんで。

兵士たちはいつも自由を求めて戦ってきた。アメリカは一七七六年に戦って自由を勝ち取った。多くの死者が出た。それで結局アメリカは、自由のために戦わなかったカナダやオーストラリアより多くの自由を手に入れたんだろうか？　たぶん、そうなんだろう。喧嘩を売ってるわけじゃなく、ただ訊いてみただけだ。ひとりの男を見たときに、そいつが自由のために戦ったアメリカの男で、ぜったいにカナダの男ではないとわかるものなんだろうか？　わかるわけがない。たぶん一七七六年のときも、たくさんの妻子持ちの男が死ぬ必要なんてまるでないのに死んでいったんだろう。どのみち、みんな今の時代までは生きちゃいないだろうが。それはそうなのだが、だからといって彼らが戦争で死んでいいわけじゃない。今から一〇〇年後には自分が死んでいると想像できるし、それで嫌な気持ちにはならない。でも、明日の朝に自分が死んで二度と生き返らず、地面の中で悪臭を放つだけになるとしたら？　それが自由なのか？

みんな、いつもどうでもいいことのために戦ってる。もし誰かが勇気を出して、戦いなんかくそくらえ、またかよ、戦争なんてみんな同じで、誰にとってもいいことなんかひとつもない、とか言おうものなら臆病者呼ばわりされるのがおちだ。自由のために戦うのでなければ、独立とか民主主義とか解放とか良識とか名誉とかお国とか、別のどうでもいいことのためにに戦っている。今の戦争は、民主主義と小国と万人のために世界を安全な場所にするためだという。もし戦争が終わったなら、世界は民主主義にとって安全な場所になったということだ。本当に？　それは、どんな種類の民主主義なのか？　どの程度の、誰にとっての民主主義なのか？

しかも、解放とやらのために、たくさんの若者がたえず殺されている。解放っていうのは、ほかの国からの解放か？　労働や病気や死からの解放か？　義理の母親からの解放か？　俺たちが召集されて殺されてしまう前に、その解放についての売買証明書を出してくれませんかね。取引の内容がはっきり書かれた証明書を。そうすれば、何のために俺たちが殺されに行くのか前もってわかるから。あと、念のために抵当証書ももらえませんか。そうすれば、戦争に勝ったあと、俺たちが取引に応じた解放と同じものが手に入るとわかりますから。

それに、良識とは何なのか。みんなが口を揃えて、アメリカは良識の勝利を目指して戦っていると言う。でも、それは誰が考える良識なのか？　誰のための良識か？　良識について、はっきり教えてくれないだろうか。良識のある死者のほうが、良識のない生者よりどれくらい気分がいいのか教えてほしい。家やテーブルみたいに目に見える形で比べてほしい。俺たちにわかる言葉で説明してほしい。名誉の話なんかしないでほしい。それは中国人の名誉か、イギリス人の名誉か、アフリカの黒人の名誉か、アメリカ人やメキシコ人の名誉なのか？　名誉を守るために戦いたい人は、いったい名誉とは何なのか説明してほしい。俺たちが戦っているのは、世界に対するアメリカの名誉のためなのか？　世界のほうはそれに納得しないだろう。だって南太平洋の島に住む人たちには、自分たちの名誉のほうが大事だろうから。

頼むから、俺たちが戦う理由を、目で見て感じて特定できて、理解できるもので示してほしい。お国とか何の意味もないもったいぶった言葉はごめんだ。母国とか祖国とか故国とかお国とか、みんな同じだ。死んだらお国が優しくしてくれるのか？　自分が死んだら、いったい誰のお国になる？　お国のために戦って死んでしまったら、中身や質をよく調べもしないで物を買ったようなものだ。ぜったい受け取れないもののために代価を払ったんだから。

名もなき男たちを自由や解放や民主主義や独立や良識や名誉のための戦いに引きずりこめないと、連中が次にだしにするのは女性だ。汚いドイツ野郎どもが、きれいなフランス人やベルギー人の女の子に乱暴してるぞ。誰かが止めないと。だから、きみたちも軍隊に入って彼女たちを救おうじゃないか。そう聞くと、みんなおろおろして軍に入り、しばらくすると砲弾をくらって赤いどろどろの肉を飛び散らせて死んでしまう。その死は別の言葉に置き換えられ、女性を守るために死んだということで愛国婦人会の熱心な婆さんたちがこぞってそいつの墓の前に押しかけては大声で褒めたたえる。

たしかに男は自分にとって大事な女性が乱暴されるくらいなら、自らの命をすすんで危険にさらすかもしれない。だが、もしそうしたとしても、それは一種の取引にすぎない。当時は愛する女性を守ることが自分の命より大事だと思ったんだ、と言うかもしれない。とはいえ、それは特に崇高なことでも勇ましいことでもない。自分の命をもっと大事なもののために差し出すという、ごく単純な取引をしただけだ。日常生活によくある取引とたいした違いはない。でも「自分の愛する女性」が「世界中の女性」という言葉にすり替わると、男は集団としての女性を守る立場になる。そのためには男も集団で戦う必要が出てくる。そうなると、またもや言葉のために戦うことになるのだ。

軍隊が前進しはじめて旗が振られ、スローガンが叫ばれるようになったら、みんな気をつけろ。そういうときは、火中の栗を拾うはめになるからな。自分が戦う理由が何かの言葉になってしまい、取引が正当なものでなくなって、自分の命と引き換えにもっと大事なものが手に入ることもない。いくら崇高な目的のために戦っても、自分が死んでしまったら、命と引き換えに手に入れようとしたものは何の意味もなくなるし、ひょっとしたら、ほかのみんなにとっても意味のないものかもしれないんだ。

たぶん、こういうのはよくない考えなんだろう。世の中には理想主義者が大勢いるし、そういう連中は、命より大事なものなどないと考えるなんて、おまえはよっぽど低級な人間なんだな、とか言いかねない。もちろん、戦って死ぬに値するだけの理想というのも、きっとあるんだろう。もしそういうのがなければ、俺たち人間は野獣以下の存在になるし、ひたすら野蛮な世界を生きていくことになる。それでもいいじゃないか、野蛮でけっこう、戦争がなくなるなら。俺に命の犠牲を強いるのでなければ、いくらでも理想を追い求めたらいいさ。そう言うと、だが自分の信条に比べたら命なんてそこまで大事じゃないだろう、とか言うやつがいる。そんなときは、こう言ってやれ。そうかい？　あんたの命はそうかもしれないが、俺の命は違う。そもそも信条っていったい何だ？　具体的に言ってくれよ、実物を見せてくれてもいい。

他人の命を犠牲にすることを厭《いと》わない連中の話は、しょっちゅう聞こえてくる。そういう連中は声がでかくて、ずっとしゃべってるから。教会でも学校でもマスコミでも州議会でも連邦議会でも。それがやつらの仕事なんだ。口だけはうまい。恥よりも死を。この土地は血によって清められた。彼らは名誉ある死を遂げた。みんなの死を無駄にしてはならない。気高き死者たち。

なるほど。

でも、死んだ者は何て言ってる？

戦死した何百万人の誰か一人でも生き返って、ああ、死んで嬉しいなあ、恥をかくより死ぬほうがいい、なんて言っただろうか？　自分が死ぬことで民主主義のために世界を安全にできたから嬉しいよ、なんて言っただろうか？　自由を失うより死んだほうがましだ、なんて言っただろうか？　国の名誉のために内臓を吹き飛ばされてよかったよ、なんて言っただろうか？　俺はこのとおり死んだけど良識を守るためだったんだから生きてるよりいい、なんて言っただろうか？　もう外国の墓地で朽ちていって二年になるが、お国のために死ねて嬉しいよ、なんて言っただろうか？　やあ、俺は女性を守るために死ねて幸せだ、俺の歌を聴いてくれよ、口にいっぱい虫が詰まってて声が出ないけど、なんて言っただろうか？

　こんなふうによく言われることが本当に死ぬ価値のあるものかどうかは、死んだ人にしかわからない。しかも死人に口なしだ。要するに、気高い死とか聖なる血とか名誉とか、そんなような話は、死者を代弁する権利もない墓泥棒やいかさま師が死人の口に無理やり突っ込んだものなんだ。恥よりも死をとか言うやつは、バカか嘘つきのどちらかだ。なぜって、そいつは死がどういうものか知りもしないから。判断できるはずがない。そいつは生きることしか知らない。死についてはまるで知らない。もしそいつがバカで、恥よりも死を、とか本気で思ってるなら、勝手に死なせとけ。でも、人生に忙しくて戦えない普通の男たちは、ほっとかれるべきだ。恥より死を、なんてくだらん、それを言うなら死より生を、だろうと言う男も、ほっとかれるべきだ。自分にとって大事な信条を持たなければ生きている価値がないから、そのためなら喜んで死ぬべきだ、とか言う連中は、みんなイカれてるんだから。どのみち時期がくれば逃げられない以上、戦って死ぬべきだ、それこそが人生だ、とか言うやつもイカれてる。バカが言うような話だ。そういう連中は2＋2は0と言ってるんだ。自分の命を守るために死ぬべきだと言ってるんだ。戦うことに同意したら、死ぬことに同意したことになる。もし自分の命を守るために死んだとしたら、どのみち死んでるんだから、まったくつじつまが合わない。餓死しないために餓死するなんて言わない。貯金するために有り金を全部使うなんて言わない。家が火事にならないように家を燃やそうなんて言わない。なら、どうして生きる特権のために自ら進んで死にに行くのか？　少なくとも生と死の問題については、食料品店でパンを買うときと同じように、共通の認識があるべきなんだ。

民主主義のために世界を安全にするとか意味のない言葉のために戦地で死んでいった五〇〇万人、七〇〇万人、一〇〇〇万人の男たちは、死ぬ直前にどう思ったのか？　自分の血が泥沼に流れていくのを見ながら、どう思ったのか？　毒ガスが肺に入って身体を蝕《むしば》みはじめたとき、どう思ったのか？　精神を病んで病院で寝たまま、死がほかの人間を連れ去っていくのを目の当たりにしながら、どう思ったのか？　もし自分たちの戦った理由が死んでもいいほど大事なものなら、死ぬ直前にも考えるだろう。当然だ。とんでもなく大事な命を手放すとなれば、それと引き換えに得たものについて、人生の最後の瞬間にも脳みそを振り絞って考えるはずだ。みんな民主主義とか解放とか自由、名誉、故郷の平和、永遠の星条旗のことを考えながら死んでいったのか？

もちろん、そんなこと考えちゃいなかった。

心の中で赤ん坊みたいに泣きながら死んでいった。自分たちが何のために戦って何のために死んでいくかなんてすっかり忘れて。同じ人間ならわかるようなことを考えていた。友だちの顔を懐かしく思い出しながら死んでいった。母親や父親や嫁さんや子どもの声が恋しくて泣きながら死んでいった。生まれ故郷を一目見たい、神さま、どうか一目だけでも、と思いながら死んでいった。生を必死に求めてうめきながら死んでいった。何が大事かはみんなわかっていた。命こそすべてだとわかっていて、泣き叫びながら死んでいった。生きていたい、生きていたい、生きていたい、と、ただひたすらそう考えながら死んでいった。

自分にはわかる。

自分はこの世界でいちばん死に近い存在だから。

自分はまだ考えられる頭を持った死人だ。死人が知っていることも、死人が考えられないようなことも、すべての答えを知っている。自分も死人のひとりだから、死人の気持ちを代弁できる。死んでなお考えられる脳みそを持った史上初の兵士だ。自分と議論できる者は誰もいない。自分の考えがまちがっていることを示せる者もいない。自分の考えを知る人は自分しかいないから。

　犠牲を払えとか仰々しいことを言っていた人殺しの腐れ野郎どもがどれだけまちがっていたか、今ならわかる。そいつらには、こう言ってやる。死ぬだけの価値があるものなんかありません、ぼくは死人だからわかるんです、命ほどの価値がある言葉なんてひとつもありません。地下深くで石炭掘りの仕事をして、太陽の光なんか一度も見ずにパンの耳と水だけ口にして一日二〇時間働くほうがよっぽどましですよ。死ぬくらいならそっちのほうがいい。自分の命のためなら民主主義なんてくれてやります。独立も名誉も解放も良識も、命のためならくれてやります。いっさいくれてやりますから、そのかわり、歩いたり見たり聞いたり息を吸ったり食べ物を味わったりする能力をぼくにくれませんか。言葉はそっちに差し上げますから、ぼくの人生を返してください。今はもう幸せな人生なんか望んじゃいません。人並みの生活も、名誉ある生活も、自由な生活も望んじゃいません。そんな生活はもう手が届かないから。ぼくは死人だから、唯一ほしいのは命だけです。生きること、感じること、地上を移動できて死んでいない存在になること。ぼくは死がどんなものか知ってますが、言葉のために死ねと言うあなたがたは、生きるとはどういうことかもわかっていませんよね。

　気高い死なんてない。たとえ名誉のために死んだとしても。死んでから世界でもっとも偉大な英雄になったとしても。偉大な人物として未来永劫《えいごう》その名が残ることになったとしても、そこまで偉大な人物っていったいどんな人だ？　みんな、いいか、いちばん大事なのは自分の命だ。死んでしまったら演説のネタになるだけで何の価値もない。これ以上だまされちゃだめだ。誰かが肩を叩いて、さあ来い、自由を守るためにいっしょに戦おう、とか何とか言ってきても、そいつらはいつも口先だけなんだ。

そして、こう言おう。すいませんが、ぼくは死んでる場合じゃないんです、いろいろ忙しいんで、と言って全速力で逃げろ。臆病者と言われても気にしちゃだめだ。こっちの仕事は死ぬことじゃなく生きることなんだから。命より大事な信条のために死ねとか言われたら、あなたは嘘つきですねと言ってやれ。命より大事なものなんてない。気高い死なんてない。土の中で腐っていくことのどこが気高いんだ？　二度と太陽の光を見れないことのどこが気高いんだ？　両手両足を砲弾で吹き飛ばされることのどこが気高いんだ？　頭がおかしくなってしまうことのどこが気高いんだ？　目も耳も口も失ったことのどこが気高いんだ？　死んでしまうことのどこが気高いんだ？　なぜって死んだら何もかもおしまいだからですよ。死お・し・ま・い。犬やネズミやハチやアリや膿を這いずりまわる白い蛆虫以下になってしまうんですよ。死んでしまったら何にも残りません。

死んでしまったらね。

死んでしまったら。

第二部　生　者

11

2×2は4。4×4は16。16×16は256。256×256は、ああ、だめだ、数が大きすぎる。よし、じゃあ2×3は6。6×6は36。36×36は576。5、いや、これもだめだ。これが限界だ。

だから数はやっかいなんだ。どんどん大きくなって手に負えなくなるし、正解できても何の役にも立たない。じゃあ、別のことにするか。自動詞と他動詞の使い分けとか。花をテーブルに並べる。花がテーブルに並ぶ。横になって寝る。身体を横にして寝る。三時間横になっていた。本を床に置く。なんで「置く」だけじゃだめなんだろう、それでじゅうぶんなのに。誰がそこにいる？　そこにいるのは誰だ？　誰々から誰かへ、誰から誰々へ。きみとぼくと門のあいだ。きみとぼくのあいだ。ぼくたちのあいだ。うん、こっちのほうがずっと言いやすい。彼女のような人はいない。誰も彼女のようではない。彼女のような人は誰もいない。彼女みたいな人はいない。誰も彼女みたいじゃない。

ディケンズの小説に出てくるデイヴィッド・コパフィールドはさんざん苦労したあげく、何かにつけて楽観的なミスター・ミコーバーに弟子入りするんだよな。ドリティおばさんとかいう人もいた。それで、デイヴィッドはそのおばさんのもとに逃げるんだ。デイヴィッドのお母さんは大きな茶色い目をしていて、優しくて、バーキスも親切だった。お父さんは死んでる。スクルージはけちんぼで、ティム坊やはみんなに神さまのご加護がありますように、と言った子かな。大砲の弾みたいにまん丸の、炎をあげているプディングも出てきたぞ。ティム坊やは身体が不自由だった。モヒカン族の最後の生き残りはイロコイ人で。いや、違うかな、革脚絆《レザーストッキング》はどのあたりで出てくるんだっけ。

半リーグ半リーグ半リーグと前進する。死の谷へと六〇〇騎が進んでいく。気高き六〇〇騎が進みゆく。理由などいらぬ、やるかやられるか。ここまでしか思い出せない。かぼちゃに霜がおりて飼い葉がびっくりしてるとき、オスの七面鳥の鳴き声が聞こえるとき、何とかかんとか、何とかかんとか。これもだめだ。違うことにしよう。

太陽系には八つの惑星がある。地球、金星、木星、火星、水星。一、二、三、四、五。あと三つだ。わからない。恒星はちかちか光るが、惑星はちかちかしない。本当にそうだったっけ。あなたには、わたしのほかに神があってはならない。殺してはならない。父と母を敬わねばならない。隣人の牛もロバも男女の奴隷も欲してはならない。盗んではならない。姦《かん》淫《いん》してはならない。うまくいかないな。柔和な人たちは幸いである。その人たちは地を受け継ぐ。心の貧しい人たちは幸いである。その人たちは神を見る。義の目的に飢え渇く人たちは幸いである。その人たちは何かをする、いや、違うか。主は羊飼い、わたしには何も乏しいことはない。主はわたしを緑の草原へと導いてくださる。主はわたしを冷たい水のほとりへと導いてくださる。主はわたしの頭に油を注いでくださる。わたしの杯をあふれさせてくださる。たとえ死の谷を通ることがあっても、わたしは恐れない。主がわたしの行く道をお守りくださるから。生きている限り、主の恵みといつくしみが、わたしを追ってくる。やがて、わたしは主の家に帰り、いつまでもあなたと暮らすことだろう。なかなかいいぞ。今までいちばんだ。

問題は、自分が何も知らないことだ。自分は何ひとつ知らない。どうして覚えていられるようなことを誰も教えてくれなかったのか？　なんで自分には考えることがひとつもないんだ？　考える以外にすることがないのに、考えることが何もない。覚えているのは自分と自分の人生のことだけなんて、最悪だ。自分に残されているのは考える能力だけだから、その使い道を見つけなければならない。考えられないのは、自分が何も知らないからだ。何かを真剣に考えようとしても、赤ん坊のように無知だからだ。

一冊の本を章ごとに思い出せたら、寝たきりのまま、頭の中で繰り返しその本を読み返せるのに。でも、思い出せない。そもそも、章の内容どころか、あらすじさえ思い出せない。いろんな場面がとぎれとぎれに思い浮かぶだけだ。でも、思い出す方法を忘れてしまったわけではない。ちゃんと聞いていなかったから記憶に残るだけの知識が何もないというだけだ。自分は生きたひとりの人間で、これからもしばらくは生きるだろうから、やるべきこと、考えるべきことが必要だ。赤ん坊のように、また一から学ばないと。意識を集中させないと。最初から始めないと。何かひとつのことから始めないと。

しばらく前から気になっていることがあった。いつからかはよくわからないが、時間が大事だと思うようになっていた。高校一年生のときに古代史の授業で、キリストが登場する前のはるか昔、思考しはじめた初期の人類は時間について考えた、と習った。星の動きを調べて週と月と年を発明し、時間を計る方法を編み出した。昔の人は賢かったわけだが、今の自分も古代の人たちと似たり寄ったりの立場にいて、この世でいちばん大事なのは時間だと思っている。時間は唯一決定的に大事なものだ。時間こそがすべてだ。

もし時間の経過を追えれば、自分で自分を管理できるし、みんなの世界にいられるが、時間がわからないと、どっちも無理だ。ほかの人と結びつく唯一の手段である時間を失ったら、ひとりぼっちになってしまう。『モンテ・クリスト伯』の主人公も、暗い牢獄《ろうごく》に閉じ込められているときに時間を記録していた。ロビンソン・クルーソーも誰かとの約束があるわけでもないのに、熱心に時間を記録していた。どんなに人里離れた場所にいても時間さえわかれば、ほかの人と同じ世界にいられるし世界の一部でいられるが、時間がわからないと、自分だけが置いてきぼりになって、永遠にどこにも属さない宙ぶらりんの存在になってしまう。

覚えているのは、一九一八年九月のある日に時間が止まったことだけだ。ひゅうという音がどこからか聞こえてきて防空壕《ぼうくうごう》に飛びこんだ瞬間、すべてが真っ白になり、時間がわからなくなった。あの瞬間から今に至るまで、かなり長い時間が経ったのだろうし、その時間は二度と取り戻せないと思ったほうがいいのだろう。いつか時間を知る術《すべ》を手に入れたとしても、過ぎ去った時間は永久に失われたままで、自分はずっとほかの人たちの背中を追いかけて生きていくことになる。

砲弾が爆発してから、目が覚めて耳が聞こえないと気づくまでのあいだのことは、何も覚えてない。大怪我をして意識を失っていたのだろうが、その期間が二週間だったのか、二カ月だったのか、六カ月だったのかは、まるでわからない。そして目が覚めてからも、意識があるときとないときを繰り返していて、寝たきりのまま、考えているのか夢を見ているのか空想しているのかよくわからない期間がずっと続いている。

まったく意識がないときは時間など存在しない。指をぱちんと鳴らすみたいに、目覚めるときは一瞬にしてそうなるから、寝てから起きるまでどれくらい時間が経ったかなんてわからないものだ。それに意識を失っては取り戻すことを繰り返していると、普通の人より時間が短く感じられるようなのだが、それは半分正気を失って半眠りのような状態になると時間が凝縮されるからだ。自分が生まれるときは丸三日かかったらしいが、当の母親は一〇時間くらいだと思っていたらしい。痛みやら何やらのせいで時間が短く感じられたのだろう。

今も同じ状態だとすれば、自分が意識を取り戻すまでにかかった時間も、思った以上に長いのかもしれない。一年か二年経っている可能性もある。そう思うと、胸に奇妙な痛みを感じた。恐怖に近いものだが、ありきたりな恐怖ではない。どちらかというとパニックに近く、自分が自分でなくなる気がして背筋が寒くなった。かすかに胃がむかついた。

時間を知ることで、みんなのいる世界に戻ろうとするアイデアは、だいぶ前から頭に浮かんでいたが、具体的な方法を集中して考えることができていなかった。いつのまにか夢の中を漂っていたかと思えば、突然、まったく別のことを考えているような状態だったからだ。

看護師の巡回を手がかりにすれば解決できると思ったこともあった。二四時間のあいだに看護師が病室に来る回数はわからなかったが、決まったスケジュールで動いているはずだ。だから自分はただ、看護師が病室に来てから次に来るまでの秒数と分数と時間を数えればばいい。そうやって二四時間を数えたら、あとは看護師が来た回数を数えれば一日が経ったとわかる。それに、看護師が歩く振動でいつも目が覚めるから、来たことに気づかない心配もない。たまに巡回回数が変わっても、一日の排便回数とか、清拭《せいしき》、シーツ交換、顔の覆いの交換など、週に二回か三回か四回程度しかない出来事から日数の経過がわかる。もしどれかひとつの間隔が変わっても、ほかの出来事と照らしあわせればいい。

じっくり考えてこの方法を思いつくまでには長い時間がかかったが、それは考えることに慣れていなかったからだ。でも、ようやく考えがまとまったところで実行に移すことにした。看護師がいなくなったらすぐに数を数え出した。できるだけ実際の秒数に近い速さで数え、六〇になったら一分とする。そして頭の片隅に一分と刻んでから、また一から六〇まで数える。

この方法を最初に試みたときは、一分まで来たところで気が散って、数がわからなくなってしまった。そのあとも似たような調子だった。秒数を数えながらも、ふとしたはずみに、数え方が速すぎるぞ、短距離走の選手が一〇〇メートル走る時間はずいぶん長く思えても実際は一〇秒くらいなんだからな、とか思ってしまう。だから数えるスピードを遅くして、頭の中で短距離走の選手が一〇〇メートル走るのを見ているうちに、いつのまにか自分がシェイル・シティ対モントローズの高校陸上競技会の会場にいて、テッド・スミスが堂々と一位でゴールテープを切るとシェイル・シティの生徒たちがいっせいに歓声を上げたところで数がわからなくなってしまった。

そうなると、また看護師が来るのを待たなければいけない。そこが起点になるからだ。そうやって数を数えるうちに今いくつなのかわからなくなって腹を立てながら頭の中の暗闇へとまた沈んでいき、看護師の歩く振動と彼女の手の感触を感じるのを待って、ふたたび一から数え出す、ということを何百回、何千回と繰り返したように思えた。

一回だけ、一一四分まで数えられたこともあったが、そのときも一一四分は時間にするとどれくらいだろうと思っていつの間にか数を数えるのをやめ、一時間と五四分だとわかると、今度は「五四度四〇分さもなければ戦争だ」（一八四〇年代にアメリカで広まったイギリスとのオレゴン国境紛争のスローガン）というフレーズが浮かんできて、その言葉の由来と意味を必死に思い出そうとした。でも思い出せず、数を数えることに戻ろうとしたときには、ずいぶん時間が経ってしまったことに気づき、これまでの最長記録は更新したものの、ふりだしに戻ることになってしまった。

やり方がまちがっていると気づいたのは、その日だった。この方法で時間を知るには、二四時間ずっと寝ないで、数をまちがえずに一定のペースで数え続けなければならない。そもそも普通の人でさえ、そんなに長いあいだ寝ずに数を数えるのは無理なのに、ましてや身体の三分の二が無感覚の人間には、もっと無理だろう。それに、数えまちがえないのも不可能で、それは分数と秒数を別々に覚えていられないからだ。秒を数えている最中に、ふと、今まで数えた分数はいくつだったっけ、と考えてしまう。そして二二分だとか三七分だとか、覚えていた数字にそのときは自信があっても、最初に自問したときの疑いが消えることはなく、そのうち分数をまちがって覚えていたと思うようになって、そのころには、もうどこまで数えていたかも忘れてしまう。

看護師の巡回から次の巡回までずっと数えられたためしは一度もなかったが、もし数えられたとしても、今度は二四時間ずっと秒数と分数と看護師の巡回回数という三つの数字を同時に覚えていなければならないと気づいた。しかも、分数が多くなりすぎると覚えていられなくなるから、ときどき分を時間に変換しなければならない。となると、時間の数が加わることで、四種類の数字を覚えていなければならなくなる。

これまでは秒数と分数だけで事足りるくらいの長さしか数えられていなかったが、そのときは、頭の中の黒板にふたつの数字を書き、それを見ればわかるようにしていた。自分がいる部屋の右側と左側にそれぞれ黒板があり、左の黒板に分数を書いておいて、一分増やすときに黒板の数字を見れば、今までの分数がわかるはずだった。でも、うまくいかなかった。覚えていられなかったのだ。失敗するたびに胸と喉《のど》が苦しくなった。そうやって泣いていたのだ。

そこで数を数えるのはあきらめて、もっとわかりやすい出来事を調べることにした。ほどなく、看護師がだいたい三回来るあいだに便通が一回あることに気づいたが、ときどき四回目に延びることもあった。でも、それだけでは何もわからない。医者は一日に二回便通があるのが普通だと言うが、それは普通の食事を口から食べて喉に流しこんでいる人の話だ。

自分がとっている食事だと、便通の回数が普通よりだいぶ多くなるかもしれない。あるいは、ひたすらベッドで寝ているだけだと必要な食事量も多くなくて、普通の人よりずっと回数が少ないかもしれない。また、清拭とシーツ交換が行なわれるのは、だいたい一二回目の巡回のときだった。一度だけ一三回目のときがあったし、一〇回目のときも一度だけあったから絶対確実ではないが、手がかりにはなる数字だ。最初は秒数と分数を数えるだけだったのに、今は一日か数日単位で時間を考えられるようになっていることに、我ながらかすかな驚きを覚えた。これはいい方向に向かっているに違いない。

横になっているあいだ、シーツの端が喉元に当たっているのを首の皮膚から感じた。シーツが山脈のように盛り上がっていて、いまにも喉元にのしかかってくる気がした。そのせいで首を絞められる夢を一、二度見たが、それでも考え続けた。皮膚が何かに覆われておらず露出しているのは、シーツの端から耳にかけての首の両側と、覆いの上の額の上半分だけだ。

そこの皮膚と髪の部分だけ。たぶん、ここをうまく使う方法があるはずだ。その部分だけは空気に直接触れていて無傷だから、無傷な部分のほうが少ない自分のような人間は、そこをうまく使わないと。

人間は皮膚を使って何をしているだろう。何かを感じるために使っている。でも、それだけでは、まだわからない。なおも考えるうちに、皮膚は汗をかく場所で、汗が出るときは暑いと感じているが、全身に汗をかくころには、汗が乾いてかえって涼しく感じることを思い出した。そういう暑さと寒さの感覚を使えばいいとわかったところで、日の出を待つことにした。

ごく単純なことじゃないか。そう思うと嬉《うれ》しくて胸が躍った。自分がやるべきなのは皮膚で感じることだけだ。寒い気温から暖かい気温に変わったら日の出で、一日が始まる。そこから次の夜明けまでに看護師が何回来るか数えれば一日の巡回回数がわかるし、それがわかればもう時間を見失うことはない。

最初は気温が変わるまでずっと起きていようとしたが、一〇回以上試したうちの半分はいつの間にか寝てしまっていた。残りの半分は、考えているうちに気温がわからなくなってしまった。今は寒いのか暑いのか、どっちなんだろう。自分はどういう変化を待っているのか。これから熱が出るかもしれないし、興奮しすぎて汗をかくかもしれないから、もしそうなったら今までの努力は水の泡だ。ああ、神さま、汗をかかないようにしてください、熱が出ないようにしてください、今は暑いのか寒いのか教えてください。いつごろ日が昇るのか、ヒントを教えてください、そうすればわかるから。

そうやって長いあいだうまくいかないことが続いてから、こう思った。おい、まずは落ち着いてよく考えろ。今のおまえは頭がこんがらがって、心配ばかりして、おろおろしてる。へまをしたら、それだけ時間が無駄になるが、おまえにそんな余裕はない。病院では普段、朝にどういうことをして、そのあとはどんなことをするか考えてみろ。そんなの簡単だ、看護師は大変な仕事を朝のうちに済ませようとするからな。だから清拭やシーツ交換も朝にやる。じゃあ、そこを起点にすればいい。朝にやってそうなことをいくつか考えとけ。ぱっと思いついたものは、たいてい正しいからな。とりあえず、だいたい看護師が一二回来るごとに清拭とシーツ交換が行なわれるのは、もうわかっている。

また想像力を働かせなければ。こういう病院だと、シーツ交換は最低でも二日に一回だろう。一日に一回の可能性もなくはないが、そうとは思えない。もし一日一回のシーツ交換を一二回来るごとにやっているとすると、看護師は二時間おきに来ていることになるが、それだと一回の巡回でやることが少なすぎるから、そんなに頻繁に来るはずがない。だから二日に一回の頻度で清拭をしてシーツを換えるのを朝にやっていることになる。もしこの考えが正しければ、看護師は一日に六回来ていることになる。つまり四時間おきだ。スケジュールとしていちばんわかりやすいのは、朝八時に来て、次は一二時、夕方の四時、夜の八時、一二時、朝方の四時だろう。そしてシーツ交換は午前中のなるべく早い時間帯にやるだろうから、朝八時だ。

よし、じゃあ、まず調べたいのは日の出と日の入りのどっちだ？　日の出のほうだ。だって日が沈むときは日中の暖かさが残っているから気温の変化もゆっくりだろうし、そうなると、首の両側の二カ所の皮膚だけでは、その変化を感じ取れないかもしれない。でも夜明けごろなら、空気はまだ冷えてるから、最初の太陽の日差しが入ってくるだけで、それなりに暖かくなるはずだ。少なくとも、朝のほうが夕方より気温の変化が激しいだろうから、日の出も感じ取れるだろう。

でも、ひょっとすると自分がいるのは西向きの病室で、沈む太陽の日差しがベッドに降り注いで、それを日の出と勘違いするのでは？　そう考えると、自信がなくなってきた。病室が北向きや南向きで、日差しが直接入ってこないとしたら？　その場合は、ある意味わかりやすい。でも、もし病室が西向きで、沈む太陽の日差しを感じたとしても、巡回に来る看護師の行動で、それが日の出なのか日の入りなのかわかるはずだ。シーツ交換が朝に行なわれるのはほぼまちがいないから。

まったく、おまえはバカだな。物事を複雑に考えすぎて、自分で自分の首を絞めてるぞ。こんなことしてたら、いつまでたっても何も変わりゃしない。まずやるべきなのは、日の出を感じ取ることだ。そのあと看護師が来て清拭をしてシーツを換えたら、それが朝の八時だ。そのあとは好きなことを好きなだけ考えりゃいいし、寝てもいい。どっちみち、看護師が来たら目が覚めるんだから。そうやって看護師が来るたびに回数を数えて、五回目になったら、だいたい朝の四時だ。朝の四時は日の出の直前だから、五回目の巡回からは寝ないで頭と皮膚の感覚を総動員して、気温の変化を感じ取ることに集中しろ。それでうまくいくかもしれないし、いかないかもしれない。もしうまくいったら、看護師が六回来るのを数えて、また日の出が来るかどうか確かめて、もし来たら、それで看護師の一日の巡回回数がはっきりするから、暦を作る手段を手に入れたことになる。大事なのは、日の出を二回続けて感じ取ることで、そうすればずっと時間が追えるし、みんなのいる世界に戻っていける。

ふたたび看護師が来る回数を数えはじめてから八回目のとき、看護師の手で寝巻きを脱がされ、お湯を含ませたスポンジで手足のつけ根が洗われるのを感じた。胸が高鳴って嬉しさのあまり身体が熱くなったのは、もう一度最初からやり直すチャンスがついに訪れたからだ。次はちゃんとやろう、うまくいくはずだ。しばらく身体を横向きにされ、看護師がシーツ交換するあいだ、ベッドが小刻みに揺れていた。やがて身体があおむけに戻され、ひんやりした清潔なシーツにくるまれた。そのあとも少しだけ看護師はベッドの足元のほうで、しきりに歩き回っていた。彼女が部屋のあちこちを歩くたびにベッドが揺れた。やがて揺れが収まり、鋭いかすかな振動とともにドアが閉まると、彼はひとりきりになった。

落ち着け、落ち着くんだ。まだ何もはっきりしちゃいない。今まで考えてきたことは全部まちがいかもしれないぞ。今までの予測も、全部まちがいかもしれない。もし違っていたら、まったく別の仮説を新しく立てるところからまた始めなきゃいけないんだから、調子に乗るな。まずは落ち着いてゆっくり休んで、看護師が来る回数を五回まで数えろ。彼はそれから少し眠ったり、あれこれ考え事をしたりしていたが、そのあいだも頭の中の黒板には看護師が来た回数を二、三と書いて覚えておくようにして、それがとうとう五回目になり、看護師が歩く振動や、彼女の手が自分の身体やベッドを触るのを感じた。これまでにわかったことからすると今は朝の四時で、春夏秋冬のどの季節かによって多少の時間差はあるだろうが、まもなく日が昇るはずだ。

看護師がいなくなると、意識を集中しはじめた。ぜったいに眠るものか。一分たりとも気をそらすものか。ベッドで日の出を待つあいだも、息苦しいほどの喜びが湧き起こって全身に広がっているが、それに思考や感覚を邪魔させるものか。胸躍る貴重な瞬間が近づいてきたことで、自分がこれから生まれ変わるような気がした。ベッドで考え事をしながら一時間か三時間、あるいは一〇時間経てば、皮膚が気温の変化を感じ取って、今が朝なのか夜なのかわかるのだ。

時間が彼を困らせようとして、ただじっとしているみたいだった。気づかないうちに日の出が来てしまったに違いないと思うと、気が動転して身体が震え、そのたびに胃がむかついた。そうかと思えば、頭が澄みわたってすっかり穏やかな気分になり、皮膚から伝わる感覚もはっきり感じ取れるときもあった。そういうときは、自分は正気だし、うっかり眠ったせいで日の出に気づかなかったなんてありえないし、気が散ってもいないから、変化はこれから起こると確信できるのだった。

もうすぐ日の出だとわかったのは、突然のことだった。背中と太腿《ふともも》と腹部の筋肉がこわばった。その瞬間を逃すまいと息をひそめるうちに、全身に汗がにじみ出てきた。麻痺《まひ》していたところにどっと血が流れこむように、首の両側と額の上半分がぴりぴりした。首の毛穴が外に向かって伸びていき、気温の変化を捉《つか》まえて体内に吸い込もうとしているみたいだった。

すべてがあまりにもゆっくり進んでいくので、変化が起こっているとは思えなかった。ここまでくると、気が散ったり寝てしまったりする心配もない。そんなのはファーストキスの最中に寝落ちするようなものだ。一〇〇メートル走を先頭で走っている最中に寝落ちするようなものだ。今はただ、待ちながら皮膚の感覚を研ぎ澄ませ、ゆっくりした時間と気温の動きの一瞬の変化を見逃さないようにするだけだ。そのときこそ、自分が生き返る瞬間だから。ベッドの上で期待と興奮に身を硬くしたまま、何時間も過ぎたように思えた。首の神経が突然麻痺して変化を察知できなくなり、日の出の時間が過ぎてしまったのだと思うときもあった。一方で、変化をとらえようと伸びてきた首の神経が皮膚を激しくつついて鋭い痛みを感じたように思うときもあった。

やがて急に気温が変わりはじめ、その速度は上がる一方になった。自分の病室は気温の変化の影響を極力受けない環境であるとわかってはいたが、それでも激しい熱にさらされているようだった。昇ってきた太陽の熱で、首が焼け焦げてしまいそうだ。病室に日差しが入ってきたのだ。とうとう時間を取り返した――戦いに勝ったのだ。全身の筋肉が緩んだ。彼は頭と心と残った身体のありとあらゆる部分を使って、歌って歌って歌い続けた。

夜明けだ。

世界中で、いや、少なくとも自分が連れてこられた国じゅうで、東から太陽が昇り、人々はベッドから起きて、山々はピンク色に染まり、鳥がさえずっているのだ。ヨーロッパもアメリカも日の出を迎えたのだろう。夜明けの匂いを嗅《か》げるのだから、鼻なんかなくてもどうってことはない。彼は鼻腔《びこう》がなくても匂いを感じた。草に降りた朝露の匂いを感じ、その甘やかさに思わず身震いした。一日の始まりに差しこんでくる朝日に思わず目を閉じ、遠くに目をやると、東のほうに高くそびえ立つコロラドの山々と、その上に姿を現わした太陽が見え、山肌が上から下へと明るくなっていくのが見えた。近くに視線を移せば、茶色のなだらかな山々が、貝殻の内側のようなピンク色やラベンダー色に変わっていくのが見えた。さらに近くの、足首あたりまで埋もれている草むらに目をやると、草が青々と輝いているのが見えて、涙があふれてきた。彼は夜明けを見られたことを神に感謝した。

昇ってきた太陽の反対側に目を向ければ、自分が生まれ育った小さな町が見えた。町じゅうの家の屋根が、夜明けの光でバラ色に染まっていた。四角くて不格好な未塗装の違法建築の家でさえ美しく見えた。乳しぼりを待つ裏庭の雌牛の鳴き声がするのは、彼が生まれた町の人々が合理的なので、どの家でも牛を飼っているからだ。まだ眠たい住人が、鶏小屋や納屋の庭にいる家畜の世話をしに行くために勝手口のドアを開ける音がした。家の中では、目覚めた男たちが気持ちよくあくびをしながら胸をかき、スリッパを手探りで探してからようやくベッドを出て台所に行くと、妻が彼らのためにソーセージとパンケーキとコーヒーを用意するのが見えた。

ゆりかごでは赤ん坊が身をよじり、小さな手で目をこすって笑ったり泣いたり、ちょっと嫌な臭いを放ったりしながら、夜明けの太陽の光を浴びて朝を迎えて元気いっぱいなのが見えた。町のほうに目を向ければ、そういうほほ笑ましい家庭の風景が見えたし、町の反対側を振り返れば、太陽と山々が見えた。

ああ、神さま、ありがとう、とうとう手に入れたぞ、誰にも奪われないものを。また夜明けを見れたし、これからも毎日見られる。ありがとう、神さま、どうもありがとう。ほかに何はなくとも、俺にはいつも夜明けと朝日があるんだ。

12

大みそかの夜。雪が宙を舞い、湿った雪雲がシェイル・シティの空に広がっていた。すべてが静まり返り、暖かい家の中に明かりが灯《とも》っていた。紙吹雪もシャンパンも歓声も騒がしさもない。穏やかな日々だけを望む、親切な普通の働く人々が迎える新年の静けさ。明けましておめでとう。父が母にキスをして言う。明けましておめでとう、子どもたちがみんな元気で何よりだ、愛してるよ、明けましておめでとう、今年もいい年になるといいね。

大みそかのパン工場で、男たちが言う。やれやれ、今年もやっと終わりか、来年はもうちょっとましな年になるだろうよ、明けましておめでとさん、よし、霧の中に繰り出すか、ぐでんぐでんに酔っぱらおうぜ。男たちがあとにした大みそかのパン工場は奇妙な静けさに包まれており、容器があっちこっちに向いたままでオーブンは空っぽ、ベルトコンベアも止まり、包装機は麻痺したようにぴくりとも動かず、生地を分ける機械もじっとしたままで、この場所を出ていった作業員たちの声だけが、機械に跳ね返って虚《うつ》ろにこだましていた。新年を祝うために街へ繰り出すパン工場の男たち。

酒場のバーテンダーたちは振る舞い酒をカウンター越しに出しながら言う。明けましておめでとう、さあ、もっと飲みな、あんたたちは上客だからおごるよ、おめでとう、禁酒法（一九二〇年に施行されたが密造酒が横行し、三三年廃止）の支持者なんかくそくらえだ、あいつらのせいで、そのうち厄介なことになるぜ、と言う。安食堂の女もホテルの女も、狭くて汚いアパート暮らしの男も繰り出してきて、音楽に合わせて踊ってタバコをふかし、誰かがウクレレを弾き、酒をおかわりし、どの男も内に秘めている寂しさがこみあげて、誰かがぶつかってきてはそそくさと去っていき、また酒をおかわりして、ひとりの女がカウンターで酔いつぶれ、喧嘩《けんか》が起こって明けましておめでとう。

ああ、神さま、明けましておめでとう。三六五日を数えて、彼はいよいよ大みそかを迎えたのだった。

あれから一年が経ったとはとても思えない。一生分の月日が経ったように思える。過去を振り返るとき、遠すぎて何があったかはっきり思い出せない一方で、あっという間の日々だったから、つい一分前のことのように思えたりもする。毎日六回看護師が来て、それが三〇日続いて一カ月になり、三六五日が経った。こんなにあっという間だったのは、ほかの人たちと同じように時間を見失わないようにしていたからで、覚えるべき数字がいくつもあり、自分だけのささやかな世界を支配していたからだ。その世界は外の世界に後れをとってはいるが、前よりも近づきつつある。彼の暦には太陽も月も季節もなく、ひと月三〇日を一二回繰り返して足りない五日分を足せば一年となるもので、次に看護師が来れば元日の朝を迎えたことになる。

忙しい日々の中で、彼はたくさんのことを学んだ。やっと把握した時間を見失わないように、あらゆることを別の事柄に照らし合わせて確認する方法を学んだ。もう感覚を研ぎ澄ませて日の出を待つまでもなく、昼と夜の区別がつく。看護師がどの巡回で清拭とシーツ交換をするかも正確にわかる。巡回のスケジュールが変わって看護師が来るのが遅れるとがっかりして不機嫌になり、きっと今は別のことで手が離せないのだと思うようにしていたが、それでもようやく彼女が来ると、きまって嬉しくなるのだった。

看護師の区別もつくようになった。昼の看護師はいつも同じ人で、夜の看護師はそのつど違う人だった。昼の看護師の手は滑らかで、長く働いている女性にありがちな少し硬い感じがするから、たぶん中年で、髪も白髪まじりだろう。彼女がドアからベッドにまっすぐ来るときの歩数はきまって四歩だから、ベッドからドアまでの距離はだいたい三メートルくらいだ。足取りは夜の看護師より重たいので、大柄な女性だろう。何しろその足取りといったら、ごくたまに来て少しのあいだ身体のあちこちを触ってまた去っていく医者のそれとほぼ同じ重さなのだ。それに、何をするにも手際がよかった。身体をぐいと横にされたかと思ったら、そばでシーツが手早く広げられ、あおむけに戻されたと思ったら身体を拭《ふ》かれてきれいにされる。自分のやるべきことをよくわかっているこのベテラン看護師が、彼は好きだった。ごくまれにだが、夜の巡回のときに、夜間の看護師ではなく彼女が来ることもある。彼女が来るときは、いつも身をよじって嬉しい気持ちを伝えるのだが、彼女のほうも腹のあたりを軽く叩《たた》いてきたり、薄い髪の毛を片手で撫《な》でてくれたりして、ありがとね、調子はどう？と訊《き》いてくれるのだった。

夜の看護師はそのつど違った。一週間で二、三人の看護師が来ることもある。ほとんどは昼の看護師よりドアからベッドまでの歩数が多く、足取りも軽かった。ドアの閉め方も乱暴だったり静かだったりで、部屋をうろつく時間も長い。たいていの看護師の手はとてもやわらかくてしっとりしているので、彼の身体を触るときもスムーズには滑らず、ひっかかることも多かった。みんな若いのだ。

新しい看護師が来て最初にすることも、わかっている。シーツをめくってから一、二分のあいだ身じろぎひとつしないのは、きっと自分を見て吐き気を催しているからだろう。ある看護師は顔を背けて病室を走って出ていったきり、二度と戻ってこなかった。あのときは尿《し》瓶《びん》があてがわれなかったせいでベッドに漏らしてしまったのだが、それで彼女を恨んだりはしなかった。それに、泣き出してしまう看護師もいた。胸のあたりに彼女の涙が落ちるのを寝巻きごしに感じた。あのときは、ふと彼女がすぐそばにいるのを感じてやや興奮してしまい、彼女がいなくなってからも何時間か胸が苦しかった。きっと若くてきれいな看護師だったのだろう。

そういうことがいちいち興味深かったし、大事なことでもあったので、いつも忙しいことこのうえなかった。自分が思うように支配できる新たな世界を築き上げ、その中で生きてきた。そしてとうとう大みそかを迎えたわけだが、実際は七月四日でアメリカの独立記念日だったとしても、かまわなかった。月曜日から日曜日まで一週間の曜日を自分で決め、何月かも自分で決め、祝日も自分で祝えるのだから。毎週日曜の午後にはパリ郊外の森に散歩に出かける。軍にいたころは、春になると休暇でその森に出かけていたから、今は春だ。そして日曜日の午後になるたびに軍服姿で堂々と胸を張り、両足を交互に動かして両手を自由に振りながらその森を歩く。七月になって鱒《ます》が餌に食いつくようになると、コロラドのグランド・メサ山に行って、父といろんな話をする。最後に会って以来、ふたりとも多くのことを学んだから、話は尽きない。心配するよりもずっと楽しいな、おまえは心配しすぎなんだ、人生を楽しんでないじゃないか、死んでよかったよ、でも母さんの今の様子がわかればいいのにな、と父は言う。

毎晩、毎週、夏も冬も、彼はカリーンのところに行っていっしょに眠りながら、幸せになるんだよ、カリーン、どうか幸せに、とささやいた。きみがいないとどうしていいかわからないんだよ、毎晩ずっとそばにいておくれ、ほかの人はみんないなくなっちゃったよ、ぼくにはきみ以外に誰もいないんだよ、カリーン。彼の腕を彼女に回し、彼女の腕を彼に回しながらふたりは眠り、いつもいっしょに寝返りを打った。おたがいにぴったり寄り添いながら、夢の中で一晩中彼女にキスしていた。

一年——なんと長いのだろう、一年は。駅でさよならを言った一分前にも思えるあの日、カリーンは一九歳だった。そのあと四カ月間は軍の訓練キャンプにいて、次の一一カ月間はフランスにいたから、その時点で彼女はもう二〇歳を過ぎている。それから彼の意識がまるでなかった期間は一年くらいだろうか。そしてさらにまた一年が過ぎた。これからも、こうやって何年も過ぎていくのだ。カリーンはもう二二歳になっている。少なくとも二二歳だ。三年。これからも生きている限り、そうやって時間が過ぎていく。あと一〇年もすれば、カリーンの顔にも皺《しわ》が出てくるだろう。それからまた少しすると白髪が出てきて、おばさんになって、おばあさんになって、駅にいた女の子はもうこの世にいなくなってしまうのだろう。いや、それは違う。カリーンはいっさい年を取らない。彼女はまだ一九歳だ。永遠に一九歳のままだ。髪は茶色のまま、目は澄んだまま、肌は雨のようにしっとりしたままだ。彼女の顔に皺一本作らせるものか。彼女にそんなことをしてあげられる男は、この世界に自分しかいない。自分なら、彼女のそばにいて時間から守ってあげられる。自分が作り上げた独特の秩序に従って時が過ぎゆく世界、毎週日曜日が春になる世界の中で、彼女を永遠に若く美しいままにしてあげられる。

でも、カリーンは――本物のカリーンは――いったいどこにいるのだろう。外の世界、外の時間にいるカリーンは？　彼が一九歳のカリーンと毎晩いっしょに寝ているあいだ、本物のカリーンはほかの誰かといっしょで、ひょっとしたら赤ん坊もいるかもしれない。年を取り、はるか遠くにいて、彼のことなど忘れてしまったカリーンが……。

彼女のそばにいたい。会いたいわけではないし、自分と会ってほしいわけでもない。ただ彼女と同じ空気を吸っていて、同じ国にいると感じたかった。昔、カリーンとマイクの家に向かいはじめたときの、何とも言えないわくわくする気持ちを思い出す。彼女の家が近づくにつれて、空気まで甘くなっていくように思えた。本当は違うとわかってはいたが、それでも、彼女の家のまわりの空気は、彼女に近いからほかの場所とは違うんだ、とひとり納得していたものだった。

自分が今どこにいるのか、どこに連れて行かれたのか、これまでは気にしていなかった。でもカリーンのことを考えるうちに故郷が恋しくなってきた。心が悲鳴を上げ、神よ、どうか自分が故郷のアメリカにいますように、と祈った。イギリス人やフランス人ではなく、アメリカ人なら誰であろうと友だちのように感じる。なぜなら自分はアメリカ人で、アメリカが故郷で、そこで生まれたのだから、ほかの国の人はしょせんよそ者だ。なんでそんなことを気にするんだ、どうせ見ることも話すことも歩くこともできないんだから、アメリカにいようがトルコにいようが、たいして変わらないだろう、と自分に言い聞かせる。でも、そういう問題ではなかった。人間は故郷にいたいと思うものだ。たとえ暗闇で寝ていることしかできなくとも、その暗闇が故郷の暗闇であるほうがいいし、暗闇の中で動く人たちが自分と同じアメリカ人であるほうがいい。

でも、それは高望みというものだ。そもそも両手両足を吹き飛ばすほどの砲弾なら、身元の手がかりとなる部分など全部吹き飛んでしまっているだろう。残ったのが背中と腹部と頭半分だけなら、アメリカ兵であっても、フランス兵やドイツ兵やイギリス兵と似たような見た目になる。そういうとき、負傷者の出身国を知る唯一の手がかりは発見された場所だ。だが、自分はイギリス兵といっしょに発見されたに違いない。彼の連隊はイギリス軍の連隊の隣にいたが、塹壕《ざんごう》から出て突撃するときはいっしょだった。その際、アメリカ軍の正面に小さな山があったので、左に移動してイギリス軍の連隊に交じることになったのをはっきり覚えている。正面の山にいたドイツ軍は二日前の襲撃で壊滅させていたから、アメリカ軍がわざわざ息を切らしてその山を登る意味はなかった。だから突撃しながら左に移動してイギリス軍の連隊に交じった。防空壕に飛び込んだときも、近くにアメリカ兵はふたりしかおらず、残りはみんなイギリス兵だった。そして彼らの姿を見たと思った瞬間に、目の前が真っ暗になったのだ。

だから、たぶん今いるのはイギリスの小汚い病院で、周りからはイギリス人だと思われていて、故郷への知らせには戦闘中行方不明としか書かれていないのだろう。管で食事を取っていて、かえってよかったのかもしれない。イギリスのコーヒーはとんでもなくまずいから。ローストビーフにプディング、甘ったるいふやけたパンにまずいコーヒー。とすると、かえってよかったんだ。自分がもはやアメリカ人ではなくイギリス人になってしまっていることを除けば。

イギリス人になったなら、イギリスの市民権もあるんだろう。そう考えただけで寂しくなった。今までは、アメリカという国に特別な思い入れはなかった。熱烈な愛国主義者でもなかった。自分がアメリカ人なのは当たり前のことで、それについて考えたこともなかった。でも、もし今の自分が本当にイギリスの病院にいるなら、二度と取り返せない何かを失ってしまった気がする。同じアメリカ人に手当てされれば何となく嬉しいし安心するだろうと思ったのは、これまでの人生ではじめてだった。

イギリス人というのは妙な連中だ。フランス人よりも理解できない。フランス人のことはまだわかるのだが、イギリス人はいつも鼻をひくひくさせていて、まるで理解できない。彼らの隣で二カ月間過ごしてみれば、わかるだろう。実際、おかしなことがいろいろあった。

イギリス連隊の中に、小柄なスコットランド人がいた。その男は、中立地帯の向こうにいるドイツ兵がバイエルン人だと聞くなり銃を放り出し、戦いを放棄した。バイエルン兵を指揮するルプレヒト皇太子はスチュアート朝の末裔《まつえい》で、つまりイギリスの正統な王位継承者だから、勝手にイギリスの王を名乗っているハノーバー朝の詐欺師に命令されたからといって自分の本当の王様と戦うなんて、ばちが当たるという。

普通の軍隊なら、そういう態度を取ったやつは引きずり出されて銃殺刑になるだろう。でも、イギリス人が妙なのはそこだった。スコットランドの小男がそうやって騒ぎを起こした。すると二、三人の将校は銃殺刑にするのではなく、ごく穏やかに男と話し合い、命令に従わないと見るや、大佐を呼んできた。やってきた大佐は長いことスコットランド男と話をしていたが、そのあいだも、みんなが心配そうに見守る中で、男の態度はどんどん頑《かたく》なになっていき、撃ち殺せるもんならやってみろ、どうせ軍法会議で何もかもペテンなのがはっきりするから、そうなりゃジョージ五世は退位に追いこまれるし、首相のロイド・ジョージはどうするんだろうね、とまで叫んだ。大佐がいなくなると、男は塹壕の底でしゃがみこんでいたが、まもなく、総司令部の命令で、男は六週間、あるいはバイエルン兵がいなくなるまで後方に異動となり、自分の王の軍に向かって銃を撃たずにすんだ。この話だけとってみても、イギリス人がどれだけ変わっているかがわかるし、おかげでアメリカ兵もイギリス兵も、自分たちが対峙《たいじ》しているのはバイエルン兵だと知ることになった。

それに、ラザロの一件もあった。その男が現われたのは、どんよりした平穏な朝のことだった。突然、霧の中から太った大柄なドイツ兵が現われて、イギリス軍の陣地のほうに向かってきたのだ。

のちに、彼がそもそもひとりでいったい何をしていたのかという点については、いろんな説が出た。巡回任務中で道に迷ったのか、脱走しようとしたのか、あるいはやや正気を失って用もなく鉄条網と砲弾の穴だらけの一帯をうろついていたのか。男は行くあてもなさそうに、右に左によろめきながら歩いていた。そのうち鉄条網にぶつかってつまずき、少しのあいだ手探りで道を探していた。そしてとうとう酔っぱらいみたいにぎこちなく鉄条網を乗り越えると、おぼつかない足取りでイギリス軍のほうに向かってきた。

その朝は曇り気味で、イギリス兵はみな寒くて機嫌が悪く、この戦争にいらついていたから、その中の誰かが、男に向かって一発ぶっ放した。男はその場で立ちつくしたまま、自分を撃ちたがる者がいるなんて信じられないというように、霧の中からこちらの様子をうかがっていた。イギリス兵たちがいっせいに銃を撃ちはじめた。男はがっくり倒れてもなお困ったような顔をしていた。死んでからは、進む方向をみなに知らせる歩哨《ほしょう》のように片手を鉄条網に掲げた姿勢のまま、ほうっておかれた。

それから数日間は、誰も男のことを気に留めなかったが、そのうちアメリカ兵もイギリス兵も、ある特定の風向きになるとドイツ兵がなんとも形容しがたい悪臭を放っているのに気づきはじめた。とはいえ、臭うのは決まった風向きのときだけなので、誰もあまり気にしていなかったのだが、ある日、例のスコットランド男を後方に送った大佐が視察にやってきた。大佐は何事につけ形式を重んじるタイプの上官だった。マンチェスター出身のティムロン伍《ご》長《ちょう》は、いざとなれば大佐はひとりの兵士の士気を保つためなら九人の兵士を処刑するような人だ、とことあるごとに言っていた。その大佐がワックスで整えた口髭《くちひげ》と鷲鼻《わしばな》を風に向かって高々と上げながら歩いているとき、ふとドイツ兵の臭いを嗅ぎとった。

ずいぶん強烈な臭いだな、と大佐はティムロン伍長に言った。はっ、バイエルン人です、あいつらはいつも臭いますので、と伍長が言った。大佐は咳《せ》きこんで洟《はな》をかむと言った。我が連隊の士気にいちじるしい悪影響を与えるぞ、これはいかん、今夜、班を派遣してあれを埋めるんだ。ティムロン伍長が、ここ最近は夜もかなり不穏でありまして、と説明しはじめると、大佐がハンカチをポケットに突っこみながら遮った。伍長、忘れるなよ——祈りの言葉を。はい、わかりました、と伍長は答えると、にやついている者がいたら今夜の埋葬任務をやらせようと兵士たちを睨《にら》みつけた。

その夜、ティムロン伍長は八人の兵士を任務に当たらせた。兵士たちが穴を掘ってバイエルン兵を埋め、伍長が命じられたとおりに祈りの言葉を捧《ささ》げ、穴に土をかぶせて戻っていった。そのおかげで翌日の空気はさわやかになったが、その次の日になって、ドイツ軍が不安を感じたのか、イギリス連隊の周辺に次々と砲弾を撃ちこんできた。イギリス側に負傷者は出なかったが、偶然にも大きな砲弾が地中のバイエルン人に命中した。スローモーションのようにゆっくりと宙に舞い上がってきた死体が、鉄条網に突き刺さったままになり、その指は、あたかも密告者のようにイギリス連隊の方向に向けられた。それを見たティムロン伍長が、男をラザロ（『新約聖書』でイエスが復活させる男の名）と呼ぶようになったのだった。

その日は戦闘が激しく、夜間もずっと続いた。イギリス兵は、半時間ほどやることがなくなると、なかばお遊びでラザロを撃ちながら、鉄条網から落ちてくれないものかと思っていた。死体が地面に近いほど臭いが弱まるし、腐敗もひどくなってきたからだ。でもラザロは鉄条網にぶら下がったままで、翌日に大佐がまたやってきた。

大佐はやってくるなりラザロの強烈な臭いを嗅ぎとった。そしてティムロン伍長に向かって言った。ティムロン伍長、わたしが副官だったときは、命令は命令であって、変わった提案なんかではなかったぞ。はっ、大佐、とティムロン伍長が答えた。今夜は埋葬のために大人数の班を出して、きちんと処理したまえ。死体は深さ二メートルのところに埋めろ。念のため言っておくが、今後は命令を甘く見てはいかん。敵の死体には、英国国教会の祈りの言葉を省略せずに唱えるんだぞ、と大佐が言った。ティムロン伍長は反論しようとした。しかし大佐、今の戦況はきわめて激しく――。

その夜、ティムロン伍長は班を出して埋葬に当たらせた。シートも持っていってラザロを包んだ。死体はもはやどろどろだったので愉快な任務ではなかったが、ともかくシートで包んで深さ二メートルの穴に埋めてから全員で墓穴のそばに立ち、ティムロン伍長が祈禱文《きとうぶん》を読み上げた。ところどころ接続詞をはしょったかもしれないが、だいたいの意味は伝わっていた。

葬儀の中ごろに敵陣から二発の照明弾が打ち上がり、伍長がラザロの顔に三度目の土をかけていたとき、敵兵が伍長の尻《しり》に狙いを定めて銃弾を撃ちこんだ。ティムロン伍長は、汝《なんじ》の魂に神の慈悲があらんことを、アーメン、くそっ、ケツを撃たれたぞ、畜生、おい、みんな急いで逃げろ、と怒鳴った。班の兵士たちは全員あわてて塹壕に駆け戻った。

ティムロン伍長は戦線離脱して八週間入院したが、入院から三週間後に彼のイギリス連隊はほぼ全滅してしまったから、かえって運がよかったのだろう。伍長が撃たれてから二日後に、地中のラザロにまたしても砲弾が当たり、宙に舞いあがった彼はふたたび鉄条網にひっかかって、くるまれていたシートが風にはためくなか、身体のあちこちの粘液を地面に垂らすようになった。イギリス兵のひとりが言った。ああなるのは目に見えてたよ、バイエルン兵は一週間以上持ちこたえられたためしがないからな。連隊の兵士たちは哀れなラザロに向かっていっせいに銃弾を浴びせ、何とか鉄条網から落とした。まだ臭いはするが、姿は見えないので、みんなラザロのことは頭から消し去ろうとした。もし新入りの少尉がやってこなかったら、きっとそのまま忘れられていただろう。

その少尉はまだ幼くて、歳は一八くらいだった。ウェーブがかった金髪と青い目の持ち主で、自分ひとりの力で味方を勝利に導こうとうずうずしている身長一・八メートルの大きな赤ん坊みたいだった。大尉か誰かのいとこらしく、将校たちの大のお気に入りだった。彼が前線に来たのはラザロが鉄条網から撃ち落とされた二日後のことだ。イギリス兵たちは彼をいたくかわいがり、何かにつけて守ってやっていたが、そのうち彼のほうが、自分はいじめられているのではないか、臆病者と思われているのではないか、と思うようになった。

彼は夜間の巡回任務をやらせてくれとしきりに頼んだが聞き入れてもらえず、とうとうある晩、ひとりで勝手に塹壕を抜け出した。それが午前三時ごろで、彼が見つかったのは夜明け前だった。彼はいつのまにか最前線の鉄条網を乗り越えていた。捜索班がそばに行くと、彼は自分の吐物にまみれたまま、うつぶせに倒れていた。鉄条網に足が引っ掛かって下に落ちたとき、右腕が肩までラザロの身体にどっぷり浸《つ》かったのだ。

捜索班が少尉を将校用の防空壕に運びこんだ。彼はひどい悪臭を放ちながら泣きわめくばかりだった。大尉は彼をその夜のうちに後方送りにした。将校の防空壕を汚した罰とのことだったが、彼の様子を訊かれると、大尉の顔がひどく険しくなった。尻の傷が治って戻ってきたティムロン伍長は、誰かから少尉の話を聞いて、その若者は今どうしてるのかね、と訊《たず》ねた。連隊みんなの情報源のジョンストンという小男が、ああ、あいつは完全に頭がどうかしちまって、まだ拘束衣を着せられたままみたいですよ、と答えた。伍長は、そうなのか、いつよくなるんだろうね、と訊くと、ジョンストンは、医者の話だと、もうよくはならないそうですよ、深刻な状態だから、と答えた。

戦争に勝つ気まんまんだったあの哀れな金髪の若いイギリス人は、戦闘に参加する前に頭がおかしくなってしまった。これからずっと、窓に鉄格子がはまっているどこかの病院に閉じ込められたまま、わめいたり泣いたり、くよくよしたりして一生を過ごすのだろう。おかしな話だ。あのイギリスの若者には手足があるし、話すことも見ることも聞くこともできる。でも、本人にはそれがわからないし、健康な身体で人生を楽しむこともできないから、何の意味もない。かたや、イギリスの別の病院には、正気はまったく失っていないのに、そうなりたいと願う男がいる。その男とあの若者は、頭を交換すべきなのだ。そうすれば、ふたりとも幸せになれるから。

もうすぐ新年を迎えるこの夜も、暗闇で泣いたり悲しんだりしてるイギリスの若者がどこかにいる。そして自分も暗闇で悲しんだり泣いたりしてる。この大みそかの夜に。哀れなイギリスの若者よ、泣くんじゃない、もうすぐ新しい年が来るからな、俺たちふたりの目の前には、まったく新しい年が開けてるんだぞ。おまえがどこにいようとも――ひょっとしたら同じ病院かもしれないが――おまえがどこにいても、俺たちは似たところがいっぱいある兄弟なんだ、明けましておめでとう。新年明けましておめでとう……。

13

彼が生み出した新たな時間の世界は二年目に入ったが、その年は、夜間の看護師が一度つまずいて床に倒れ、衝撃でベッドスプリングがかすかに揺れたほかは、何も起こらなかった。三年目になると、新しい病室に移った。新しい部屋では太陽の熱が足のほうから伝わってきたので、清拭の時間と照らしあわせ、頭のほうが東、足のほうが西とわかった。新しいベッドはマットレスはやわらかく、スプリングは硬かった。前のベッドより揺れる時間が長いのは、いろいろとメリットがあった。ドアと棚の場所を把握するまで何カ月もかかったが、そのあいだは頭をたえず働かせていたので刺激も多く、おまけに達成感も得られて充実した日々だった。人生でいちばん短く感じた数カ月間だった。そのおかげで三年目は夢のようにすばやく過ぎ去っていった。

四年目はのんびりと始まった。聖書の書名を順番通りに思い出すことに多くの時間を費やしたが、はっきり思い出せたのはマタイによる福音書、マルコによる福音書、ルカによる福音書、ヨハネによる福音書、サムエル記の上下と列王記の上下だけだった。ダビデとゴリアテの物語や、ネブカドネザルとシャデラク、メシャク、アベデネゴの物語を言葉で表わそうともした。昔、父が夜一〇時くらいに大きなあくびと伸びをして椅子から立ち上がり、シャデラク、メシャクと言えば、それが家族みんなの寝る時間だった。でもどちらの物語もはっきり思い出せず、暇つぶしにはあまり役に立たなかった。

最悪なのは、暇つぶしができないと不安になることだ。そして日や週や月を数えまちがえてないだろうか、などと考えるようになる。うっかりして丸々一年まちがえていても不思議ではない。そうなると、いてもたってもいられなくなる。確かめようとして過去をどんどんさかのぼるうちに、不安が募っていく。いつも眠るときはあらかじめ日と月と年の数を頭に刻みつけて、夢を見ているあいだも忘れないようにしていたが、目覚めるたびに真っ先に感じるのは、眠るまで覚えていた数字をちゃんと思い出せないのではないかという恐怖だった。

そうこうするうちに思いがけないことが起こった。四年目も半ばにさしかかったある日、つい前日にシーツ交換をしたばかりなのに、看護師がまた全部のシーツを交換したのだ。こんなことははじめてだった。シーツ交換はここでは三日ごとで、それより早くなったことも遅くなったこともない。それなのにペースががらりと変わって二日続けて交換された。わけがわからない。部屋から部屋を駆けずり回り、自分がいかに忙しく、これからすごいことが起こるか誰かにしゃべりたくなった。期待と興奮で気分が明るくなった。これから毎日シーツ交換があるのだろうか、それとも前の頻度に戻ってしまうのだろうか。健康体の人にとっては、これから毎日新しい家に住む可能性が急に出てきたようなもので、それくらい大ごとだった。もしそうなれば、これから一年三六五日、毎日楽しみな出来事を持てることになる。退屈な時間も退屈ではなくなるし、マタイ伝やマルコ伝やヨハネ伝のことをあれこれ考えずにすむ。

ほかにも思いがけないことが起こった。予想外の清拭もあったし、看護師に何かをスプレーされた。ひんやりした霧のようなものが肌にかかった。新しい寝巻きを着せられ、喉元のところでシーツを折り返された。これもいつもと違う。看護師がシーツの折り目のところを何度も何度も撫でた。顔の覆いも新しくなり、看護師はやけに念入りに覆いをかけて整え、裾《すそ》のほうは折り返したシーツの下に慎重にたくしこんだ。そして櫛《くし》で髪を丁寧に梳《と》かしてから去っていった。部屋を出ていく看護師の歩く振動と、ドアが閉まるかすかな揺れを感じた。彼は病室にひとりきりになった。

そのあともひたすらじっとしていたのは、身体中をきれいにしてもらって、限りなく心地よかったからだ。身体が温まり、シーツはぱりっとして冷たくて、頭の毛穴まですっきりした。この気持ちよさを恐怖で台無しにしたくなかった。でも、それもほんのひとときで、やがて四、五人が病室に入ってくる振動がした。彼は来た人たちの振動を感じ取ろうと神経を研ぎ澄ませつつも、なぜ来たのかいぶかった。強まってきた振動が止まり、ベッドの周りを囲まれているとわかったが、こんなに大勢の人が一度に来るのははじめてだった。学校に初登校したとき、周りに人がたくさんいることに気おくれして恥ずかしかったときの気持ちに似ている。期待で胃のあたりがうずいた。嬉しくて身体がこわばった。見舞い客が来たのだ。

母と妹とカリーンかもしれない、と真っ先に思った。永遠に愛らしく若いままのカリーンがそばで自分を見つめながら、やわらかくて小さくてこのうえなく美しい手でおでこを触ろうとしているかもしれない。

彼女の手が触れそうだと思った瞬間、喜びが急に恥ずかしさに変わった。世界でいちばん見舞いに来てほしくないのは、母であり妹であり、カリーンだった。彼女たちには自分の姿を見られたくない。自分の知り合いには誰ひとりとして見られたくない。寂しいときにふと彼女たちに会いたいと思ったこともあるが、それがいかに愚かだったかもわかった。彼女たちがそばにいる場面を想像するだけなら何の問題もないし、慰めにもなるし、温かく、嬉しい気持ちにもなる。でも、本当に彼女たちが今ベッドのそばにいるとしたら、恐ろしくてとても耐えられない。

彼はとっさに見舞い客から顔をそむけた。覆いが外れてしまうのはわかっていたが、それどころではない。とにかく、昔は鼻と口がある生きた人間の顔をしていたのに、今は真っ暗な穴でしかなくなってしまった自分の顔を隠したかったし、背けたかったし、見られたくなかった。必死になるあまり、熱に浮かされてひたすら同じ動きや言葉を繰り返す病人のように身体を左右に揺らしはじめた。前によくやっていたように、右肩から左肩へ、左肩から右肩へ、交互に体重をかけて身体を揺らし続けた。

額に手が置かれた。彼が動きを止めたのは、ぶ厚くて温かい男の手だったからだ。手の一部は額の皮膚にじかに触れていて、それ以外は、額の途中まである覆いごしに触れていた。なおも彼はじっとしていた。すると、別の手がシーツを喉元からさらに下に折りはじめた。ひと折り。さらにひと折り半。彼は微動だにせず、ひどく緊張しながらも興味津々だった。いったい何者なのだろう、と必死に考えた。

わかった。こいつらは自分を見学しにきた医者だ。視察団だ。自分はもうかなりの有名人で、医者が詣《もう》でるようになったんだ。どこかの医者がほかの医者に向かって、どうやってこうなったと思います？　とか言ってるんだ。見事なもんでしょう。腕の切り口が見えますよね、顔にはこんなに大きな穴が開いてますが、まだ生きてるんですよ。心臓の音も聞いてみてください、あなたやわたしのと同じように動いているでしょう。手当てするのは、そりゃあ大変でしたよ。いろいろと運がよかったんでしょうな。我ながらよくやったと思います。お帰りの際にわたしの部屋に寄っていただければ、おみやげとして彼の歯を一本差し上げますよ。若いから歯もつやつやですし、きれいなもんです。前歯がいいでしょうかね、犬歯のほうがお好みでしょうかね。奥歯は懐中時計の鎖につけるといちばん見栄えがしますよ。

誰かが寝巻きの左胸のあたりを引っ張った。人差し指と親指で布の一部をつまんでいるようだ。彼は死んだように動かず、とにかくじっとしながらも、心は千々に乱れていた。きっと何か大事なことが行なわれるのだ。さらに少しのあいだ、寝巻きがつままれて引っ張られたあと、布が胸の上に戻された。前よりも重みが加わっている。寝巻き越しの心臓のあたりに金属の冷たさを感じた。何かがピン留めされたのだ。

突然、彼は何カ月もやっていなかった奇妙な行動に出た。ピン留めされた重い物体をつかもうと右手を伸ばしたのだが、指が届きそうになったところで、自分には伸ばす手も、つかむ指もないと気づいた。

誰かがこめかみにキスしてきた。かすかに毛の当たる感触がする。口髭のある男にキスされているのだ。最初は左のこめかみに、次に右のこめかみに。自分が何をされたのかわかった。病室にやってきた男たちに勲章をつけられたのだ。それに、今いるのはイギリスではなくフランスに違いない。フランスの将軍は勲章を渡すときに必ずキスするからだ。でも、違うかもしれない。アメリカやイギリスの将軍はこういうとき握手をするが、自分には握手する手がないから、仕方なくフランス流のやり方で授与したのかもしれない。でも、フランスにいる可能性も同じくらいある。

そうやって自分の居場所について思いを巡らし、フランスにいる自分に慣れようとしていたが、ふと我に返ったときに激しい怒りが急にこみあげてきて、自分でも少し驚くほどだった。勲章をもらったのか。手も足もあり、見て話して匂いを嗅げて食べ物の味もわかる三、四人のご立派なお偉方がわざわざ病室までやってきて、自分に勲章をつけたわけだ。ずいぶん余裕がおありなんだな、くそったれどもが。

こういう連中は、あちこちに出かけていっては勲章を与え、偉い自分に満足することしか、やることがない。この戦争で死んだ将軍がいったい何人いる？　もちろんイギリスの陸軍大臣のキッチナーは死んだが、あれは事故だ。ほかには？　名前を挙げてくれよ、お気楽な毎日を送ってる将軍どもの中で、もし本当に死んだやつがいるなら、具体的な名前を教えてくれよ。そういう連中の中に、弾をくらって残りの人生ずっとシーツにくるまれて過ごさなきゃいけなくなったやつが、いったい何人いる？　それなのにあちこち飛び回っては勲章を与えてるなんざ、ずいぶん面の皮が厚いもんだ。

ベッドのそばにいるのは母や妹やカリーンかもしれないと一瞬思ったときは、隠れたかった。でも、いるのが偉い将軍だとわかると、自分の姿を見せつけてやりたいという強烈な欲望がこみあげてきた。さっきは、ありもしない手で勲章をつかもうとしたように、今度は、ないはずの口や唇で顔の覆いを吹き飛ばそうとしだした。顔にぽっかり開いた穴を一目見せてやりたかった。おでこまでしかない顔、おでこの下は何もない顔をとくとご覧に入れたかった。ところが、吹き飛ばそうとしても、肺から出ている空気が全部管から抜けていってしまう。だからまた両肩を揺らして覆いを払い落とそうとしはじめた。

身体を揺らしながら息を吐き出しているうちに、喉の奥が声を出すときのように震えているのを感じた。この短い振動は、連中に音として聞こえているはずだ。大きな音ではないだろうし、それで何かが伝わるわけではないが、豚のうなり声みたいに注意は引けるはずだ。もし豚みたいにうなることができているなら、自分はすごいことをやっている。これまでは音ひとつ出せなかったのだから。そこで身体を激しく揺すって息を吐いて豚のようにうなりながら、勲章をもらってどれだけありがたがってるか、わからせてやろうとした。その最中に、連中があわただしく去っていく振動が伝わってきた。その直後、彼は漆黒の静寂の中でひとりきりになった。勲章をつけたまま、ひとりぼっちになった。

ふいに彼は穏やかな気分になった。連中が歩いていたときの振動のことを考えていた。そういう振動にはいつも注意を払ってきた。それを手がかりに、看護師の体格も病室のレイアウトも想像できた。でも、さっき四、五人が動き回る振動を感じたことが、改めて考えるきっかけになった。振動には大きな意味がある。今までは、振動を自分が受け取るものとして考えていた。だがここにきて、自分が発する振動もあると気づいたのだ。受け取るほうの振動は、身長や体重、距離、時間など、いろんなことを教えてくれる。それなら、自分も振動を出せば、外の世界に何か伝えられるのではないか？

頭の片隅にうっすらと光が差しこんできた。何らかの形で振動をうまく使えれば、ほかの人と意思の疎通ができるのではないか。うっすらとした光が、まばゆいほど白い光になってきた。息を呑《の》むほどの可能性が開けてきて、とてつもない喜びに胸が押しつぶされそうだった。振動は意思疎通の要《かなめ》だ。床を歩いたら振動が起きる。電鍵《でんけん》を打つだけでも振動が起きる。

今より若かった四、五年前まで、無線機を持っていた。よくビル・ハーパーとふたりで無線通信をしたものだ。トン、ツー、トン、ツー、トン。とくに雨の日は外出が許されなかったから、家でだらだらしながらほかの家族の邪魔をすることくらいしかやることがなかった。そういう日の夜にはビル・ハーパーと楽しく無線通信をした。

モールス信号はまだ覚えている。だから外の世界の人たちにこっちの気持ちをわかってもらうには、ベッドの上で看護師にモールス信号を送るだけでいい。そしたら話ができる。沈黙と暗闇と無力さを打ち破ることになる。口のない胴体だけの男が話すようになる。時をつかまえ、室内の配置を把握して、次は話すという最大の偉業を成し遂げようとしている。自分の言葉を伝えて相手の言葉を受け取れるようになれば、また一歩前進する。みんなの世界へ戻ろうと必死に努力し、そばにいる人たちを感じて、その胸の内を知りたい、自分の考えはつまらなくてまとまりがなくて不完全だと言ってもらいたい、とひとり寂しく願っていた状態から一歩前進する。話せるようになるのだから。

ためしに頭を枕から持ち上げて、ゆっくり戻してみた。次に、同じ動作をすばやく二回繰りかえす。これがツー、トントンで、アルファベットのDだ。彼は枕に向かってSOSと打った。トントントン、ツーツーツー、トントントン。SOS。助けて。この世界で助けが必要な人がいるとすれば、それはまちがいなく自分で、だから助けを求めてる。早く看護師が戻ってこないものか。彼は、いろんな質問を枕に打ちはじめた。いま何時？　今日の日付は？　ここはどこ？　今日は晴れか曇りか？　ぼくが誰か知ってる人はいるか？　家族はぼくがここにいるのを知ってるか？　家族には知らせないでくれ。お願いだから、何も知らせないでくれ。SOS。助けて。

病室のドアが開いて看護師の足音が近づいてきた。彼はさらに激しく枕を叩きはじめた。今は、人間と世界と、人生の大事な部分に出会えるかどうかの瀬戸際にいる。だから叩いて叩いて叩きまくった。そして彼女が同じように叩き返してくれるのを待った。おでこでも胸でもいい。たとえ彼女がモールス信号を知らなくても、何をしているのかわかったと身体を叩いて教えてくれればいい。そして急いで部屋を出て、こっちが言ってることを読み取れる人を連れてきてくれればいい。SOS。SOS。SOS。助けて。

看護師はベッドのそばに立って見下ろしながら、何をしているのか考えているようだった。ひょっとしたら、言いたいことを最後まで伝えてから、まったく理解してもらえなかったとわかる可能性もある。そう考えると恐ろしくて、いてもたってもいられなくなり、また低くうなりはじめた。うなっては叩き、うなっては叩くうちに、首の後ろも頭も痛くなってきて、自分がやっていることを何とか看護師に大声で説明しようとするあまり胸が破裂しそうになった。なのに看護師はただベッドのそばでつっ立ったまま、不思議そうにこちらを見下ろしているようだった。

彼女の手がおでこに触れるのを感じた。ほんの一瞬だった。彼はおかまいなしに叩いてうなりながら怒りと絶望が募ってきて、すべてを投げ出したくなった。看護師がゆっくりと優しくおでこを撫ではじめた。こんなふうに触られるのははじめてだ。その手つきから哀れんでいるのがわかる。おでこの髪を後ろに撫でつけられながら、カリーンにもときどきこんなふうにされたことを思い出した。でもカリーンのことは頭から追い払い、枕を叩くことに集中した。大事なことだから、楽しかった思い出のせいでおろそかになってはいけない。

　おでこに置かれた手に力がこもってきた。そうやって疲れさせて、叩くのを止めさせる作戦なのだ。その手には乗るまいと、いっそう速く激しく叩きはじめた。思いがけず力のいる動きになったので、首の後ろの骨が砕けそうだった。おでこに置かれた看護師の手にさらに力がこもってくる。首がさらに疲れてくる。今日は長くて最悪な一日だった。あまりにもいろいろありすぎた。枕を叩く動きがゆっくりになっていったが、それでも看護師はさらに手に力をこめ、ついに彼が枕に頭を載せたまま動かなくなると、おでこをそっと撫でた。

14

時間が全然わからなくなった。ずっと数を数えて計算して時間を把握しようとしてきたのに、何もしていなかったも同然になってしまった。時間感覚をすべて失ったまま、枕だけを叩いていた。目覚めるとすぐに枕を叩きはじめ、眠気に屈する瞬間まで叩き続けた。眠りに落ちながらも残った体力と思考力を全部叩くことにつぎ込んでいたから、きっと夢でも叩いているのだろう。起きていても叩き、眠っていても叩く夢を見ていたから、起きているときと寝ているときの区別がつかないという、前に悩まされた問題がまた持ち上がってきた。起きているときは夢を見ていないとも、寝ているときは枕を叩いていないとも断言できなくなっていた。時間がまるでわからなくなっているから、どれくらい長いあいだ叩いているのかもわからない。叩きはじめてから数週間経っただけかもしれないし、一カ月、一年経ったのかもしれない。

人間の五つの感覚のうち、自分に残された唯一の感覚が叩くという行為だけに向けられ、思考に関しては、もはや考えようとも思わなくなっていた。頻繁に入れ替わる夜勤の看護師で新しい人が来ても、あれこれ推測しなくなった。床を歩く振動に意識を向けることもしなくなった。過去を考えたり、未来を想像したりもしなくなった。ひたすらベッドの上で枕を叩きながら、理解してくれない外の世界の人々へ繰り返しメッセージを送っていた。

昼の看護師は彼を何とかなだめようとしたが、それはただ、怒りっぽい患者を静かにさせようとしているだけに思えた。そんな調子だから、この看護師が自分の担当である限り、外の世界と自分とを隔てる壁は崩せない。枕を叩くリズムの裏では、ひとりの人間の思考と知性が働いているなんて彼女は思いもしない。だから救いがたいほど深刻な状態の患者が少しでも気持ちよく過ごせるようにと世話してくれるだけなのだ。口がきけないのはたんなる症状で、自分はその対処法を見つけ、頭ははっきりしているし口がきけないわけではないと必死に訴えていて、意思の疎通ができるひとりの人間であるなんて夢にも思っていない。たしかに、お湯で身体をきれいしてくれる。ベッドでの体勢を整えてくれる。枕をあてがいなおすたびに高くしたり低くしたりしてくれる。枕が高くなると頭の角度が急になる。その角度のまましばらく叩いていると背骨の上から下まで痛くなるのだが、とにかく叩き続けた。

マッサージもしてくれるようになって、優しく軽快な指の動きが心地よかったが、それでも枕は叩き続けた。そしてある日、彼女の指の動きが変わった。優しく軽快な動きではなくなった。指先の繊細な動きから、その変化が感じられる。哀れみとためらいと、すべてを包みこむような愛を感じた。それはお互いのあいだだけで交わされるものではなく、生きとし生けるもののすべてを受け入れ、彼らを少しでも心地よく幸せにして、ほかの人に近づけてあげようとする愛だった。

彼女の指先から変化を感じ、彼の全身にかすかな鋭い嫌悪感が走ったが、心とは裏腹に、身体は指の動きと、その動きの源となっている彼女の内なる哀れみに反応していた。彼女の両手が身体の先端へと向かっていく。まちがった欲望に火がついて身体中の皮膚がわななないた。どうしよう、そこはまずい、枕を叩いている理由がこれだと思ってるんだ、くそっ、最高だ、ああ、どうすればいい、と思いながらも、彼女のリズムに身をまかせ、指の動きに神経を研ぎ澄ませるうちに心臓の鼓動が速くなり、この世のすべてを忘れて没頭していると、ふいに血流がどっとあふれて……。

彼の初体験の相手はルビーという名前の女の子だった。中二か中三のときで、彼女は線路の向こうのテラー・アディション地区に住んでいた。彼より年下で、まだ小六か中一くらいだったが、そのわりにはずいぶん大柄で、かなり太ったイタリア系の子だった。町の男子たちがこぞってルビーで初体験を済ませたのは、彼女が相手なら気まずい思いをしなくてすむからだった。すぐに事に及んでくれたから手早く済んだものの、たまには、かわいいねとか言わないといけなかった。でも、それ以外に面倒なことは何もなかったし、相手が童貞でもルビーは笑わなかったし、それを他人に漏らすこともなく、すぐに本題に入って相手の望みをかなえてくれるのだった。

男子は、ほかに何も話題がないと好んでルビーの話をした。そういうときは彼女を笑いものにして、もうあいつのところには二度と行かないよ、相手はたくさんいるし、毎日新しい相手が見つかるからな、とか言っていた。でも、しょせん口先だけだった。みんなまだ子どもだったし、ルビーがはじめての相手で、しかも彼女しか知らなくて、ほかのかわいい女の子には恥ずかしくて近寄ることもできなかったから。

そのうち、みんなルビーのところに行くのをきまり悪く思うようになり、もし行ったとしても、何となく後ろめたくて嫌な気持ちになった。そして、そういうふうに感じるのをルビーひとりのせいにして彼女から離れていった。高一になると誰もルビーに話しかけなくなり、そうこうするうちに彼女は姿を消した。彼女を見かけなくなって、みんなどこか喜んでいたのは、もう道端でばったり会わずにすむからだった。

スタンピー・テルサの店にはローレットという子がいた。スタンピー・テルサはシェイル・

シティで娼館《しょうかん》を営んでおり、五、六人の女の子を抱えていて、町でいちばん優良なボストンテリアのつがいを飼っていた。町に住む一四とか一五くらいの男子は、その店についてさかんに想像をめぐらせた。彼らにとって、あの店はシェイル・シティでもっとも魅力的で楽しそうで謎に満ちた娼館だった。年長者からは、あの店で行なわれていることについて、あれこれ聞かされる。そのことに善悪の判断もつかないまま、いつも興味だけそそられていた。

ある晩、三人の若者が裏通りからスタンピー・テルサの店の裏庭に忍び込み、厨房《ちゅうぼう》のドアから中を覗《のぞ》き見ようとした。厨房でサンドイッチを作っていた非白人系の料理人が彼らに気づいて大声を上げた。義足をつけたスタンピー・テルサが身体を揺らしながら厨房に入ってきて肉切り包丁をひっつかむと庭に出てきた。三人は一目散に逃げていき、スタンピーは彼らの背中に向かって怒鳴った。あんたたちが誰かわかってんだよ、すぐに家に電話してやるからね。でも、それははったりにすぎず、スタンピーは彼らの顔に見覚えがなかったし、誰にも電話しなかった。

高校を卒業する一七か一八になると、ビル・ハーパーと、スタンピー・テルサの店についてただ話しているだけなんてもううんざりだという話になり、ある晩、実際に店に行って自分たちの目で確かめてみることにした。店に入るとすぐ応接間になっていて、誰もナイフなんか突きつけてこなかった。時刻は夜八時ごろで、店はずいぶん暇らしく、店主のスタンピーがみずから応接間に出てきて話しかけてくれたが、愛想は悪くなかった。ふたりは恥ずかしくてここに来た理由を言い出せず、スタンピーのほうも何も訊いてこなかったから、しばらくは、ただ雑談していた。やがてスタンピーが二階に声をかけ、ふたりの女の子を下の応接間に呼んで、非白人系の女料理人にはサンドイッチを作るように命じた。そして彼女はいなくなった。

応接間に取り残されたふたりは、女の子たちが階段を下りてくる音がして身構えた。こういう店について聞いていたことが本当かどうかを確かめるときが、いよいよやってきたのだ。女の子は応接間にくるときは裸になっていると言う男もいれば、ぜったいに裸なんて見せないし、いつもキモノか何か着ている、と言う男もいた。そして女の子たちが何よりも嫌ってるのは、服を着ていない女の子の姿を見たがる男なのだ、と。だから彼もビルも、口から心臓が飛び出そうになりながら、ただひたすら待っていた。

下りてきた女の子たちはしっかり服を着こんでいた。シェイル・シティの女の子よりおしゃれで、きれいだった。女の子ふたりは応接間の椅子に座ると、普通の人と変わらない会話をした。ひとりはビル・ハーパーがいたく気にいったようで、もうひとりは自分のほうに気がありそうだった。その子は、ずっと本の話をしていた。あれ読んだ？　これ読んだ？　そう訊かれても何ひとつ読んでなかったから、自分がものすごく間抜けに思えた。そうやって半時間ほどサンドイッチをつまみながら本の話をしていると、スタンピー・テルサが満面の笑みをたたえてやってきて、もう帰る時間だよと告げた。彼とビルは席を立ち、女の子たちと握手をして店を出た。

その夜、ふたりは町の中を長いこと歩きながら、これまで耳にしたスタンピー・テルサの店にまつわる数々の噂について話しあい、あれは全部嘘だったか、あるいは、自分たちが女の子にとってそういう対象にならないタイプの男なのだという結論に至った。最悪だ。たぶん、一生ずっと女の子とは付き合えないんだ。何かが足りないから。店に行ったことは誰にも内緒にしておこう。本来は別の展開になっていたはずだとすれば、自分たちの面目は丸つぶれだから。

少し時間が経つと、彼は本の話をしていた女の子のことが気になってきて、しばらく考えた末に、また店まで会いに行った。ローレットという名前の彼女は、彼に会えて喜んでいるようだった。また会いたくなったら九時前に来てほしい、それを過ぎると忙しくなるから、と言う。彼はまた会いに行き、さらに何度か会いに行ったが、そのあいだもずっと応接間で話すだけだった。たぶん、ローレットのことが好きになってしまったんだ。このぼくが恋をするなんて、すごいことじゃないか。父さんと母さんに何て言って打ち明けたらいい？　そう思う一方で、なんでぼくたちは話をしてるだけなんだろう、いったい、彼女はぼくのことをどう思っているのか、と考えたりもした。

その年の冬と、春になってからも彼はローレットのところに通い続け、ひと月に一、二回、ときには三回行くこともあった。行くたびに、店のドアをノックする直前になると、おい、しっかりしろ、ジョー・ボーナム、今日こそ男になれ、と自分に言い聞かせた。でもローレットはいつも隙がなかったし、そういうことを切り出すときにいやらしく思われない方法も見つけられなかった。だから結局、切り出せずじまいだった。

高校を卒業するとき、金のカフスボタンが郵便で送られてきて、Lと書かれたカードだけが添えられていた。送り主のことを家族に説明するのにだいぶ手間取ったが、とても嬉しくて、明日、卒業式が終わったら夜にスタンピー・テルサの店に行こうと決めた。ローレットが遠回しに愛を告白してくれたのだから、付き合い方も変わるはずだ。

そしていよいよ当日の夜九時ごろに店を訪れたのだが、この期に及んでもまだ、自分がひそかに考えていることを無礼に思われずに感じよく伝える方法を探していた。店のドアをノックするとスタンピー・テルサが迎えてくれた。ローレットを呼んでもらうように頼むと、彼女はいないという。どこに行っちゃったんですか？　エスティーズ・パークさ。あの子は毎年そこで三カ月くらい過ごすんだ。冬のあいだは新しい服を買って貯金もして、三カ月だけエスティーズ・パークでいちばんいいホテルに泊まるんだよ。男たちとデートしたり踊りにいったりして夢中にさせるのが好きなのさ。でも、いざ向こうが惚《ほ》れると、親切にはするが親切すぎる態度はぜったいに取らない。相手が望むような態度はまず取らないんだ。賢い子だよ、ローレットは。ケーキを食べながら、それを取って置ける子なのさ。お金もちゃんと貯めてるから、その面でも余裕があるしね。あんたもほかの町で仕事を見つけたらどうだい。秋になったらローレットが充電して戻ってくるから、そしたらまた店に来て、ふたりでいろんな話をすればいいだろう？　そうすれば、あんたもローレットもハッピーだよ。でも、秋にはもう二五〇〇キロ離れたパン工場で働いていたから、ローレットと会うことは二度となかった。

ボニーという女の子もいた。ある日、パン工場のそばのルイの薬局でコーラを飲んでいたとき、彼女にぽんと背中を叩かれたのだ。そしてこう訊いてきた。あんた、ジョー・ボーナムでしょ、シエイル・シティから来たジョー・ボーナム。あたし、ボニー・フラニガン、同じ学校だったんだよ。うわあ、コロラドの人と会えるなんてすっごく嬉しいなあ。でも彼のほうは全然見覚えがなかった。ああ、きみか、覚えてるよ。ボニーはうなずいた。あんたのほうが学年が上だったから興味なかったでしょ。元気？　近いうちに遊びに来てね。パン工場の三軒隣の集合住宅に住んでるんだ。あんた、あそこの工場で働いてるんでしょ。ときどきあそこで働いている人たちを見かけるよ。みんないい人だよね。あんたのこともその人たちから聞いたんだ。

　よく見ると、たしかにボニーは自分より若かったが、どういう類《たぐい》の女の子かは想像がついた。胃にかすかな痛みを感じたのは、こういう子はニューヨークやシカゴやセントルイスやシンシナティ、あるいはデンバーやソルトレーク・シティ、ボイシやシアトルの出身であって、シェイル・シティの出身であってはならないからだ。だってシェイル・シティは自分の故郷だから。

　彼はボニーに会いに行った。彼女は小柄でもなく、たいしてかわいくもなかったが、気立てはとてもよくて、将来の計画をあれこれ考えたりして元気いっぱいだった。もう三回結婚したんだよ、三回もね。で、元旦那《だんな》たちはみんなあたしがモデルのイブリン・ネスビット・ソーに似てるって言うんだけど、あんたはどう思う？

　朝の五時か六時になると、大通りにあるまっ白なタイル貼りの明るい安レストランに朝食を食べに行ったりした。その店では一〇セント出せばなんでも食べられる。店は眠たげな水兵でいつも賑《にぎ》わっており、彼らは、朝になった、さてこれからどうしよう、とぼんやり考えていた。ボニーは彼らみんなと知り合いだった。ボックス席に向かいながら水兵たちの肩を叩いては、いちいち名前で呼ぶ。やっほー、ピート、スライミーじゃないよね、おはよ、デイック、ジョージじゃないよね。そして席についてハムエッグを頼むと、こう言った。ジョー、あんた、もし頭がいいなら、あたしから離れないほうがいいよ。学校にも行きたいでしょ？　ジョー、あたしから離れちゃだめだよ。学校に行かせてあげるから。あたしにはあの水兵さんたちがついてるんだから。みんなと知り合いだし、あの人たちの財布のありかも知ってるしね。あたしは頭もいいし慎重だし、性病にかかったことなんて一度もないよ。離れないでよ、ジョー、いっしょに結婚しよう。ねえ、あそこにいる男、見える？　あの人、いつもあたしがイブリン・ネスビット・ソーに似てるって言うの。あんたは似てると思う？

ラッキーという名前の女の子もいた。彼女はパリにいる約五〇万人のアメリカ兵にとって自由の女神であり、家にあるパンケーキミックスの箱に描かれたジェマイマおばさんであり、故郷に残してきた恋人だった。パリにはアメリカ兵のための娼館があり、塹壕と殺し合いから離れられる休みになると、兵士たちはこぞってそこに来てアメリカ人の女の子と雑談したり、アメリカのウイスキーを飲んだりして楽しいひとときを過ごすのだった。

ラッキーはそこにいた女の子の中でもいちばん人気で愛嬌《あいきょう》があって、たぶんいちばん頭もよかった。会うのはいつも彼女の部屋で、一糸まとわぬ姿になると盲腸の手術の痕《あと》らしき赤い大きな傷痕が見えた。彼女の部屋に行くのはだいたい夜の最後のほうで、疲れていたし多少酔っぱらってもいたから、彼女のベッドにあおむけに寝っころがり、両手を首の後ろに回して枕にしてラッキーを眺めていた。ラッキーは彼の顔を見るなりほほ笑むと鏡台に行って、いちばん上の引き出しからレースマットを取り出す。彼女はいつもマットを編んでいた。ベッドの足元に腰かけ、陽気におしゃべりしたり、編みものをしたり、話しかけたりしてくるのだった。

ラッキーにはひとり息子がいた。当時六、七歳くらいで、ロングアイランドの寄宿学校に入っていた。将来はポロ選手にするつもりだという。ポロ選手は交友関係が広いから一流の人たちと会う機会も多いでしょ。あの子なら分不相応なんてことにならないわ。とにかくかわいいったらありゃしないの。娼館に払う場所代とタオル代と医療費を差し引いても、一回二ドルで週に一五〇ドルから二〇〇ドルは稼いでるわね。でも、もちろん贅沢《ぜいたく》だってするし、こういう仕事だとおしゃれにしていなくちゃいけないから洋服代もかかるけど、女の子はいつもきれいでいなきゃね。

ラッキーはサンフランシスコ大地震を経験していた。そのときに一六歳か一七歳だったというから、パリにいたときは三〇くらいだろう。地震のときはマーケット通りのホテルの四階にいたという。さる殿方のお相手をしている最中で、揺れを感じたとき、真っ先に思ったの。ラッキー、これは地震よ、どこぞの馬の骨とは違う紳士に乗っかられたまま死んでるのが見つかったらまずいって。だから相手を押しのけて素っ裸のまま外に飛び出していったの。通りにいた男の人たちはみんな目を丸くしてね。あなたにも見せたかったわ。

ラッキーといっしょにいて話したり横になったりしていると、異国で安息の地を見つけた気がした。愛する故郷の空気が吸いたくてたまらないときに、それを吸えたような感じだった。騒々しいパリの夜に、彼女の笑顔を見て、明るいおしゃべりに耳を傾けて、ほっそりした小さな指が踊るようにかぎ針を操るのを見つめていると、窓のすぐ外に広がる異国の街が居心地よく感じられるようになって、寂しくなくなるのだった。

パリは不思議な街で、異国の街、死にゆく街、活気に満ちた街だった。生と死と幽霊があふれるほどいて、カフェの窓の向こうには死んだ兵士があふれるほどいた。一杯やりな。ああ、パリは髪に花飾りをつけた女の街さ。

たしかにパリは美しい街、女の街だが、男の街でもある。休暇をもらったアメリカ兵やイギリス兵やフランス兵が一万人も一〇万人も来るんだから。数日だけだぞ、みんな、数日だけだ。そのあとはまた戦場に戻らなきゃならないし、戻るたびに死ぬ確率が高くなる。平均の法則ってやつさ。ねえ、お兄さん、ちょっと遊んでかない、五フランでどう、一〇フランでどう、二ドルでどう。おい、あれはアメリカ人じゃないか？　俺はあの子にするよ。店で流れてる歌にも安いコニャックをがぶ飲みするのにも、もううんざりだ。さあ行くぜ、だって東の西部戦線と呼ばれているところじゃ、老兵が戦闘記録をつけてて、昼も夜も関係なしに一日の平均の死者数とか計算してて、しかもまちがいがひとつもないときてる。百合の紋章《フルール・ド・リス》、百合の紋章《フルール・ド・リス》、国王陛下万歳《ゴッド・セイヴ・ザ・キング》、ねえねえ、お兄さん、なんか寂しそうよ、ちょいと目新しいことしてみない、フランス語は話せる《パルレ・ヴ・フランセ》？　赤ワインを水みたいに何リットルもがぶ飲みして、サワードウで作った酸っぱいパンを食べてたら、なんと異国の言葉なんて一言もしゃべらないアメリカの女の子と出会っちまった。一発やりたいわけじゃない。何か大きな音が聞きたいんだ。消し去りたい声が聞こえてくるから。音なんかひとつも出ちゃいないのに、頭にこびりついて離れないんだ。

　どこかで砲弾が作られている。ドイツ中央部の奥まったどこかの場所で作られている。ドイツ娘が磨いてぴかぴかにきれいにして弾薬を詰めている。工場の明かりの下で光輝く砲弾には番号がついていて、その番号は俺のものだ。俺はその砲弾とデートする。もうすぐ会うことになっている。

　貨物自動車が街を走り回りながら、まだ外をうろついていて集合時間に遅れている男たちに声をかけていた。おい、時間だぞ、駅に行って屋根つき貨車に乗れ。これから戻るからな。昼も夜も関係なく計算してて、一度もまちがえたことがない老兵のところへ。星条旗よ永遠なれ、ダダダーンダダダーン。これを飲んでみろ、うまいぞ。中に薬が入ってるって話だぜ。そんなの信じるなって。そう言われてるだろが。飲むと脱水を起こすんだってさ。アブサンってやつだ、味わって飲めよ、最高にうまいから。フランス語《パルレ・ヴ》はできる、フランス語《パルレ・ヴ》はできる、いいわ、だめよ、寂しそうなお兄さん、あのアメリカの言葉を話す子はどこ？　頼む、彼女を見つけたいんだ。ジャックはどこだ、ビルはどこだ、ジョンはどこだ、みんないなくなっちまった。西部に行っちまった。葬送ラッパ。国の家族に一万ドル。一万ドルだぞ、ちくしょう。ブロンデル通りの娼館にはいろんな肌の色の、いろんな国の女がいるぞ。アメリカ人も？　ああ、もちろん、よりどりみどりだ。違う、そんなの望んじゃいない、俺が望んでるのはまったく別のものだ、でも、もらえるもんはもらっとくよ。ティペラリーへの道は遠い。消灯。

どんどん近づいている。ドイツ軍の頭でっかちの幌《ほろ》つきトラックがフランスへと向かっている。中に砲弾を積んでいて、俺の番号のものもある。いつも見たいと思ってたライン渓谷を抜け、いつも見たいと思ってた黒い森を抜けて西へと向かっている。暗い暗い夜を抜けてフランスへと、俺と会う砲弾がやってくる。どんどん近づいていて、止められるものは何もない。たとえ神の手であっても。俺は約束の日時を知ってるし、向こうも知ってるから、そのときが来れば会うだろう。

アメリカはすべての者が義務を果たすことを期待していて、フランスもすべての者が義務を果たすことを期待していて、イギリスもすべての者が義務を果たすことを期待している。すべてのアメリカ兵《ドーボーイ》、イギリス兵《トミー》、フランス兵《ポワルー》が。ところでイタリア兵のあだ名は何だ？　まあいい、ともかくイタリア兵も義務を果たすことを期待されている。ラファイエットよ、アメリカ人が来たぞ。フランドルの平原で揺れるポピーの花のあいだに十字標が建ち並んでいる。ここの十字標のぶんは老兵がつけてる数から除外してくれ。老兵は昼も夜もずっと計算してて、一度もまちがえたことがない。ウイ、ウイ、パルレ・ヴ、一発やってく？　そう、一発、いや、五フラン、一〇フラン、二ドルって言ったのは誰だ。アメリカの懐かしの二ドルにトウモロコシのウイスキーだって？　おい何だよ、このコニャックは。ずっとうまいもんだと思ってたし、そういう話ばかり聞いてたのに、ひどい味だぜ。トウモロコシの酒をくれ。禁酒法を支持する連中をどう思う？　四〇〇万人もいるんだぜ、四〇〇万票だ、俺たちはその数に入ってないけどな。あいつらのせいでひどい目に遭うぞ。それはそうと、どっかにうまいアメリカのトウモロコシの酒がないか探しにいこうぜ。ダーリン、ハニー、愛しい人、疲れてるでしょ、寂しいでしょ、お友だちがほしいでしょ、テーブルを使って、椅子も使って、ベッドも使って、でも長居しちゃだめよ、パリには男の人がたくさんいるんだからね。男の人だらけなのよ、だからあまり長居しないでね。

硬い大地の肉に乗っかる女の胸みたいになだらかな丘の下に秘密の弾薬庫があり、その中に俺の砲弾もある。準備万端だ。急げ、急ぐんだ、みんな遅れるなよ、やらなきゃいけないことはなんでもいいから早くすませろ、時間があまりないぞ。

ラグタイムを歌って一発やろう、ラグタイムを歌ってマドモアゼル、〈ホット・タイム・イン・ジ・オールド・タウン〉を歌って。ジャンヌ・ダルクの歌とか百合の紋章の歌を歌って、〈アルマンティエールのお嬢さん〉を歌って。ラファイエット将軍の歌を歌って、パルレ・ヴ・フランセ。起きろ、飛び起きろ、すばやく起きろ、煙を立てろ、椅子を叩き壊せ、窓を叩き壊せ、家を壊せ、くそっ、男も動け、女も動け、コニャックを身体に流しこめ、消灯だ、太鼓を鳴らせ、クリスマスには塹壕を出て夜にはパリに来れるぞ、五フランで客を取ってくれるからな、ウイ、ウイ、パルレ・ヴ、極上のトウモロコシ酒を飲んだぞ、戦闘記録をつけてる老兵は昼も夜も関係なく日がな一日計算してて、そのスピードはどんどんどんどん速くなって、すばやくなって硬くなって強くなってどんどんどんどん速くなる。

砲弾は猛スピードで咆哮《ほうこう》と戦慄《せんりつ》とともにやってくるだろう。ひゅうという大きな音、笑い声みたいなかん高い音、うなるような音とともにやってくるだろう。スピードが速すぎて避けられるはずもなく、おまえは両手を伸ばして砲弾を抱きしめるだろう。飛んでくる前から気づいていて、受け止めようと身構えて、邂逅《かいこう》の瞬間には、おまえの永遠の寝床となる大地が揺れることだろう。

静寂。

これは何だ、どういうことだ、ああ、人はこんなにも下卑たちっぽけな存在になってしまうのか？

疲労と、あえぐほどの激しい消耗。あらゆる命が尽き、あらゆる命が浪費され、無になって、無以下になって、無の萌芽《ほうが》でしかなくなってしまう。恥ずかしさからくる吐き気。死にも似た弱さ。弱さと衰弱と祈り。神よ、ぼくに休息をお与えください、ぼくを連れていってください、ぼくをかくまって、死なせてください、ああ、神よ、こんなに疲れ切っているんです、もうこんなにひどい状態なんです、こんなにひどくて、あとどれくらいひどくなるのか、ああ、神よ、ぼくをかくまって、そして安らぎをお与えください。

15

彼は枕を叩き続けた。

きっかけは誰かと話したいというささやかな願いからだったが、今も叩き続けているのは別の理由からだった。叩くのをやめたくなかったし、考えたくなかったからだ。看護師がこっちの意図に気づくまでどれくらいかかるのかという単純な疑問さえ自分に問う勇気がない。何カ月も何年もかかるかもしれないし、ひょっとしたら一生かかるかもしれないとわかっているから。ごく短いつぶやき――上下の唇をちょっと動かすだけの言葉――を伝えたいがために、ただそれだけのために、残りの人生はずっと枕を叩き続けることになるかもしれない。

自分が錯乱して正気を失っていると自覚するときもあった。はたから見れば、自分は前と何も変わっていないはずだ。この自分を見て、覆いと粘液の下には、ありえないほど強烈で激しいむきだしの狂気が隠れているとわかる人など誰もいない。今の彼は、狂気とはどういうものかよくわかっていた。何の理由もなく殺《あや》めたいと思う圧倒的な衝動、生きた人の頭蓋《ずがい》骨《こつ》をどろどろになるまで叩き潰《つぶ》したいという欲望、首を絞めて殺したいという熱情のこともよくわかっていた。この殺しへの渇望は、今まで感じたどんな渇望よりも美しく確かで切実だった。なのに自分ではかなえることができず、殺すこともできず、ただ枕を叩くだけしかできない。

頭の中には、手も足もすべて揃った健康体の男がいる。そのジョー・ボーナムが、みずからの頭の中の暗闇に囚《とら》われたまま、両耳の穴のあいだを端から端へと走り回りながら、必死に出口を探していた。野生動物のようにやみくもにあちこち叩いて外の世界への逃げ道を作ろうとしている。自分の頭の中に囚われ、脳細胞や脳の組織の中でがんじがらめになりながらも、外に出ようとあたりを蹴《け》ったりえぐったり叫んだりしている。それなのに世界でただひとり彼を救えるはずの人間は、どうすればいいのかわからずに途方に暮れている。

この看護師のせいで自分はずっと囚人のままなんだ、と考えるようになっていた。彼女はどんな看守よりも、どんな鎖よりも、どんな石壁よりも、俺を厳重に牢獄に閉じ込めている。これまでに読んだり聞いたりした囚人の話を考えるようにもなっていた。有史以来、捕らえられ、監獄に入れられたまま、二度と自由になることなく死んでいった人たちがいた。あるいは、自分のように戦争に行って捕虜になり、残りの人生をずっと動物のように鎖につながれたまま、地中海を航行するどこかのお偉方の船を漕《こ》ぐ奴隷たちがいた。彼らは船底にいて、自分がどこに向かっているのかもわからず、外の空気の匂いも嗅げず、感じるものといえば手に握ったオールと足かせ、それに疲れると背中に飛んでくる鞭《むち》だけ。羊飼いや農民や店員や小さな店の主《あるじ》が、ある日突然、自分の生業《なりわい》から引き離され、船に放り込まれ、故郷や家族や慣れ親しんだ数々のものから遠ざけられたまま一生を過ごし、オールのそばで死んで海に投げ捨てられてから、やっと新鮮な空気ときれいな水に触れることができた。

でも、彼らは自分より運がいい。動けるし、お互いの姿を見られるのだから。自分より生者に近い存在だし、こんなに厳重に閉じ込められたりもしていない。

ローマ人に破壊される前のカルタゴの地下深くにも奴隷がいた。いつだったか、カルタゴの奴隷の本を読んで、彼らの役目と扱われ方を知ったのだった。豊かなカルタゴの貴族は自分の宝物庫を守らせるために健康な若者を見つけてきて、その両目を鋭い棒でえぐり取り、連れていかれる場所が見えないようにして、宝物庫の場所を知られないようにした。その哀れな若者を地下通路から宝物庫の入口まで連れていく。そして一方の手足を宝物庫の扉につなぎ、もう一方の手足を壁につないで生きた男の身体で封をして、それを引き裂かない限り中に入れないようにしたのだ。

でも、目が見えないまま暗闇で鎖につながれていたそのカルタゴの奴隷も運がいい。すぐに死んだだろうし、できるだけ息絶えないように手当てしてくる連中がいるわけでもないから。辛《つら》いだろうが、生きている時間はそれほど長くないし、そのあいだも二本の足で立ったり鎖を引っ張ったりできたのだから。耳も聞こえて、ご立派な貴族が宝物庫に下りてきたときは、心地よい人間の声も聞けただろうから。

ピラミッドを作った奴隷は何千人、何万人といて、彼らは死んだ王の死んだように動かない墓を作って一生を過ごした。ローマのコロセウムで奴隷同士が戦ったのは偉い人たちを楽しませるためで、お偉方は特等席に座ったまま親指をちょっと上げ下げするだけで奴隷の生死を決められた。奴隷は命令に従わなければ耳をはねられ、手を叩き切られ、舌を歪《ゆが》めて泣きながら命乞《いのちご》いをしても、秘密を漏らさないように舌を根元から引っこ抜かれた。世界中のごく平凡な男たちが矢で射られ、水に沈められ、剣を突き刺され、磔《はりつけ》にされ、煮えたぎった油をかけられ、死ぬまで鞭打たれ、火あぶりにされたが、それが奴隷の運命であり、名もなき男たちの運命であり、自分のような男たちの運命なのだ。

でも、奴隷は死ぬことができたのに、死ぬこともできないまま手足だけ切断された自分は彼らよりずっとみじめだ。とはいえ、自分も奴隷の同類であり、仲間であり、そのひとりだった。生まれ故郷から遠く引き離されてしまった。同意もなく他人のために働かされた。慣れ親しんだ土地から遠く離れた異国に送られた。見知らぬ土地で自分と同じ立場の奴隷と戦うように強制された。手足を切断され、永遠に消えない焼き印を押された。そしてついには囚人となり、自らのみじめな身体という、世界でもっとも狭い牢獄に閉じ込められたまま、死による解放を待つだけの身になってしまった。

　神よ、我らをお助けください、我らすべての奴隷をお助けください。何百年も何千年も、我ら奴隷は世間から遠く離れた深遠なる牢獄で、ずっと頭を叩き続けてきました。我ら名もなき平凡な男たち、すべての奴隷たちは、世が始まって以来ずっと頭を叩いて叩いて叩き続けて――。


　ひとりの男が重たい足取りで病室に入ってきた。男はベッドまで来るとシーツをめくり、彼の身体をつつき出した。医者だ。看護師が医者のところに行って、あの病室にいる物体がずっと枕を叩き続けてるんです、とか言ったんだろう。困ってるんです、何か処置が必要です。様子を見に行って、どうにか止めていただけないでしょうか。だから医者が来て、身体をつつき出したわけだ。それが終わると、今度は喉の管が抜かれ、いつも清掃で抜かれるときのように首を絞められる感じがした。医者は管を戻すと、何もせず静かに立っていた。

　そのあいだも彼はずっと枕を叩き続けていたが、医者が静かになると、さらに激しく叩き出した。ひょっとしたらこっちが何をしようとしているのか、わかってもらえるかもしれない。医者がベッドから棚のほうに行き、また戻ってくる振動を感じた。左腕のつけ根に冷たく湿ったものが当てられた。そして細くて鋭い針みたいなもので刺される感じがした。医者が腕に注射して何かを入れているのだ。

その効果を感じる前から、鎮静剤のようなものを打たれたとわかった。こっちを黙らせようとしているのだ。今までもずっとそうだった。向こうはこっちが何をしているのかちゃんとわかってる。少しでも脳みそのある人間ならわかるはずだ。自分も向こうが何をしているのかわかってる。暗闇の向こうから、よからぬことを企《たくら》んでいるのだ。やつらは静かにさせるためならなんでもやってきたが、それでも自分はくじけることなく枕を叩き続けた。だから今度は薬を使ったのだ。無理やり黙らせるために。こっちの言うことなど聞きたくもないのだ。ただ自分のことを頭から追い払いたいだけだ。彼は必死に頭を振り、薬を打たれるのは嫌だと訴えようとした。やがて針が抜かれ、こっちの望みなど向こうにとってはどうでもいいことなのだと思い知らされた。

それでも枕を叩き続けようと心に決めた。意志を強く持つことで、たとえ薬が効いて完全に眠ってしまっても、意志の力が睡眠中も働いて叩き続けられるようにしようとした。ちょうどスイッチを入れると動き出す機械が、自分がいなくなっても動きを止めないように。

だが、頭の中に靄《もや》がかかって身体が麻痺してくると、枕から頭を上げるたびにとてつもなく重いものを持ち上げている感じがしてきた。頭は重たくなり、叩く速度は遅くなり、身体が死人のように動かなくなり、思考は縮んでいって眠気に圧倒された。眠りに落ちる直前、彼は心の中で思った。またあいつらの勝ちだ、でも永遠に勝ち続けるなんてできないからな。永遠になんて無理だぞ、ぜったいに……。

16

いろんなものが、ぼんやりとした大きな円をゆっくり描きながら互いに溶けあっていく。身体中の筋肉が緩み、脳も緩んでくるようだ。いつになくベッドがやわらかい。頭の下の枕は雲のようだ。胸と腹にかかっている掛物は、生温かいそよ風に漂う蜘蛛《くも》の巣みたいだった。自分の上にも下にも、左にも右にも何もない。皮膚がたるみ、心臓が動かなくなって血流さえも止まり、血管の中で温かいままの血液がただじっとしていた。

この壮大な静けさの真っただ中でも動くものはあった。自分の身体と心が完全に静止したまま、無風の世界をゆっくり動いていく。いや、そこは世界ではない。ただの色鮮やかな空間で、移動する速度が速いのか遅いのかわからないのは、通りすがりにかき乱されるはずの空気がないからだった。空気も生命も存在しない星が、同じ円を描きながら無の空間を動いているときも、こんな感じに違いなかった。

どこもかしこも色があふれていた。暗い色でも鮮やかな色でもない。明け方の空が、突然大きくなった貝殻にすっぽり包み込まれたように、ピンクや青やうす紫に染まるときの淡い色合いだ。広がってきた色が彼を飲みこみ、身体の粒子のあいだに溶けていき、やがて過ぎ去ったと思いきや、また別の見事に美しく壮大な色が次々とやってくる。涼し気な色や甘い香りの色が通り過ぎていくあいだ、かん高い音楽がかすかに聞こえていた。いたるところから聞こえるが、けっしてうるさくない。あまりにも小さくて音かどうかもはっきりしない。音楽はたんなる空間の一部であり、空間や色と同じものであり、まったくの無でありながら、肉や血や鉄よりも存在感があった。身体の中の細い筋繊維が自分の一部であるように、その音も自分の一部のように感じられた。白昼に現われる白い幽霊みたいだった。彼も空間も色も音楽も同じものだった。空に漂う煙のように、彼の身体も空間と色と音楽の中を漂っていて、それらと同じように、彼も時の一部だった。

やがて音楽が止み、静けさが訪れた。普通の人が住む世界でときどき訪れるような、耳障りな音が聞こえてこないだけのありふれた静けさではない。耳の聞こえない人が経験するものとも違う。貝殻を耳に当てたときに聞こえてくるような、とても厳かで、それ自体が音を発しているような、時の静寂そのものだった。遠くの雷鳴のような静けさだった。濃密なあまり、静けさではなくなる静けさだった。現象から思想へ、そしてついにはおぞましい恐怖へと変わる静けさだった。

彼はその静けさの中で何かが起こるのをひたすら待った。それが何なのかはよくわからなかったが、いつか起こるとわかっていた。一筋のダイナマイトの煙が見えたから、次の爆音に備えて身構えるような感じだ。静けさが破られたのは、彼が落下しはじめたときだった。落下しているときの空気圧で呼吸が否応《いやおう》なく肺へ戻されていく。流れ星より一〇〇万倍も速く、光よりも速く、一万の年と一万の世界の中を落下していき、あらゆるものがやかましく速く恐ろしくなっていった。太陽よりも天の川よりも大きな球体が、トランプを切るときのカードのような猛スピードで次々と突進してくる。球体が真正面からぶつかってきて石鹸《せっけん》の泡のように砕け散ったと思ったら、また新しい球体が次々と飛んでくる。だが頭はフル回転しているおかげで、球体が飛んでくるたびに身構えるだけの時間はあったし、ぶつかったあともすぐ次の衝撃に備えられた。

彼の身体が飛行機のプロペラより速く回転しはじめ、その音が頭の中で響き渡った。世界中の手足のある人々の声が聞こえてきて、彼を捕まえようと手を伸ばし、通りすぎる彼に蹴りを入れてくる。目の前でいろんなものが瞬《また》く間に通り過ぎていくので、光しか見えなくなった。そのとき、すべては幻だとわかった。実在するものなら光が遮られて影ができるはずだからだ。

やがて、あらゆる音がひとつの声に集約されて世界を満たした。その声で落下が止まったので、彼は耳を傾けた。声が世界になり、宇宙になり、それらを囲む無の空間になり、すべてになった。女が泣き叫ぶこの声には聞き覚えがあった。

あの子はどこ、あの子はどこ？　あの子はまだ子どもなんだよ、わかんないの？　一週間くらい前にトゥーソンから来たばかりなんだ。路上生活者扱いされて監獄に入れられたから迎えに来たんだよ。なのに軍隊に入るなら釈放してやるだなんてさ。まだ一六歳だよ。年のわりには昔っから身体もでかいし力もあるってだけで。まだ幼くて赤ちゃんみたいなのに。あたしのかわいい坊やはどこにいるんだい？　あの子はトゥーソンから来たばかりなんだよ、あたしが来たのはあの子を家に連れ帰るためさ。

声は消えていったが、ようやくすべてがわかった。あの子はキリストだ。まちがいない。少年のキリストがトゥーソンからやってきて、母親が泣きながら彼を捜している。そのキリストが、砂漠の熱波の中から揺らめくように姿を現わすのが見えた。くるぶしまである丈の長い紫の服をはためかせており、まるで蜃気楼《しんきろう》のようだ。キリストはまっすぐ鉄道の駅まで来ると、みんなといっしょに座った。

どうやら駅から少し離れたところに小さな部屋があり、そこで男たちが列車が発車するのを待つあいだ、トランプのブラックジャックで遊んでいるようだった。男たちに見覚えはなく、向こうもこっちに見覚えがなかったが、そんなことはどうでもよさそうだった。部屋の外では群衆が叫んだり、音楽隊が曲を奏でたりしている中で、彼と四、五人の男たちが静かな狭い部屋でブラックジャックをしていると、トゥーソンのキリストが入ってきた。赤毛の男が目を上げ、おまえもやるかと訊くと、キリストは、もちろん、と言い、スウェーデン人らしき男が、じゃあ座りな、と言った。最初にテーブルに置くチップは一枚目のカードが配られる前に出せよ、と赤毛の男が言う。キリストは、わかった、と言ってポケットを探り、二五セント硬貨を置いた。

赤毛の男がカードを配りはじめ、みんながカードを見つめていると、スウェーデン人風の男がつぶやいた。くそ、ここに酒があればなあ。キリストは小さく笑って、そんなに飲みたいなら飲んだらいいじゃないか、と言う。スウェーデン人風の男が思わずキリストを見てからテーブルに視線を落とすと、たしかに彼の右手のそばにウイスキーのグラスがある。そして全員が自分の右手側に目をやると、そばにウイスキーがあった。みんないっせいにキリストを見て、赤毛の男が訊いた。いったいどうやって？　キリストはほほ笑んで、俺はなんでもできるからね、カードをくれ、お手やわらかに、と言う。

キリストは配られたカードを見て、悪い知らせを受け取ったときのような顔をした。そして自分のチップを赤毛の男のほうに押しやった。一二点になったことが一度もなくてね。不思議だな、一二点でも一三点でも、確率は変わらないはずだろう？　とキリストが不満げに言う。変わんないが結果は結果だからな、と赤毛の男。スウェーデン人風の男が言う。そこに意味なんかないよ、ただの偶然だ。一二点もほかの点数も同じさ。それより多い点数のほうがいいってだけで、何か特別な意味があるなんて言うやつは、ただの迷信の塊だよ。

そのとき、勝ち続けている物静かな小男がウイスキーを味見して、やべえ、こいつはめちゃくちゃうまいぞ、飲んでみな、と言った。キリストは、うまいはずさ、一六年物だからな、と言いながら、あいかわらずテーブルの上にある自分のチップを見ていた。

ふいに赤毛の男がカードを捨てて立ち上がり、伸びをしながらあくびした。さてと、乗車が始まったぞ、行かなきゃな。おまえらもだ。俺は六月二七日に死ぬから、嫁と子どもにさよならを言ってこないと。まだ一歳八カ月なのに、ものすごく頭がよくてな。五歳になったあの子を見てみたいもんだよ。でも自分が死ぬ場面がはっきり見えるんだ。夜明け直後で、ひんやりしてて気持ちよくて、新しい太陽が昇ってきて、いい匂いがしてな。ちょうど突撃するときで、三等軍曹になった俺が先陣を切るんだ。で、塹壕から頭を出したとたん、弾がハンマーみたいに当たっちまう。それで塹壕の後ろにぶっ倒れて、俺にかまわず行けってほかの連中に言おうとするが声が出なくて、ともかくみんな突撃していく。倒れたまま、塹壕を駆けあがっていくみんなの足だけ見てるんだ。それからちょっとのあいだ鶏みたいに足をじたばたさせてもがくうちに、泥の中で動けなくなっちまう。弾が喉に当たったから、ただじっと丸くなったまま、自分の血が流れるのを眺めてるうちに死んじまうのさ。でも、嫁はそんなこと知らんから、戻ってくると信じてるふりをして、さよならしなきゃならない。

勝ち続けていた小男が言う。おい、死ぬのはおまえひとりだけみたいな言いぐさだな。でも俺たちみんな死んじまうからここにいるんだろ。キリストはもう死んでるし、あそこにいるでかいスウェーデン人はインフルエンザにかかって訓練キャンプで死ぬし、隅っこにいるあいつは砲弾に高々と吹き飛ばされて誰が探しても形見なんてひとつも見つからないし、俺は塹壕が崩れて生き埋めになっちまう。これって最低な死に方だよな？

急に全員が静まり返り、耳をそばだてた。赤毛の男が、何だあれは？　と言う。高い空のどこかから音楽が聞こえてきた。かん高いかすかな音色は、陽光を通り抜けていく幽霊のようだった。音は淡く透明で美しく繊細だが、みんなに聞こえるほどの大きさだった。空気と空間しかないこの場所を出ていく道を見つけた、やわらかなそよ風のようだった。はかなげでかすかな甘い音楽で、その場にいた全員が立ったまま聴きながら不安を覚えていた。死の音楽だな、か細くてかん高い死の音楽だ、とキリストが言う。

みんなはしばらく微動だにしなかったが、やがて、勝ち続けていた小男が、こいつ、いったいなんでここにいる？　こいつだけ死なないのに、と言った。みんなそろってジョーを見た。一瞬、何と言えばいいのかわからなかった。招待状ももらってないのにパーティーに来た客になった感じだったが、咳払《せきばら》いしてこう言った。たしかに、そのとおりだ。でも俺だってこれから死人とおんなじになるんだよ。手足がなくなるし、顔はぶち抜かれて目も見えないし耳も聞こえないし話せないし息も吸えなくなって、死んでるのに生き続けることになるんだ。

みんなが彼を見ていたが、しばらく間があってからスウェーデン人風の男が、俺たちよりこいつのほうがひどい目に遭うんだな、と言った。また沈黙が続き、みんながリーダーを見るような目で赤毛の男を見た。気の毒にな、と赤毛の男は言い、ジョーを見つめると、まあ、こいつは大丈夫だ、そっとしといてやれ、と言った。みんなは列車に乗るために外に出た。

外に出て列車に向かいながら、勝ち続けていた小男がキリストに言った。おい、おまえもいっしょに行くのか？　キリストは、ちょっとだけね、でも遠くまでは行けない、嘘だと思うだろうが、会わなきゃいけない列車も死んだ男もたくさんいるからね、と言った。みんなは列車に乗りこみ、キリストは軽くジャンプしてやすやすと機関車の上に飛び乗った。列車が動き出したとき、みんなは汽笛が鳴ったと思ったが、実はそうではなく、機関車の上にいるキリストが叫んだのだった。機関車の上で服をなびかせながら絶叫するキリストを乗せたまま、列車は加速していった。猛スピードで走る列車の窓から見えるのは、空と大地のあいだを横に走る線だけになった。

まもなく、列車は太陽の下で揺れる熱い大きな黄色い砂漠に入っていった。はるか遠くの雲——ではなく靄が、空と大地のあいだの下のほうに立ちこめていた。その靄から、トゥーソンのキリストが現われた。紫の服をはためかせながら砂漠の上を漂っており、その周りで熱波が揺れていた。

彼は砂漠の上にいるキリストを見ると、列車に乗っているのが耐えられなくなった。乗っているのは死んだ男たちか生きている男たちで、そのどちらでもない自分がいてはいけない場所だ。自分にはどこにもいる権利がない。自分はどこにも居場所がなく、忘れられ、打ち捨てられ、永遠に放っておかれる存在なのだ。そう思った彼は、列車の窓から飛び降りるとキリストに向かって走りだした。

悪夢の列車は陽光の中を走りながらかん高い汽笛を鳴らし、車内では死んだ男たちが笑っていた。でも彼はひとりっきりで砂漠をひた走り、紫の服をまとって熱波に漂うキリストに向かって肺がきしむまで走った。走って、走って、走って、とうとうたどり着いた。彼はキリストの足元の熱い砂へ倒れ込み、わっと泣き出した。

17

起きたときは、二日酔いで目が覚めた男のようだった。頭に霞《かすみ》か霧がかかり、目まいがして気分も悪いなか、ゆっくりと現実に戻ってきた。そして意識が戻ったときには、もう枕を叩いていた。今ではそれも目覚めの一環になっていて、最初に意識が戻りはじめたときには、もう枕を叩いているし、しばらくして疲れてきて、頭がぼんやりして眠気が忍び寄ってきても、まだ枕を叩いている。彼は何も考えず、頭が痛くてずきずきする中で枕を叩いた。ＳＯＳ。助けて。

意識がはっきりして、感じるだけでなく考えられるようになったところで、枕を叩くのを止め、静かに横になった。何かとても大きなことが起きている。昼の看護師が新しい人になったのだ。

そうとわかったのは、病室のドアが開き、彼女がベッドに向かって歩きはじめた瞬間だった。何をやるにしても手早かったいつもの看護師は重い足取りだったのに、今度の看護師の足取りは軽い。それに、ベッドまで五歩で来た。つまり前の看護師より背が低いし、元気よく潑剌《はつらつ》と歩いているところからすると、まだ若そうだ。前の看護師が巡回に来なかったのは、記憶にある中ではじめてだった。

彼はじっとして神経を研ぎ澄ませた。新たな秘密を知り、新たな世界の扉を開けるような気分だった。新しい看護師は一瞬のためらいもなく掛物をめくった。そしてほかの看護師がみなそうだったように、少しのあいだベッドのそばで静かに立っていた。こっちを見下ろしているのだろう。あらかじめ話は聞いているに違いない。それでも実際に目にすると、言葉で聞いていたよりもはるかにひどい状態だから、最初は見つめることしかできないのだ。そして新しい看護師は、ほかの看護師のようにあわてて掛物を戻すわけでもなく、病室から走り去るわけでもなく、立ったまま泣いて彼の胸に涙を落とすわけでもなく、彼の額に手を置いた。こんなふうに触ってきた人は今までいなかった。たぶん、みんな無理だったのだ。皮膚に露出している悪性腫瘍《しゆよう》の近くに手を置くようなもので、ひどく恐ろしくて不気味だから、そうしようと思いついたり、ましてや実際に置いたりできなかったのだろう。でも元気で軽い足取りのこの新しい看護師は、ひるみもしない。

おでこに置かれた手は、まだ若そうで、小さくてしっとりとしていた。彼はおでこの皮膚に皺を寄せて、こんなふうに触ってもらえて嬉しいと伝えようとした。長い長い労働のあとの休息のようだった。彼女の手が頭に触れていると、眠っているときのように落ち着くし、心地よかった。

新しい看護師が来たことでどんな可能性が開けるだろうか、と考えはじめた。前の看護師が何かの理由でいなくなった。あの看護師はこっちのやろうとしていることをまるでわかってくれなかったし、ありったけの力を振り絞って話しかけていることもわかってくれなかった。枕を叩くのをやめさせようとした以外は、まるで気にも留めてくれなかった。でも、その看護師がいなくなって、代わりに若くて怖いもの知らずの優しい看護師が来てくれた。彼女がどれくらい長くいてくれるのかはわからない。もしかしたら病室を出て行ったきり、二度と戻って来ないかもしれない。でも、今はそばにいてくれるし、どういうわけか自分が感じることを彼女も感じてくれている。そうでなければ、あんなにすばやく手をおでこに当てたりしないはずだ。

もし彼女から見てもわかるように枕を強くはっきり叩けば、みんなが気にするまでもないと思っていたこの行動の意味をわかってくれるかもしれない。自分が話しかけていることをわかってくれるかもしれない。あるいは、前の看護師が戻ってきて、この新しい看護師の足音を聞くことは、もう二度とないかもしれない。もし新しい看護師がいなくなってしまえば、最後の頼みの綱も切れてしまう。奇跡を起こそうとしていることなど誰にも理解されないまま、残りの人生、ずっと枕を叩いて叩いて叩き続けて過ごすことになるかもしれない。新しい看護師はその猶予期間であり、彼の人生のすべての時間、すべての週、すべての年の中で、たった一度の小さなチャンスだった。

首の筋肉に力を入れて、もう一度枕を叩きはじめようとした。ところが、また奇妙なことが起きて注意が逸《そ》れた。新しい看護師が彼の寝巻きの前を開《はだ》けて胸を出した。そして胸の皮膚を指先でなぞりはじめたのだ。一瞬、何をしているのかわからなくて困惑するばかりだった。そして胸の皮膚に全神経を集中させるうちに、指がただやみくもに動いているわけではないと気づいた。皮膚に何かの模様を描いている。何度も何度も同じ模様を描いている。こういう繰り返しの動作の裏には何か意図があるはずだから、それを読み取ろうとさらに神経を研ぎ澄ませた。飼い主に話しかけられた忠実な犬が、耳をそばだててその意味を何とか理解しようとするみたいに身を硬くして、看護師が描く模様だけに意識を向けた。

最初に気づいたのは、模様に曲線がないことだった。全部が直線で、それがいろいろな角度で描かれていく。最初の直線は上に向かい、次に斜め下の直線になり、その次に斜め上の直線が来て、最後に下に向かう直線が描かれて終わる。看護師はその模様を何度も描いた。ときにはゆっくりと、ときにはすばやく、そしてまたゆっくりと。最後まで描き終えてから、しばらく間があくこともあった。突然、ふたりのあいだで不思議にも意思の疎通が取れたように思えた。この間は疑問符で、彼女はこっちを見ながらわかったかどうか訊いていて、答えを待っているのだ。

　間があくたびに彼は首を横に振り、彼女がまた同じ模様を描くということを辛抱強く繰り返しているうちに、ふたりを隔てる壁が急に崩れ落ちた。突然ひらめいて、彼女が何をしているのかわかった。胸の上でMの字を書いているのだ。あわててうなずいて、わかったことを伝えると、彼女は励ますようにおでこを軽く叩いてきた。よくできました、すばらしい、がんばったわね、覚えるのが早いわ、と言うように。それから別の文字を書きはじめた。

　何をしているのかわかったから、あとの文字は簡単だった。胸の皮膚をこわばらせて指の動きをはっきり感じ取れるようにした。いくつかの文字は一回書かれただけですぐにわかった。Eと書かれてうなずき、Rと書かれてまたうなずき、ふたたびR、次にYでうなずき、しばらく間があいた。そのあとの文字は立て続けにわかった。C、H、R、I、S、T、M、A、Sで、全部合わせるとMERRY　CHRISTMASだ。

　メリークリスマス、メリークリスマス、メリークリスマス。

　それでわかった。前の看護師はクリスマス休暇でいなくなり、若くて感じがよくて美しくて思いやりのあるこの新しい看護師がクリスマスおめでとうと言ってくれたのだ。彼は何度も必死にうなずき返し、メリークリスマス、クリスマスおめでとう、うん、おめでとう、メリークリスマス、と彼女に伝えた。

彼は喜びのあまり動転しながら考えた。四年なのか五年なのか六年なのか、正確な長さはわからないが、ずっと俺はひとりぼっちだった。いろんなことを試みては挫折《ざせつ》して、時間を把握する方法も忘れてしまったが、そんなことはもうどうでもいい、もうひとりぼっちじゃないんだから。何年も何年もずっと孤独だったのに、ここにきてはじめて話しかけてくれる人、クリスマスおめでとうと言ってくれる人が現われたのだ。まるで暗闇の中のまばゆいばかりに白い光のようだった。沈黙の中の美しく壮大な音楽のようだった。死の中の大きな笑い声のようだった。今日はクリスマスで、目の前に現われてくれた人がクリスマスおめでとうと言ってくれたのだ。

橇《そり》の鈴の音と、雪がきしむ音が聞こえた。窓から漏れ出るろうそくの暖かく黄色い光が、ほのかに雪を照らしているのが見えた。クリスマスリースには熱々の石炭のように赤い実があしらわれている。頭上に広がる雲ひとつない空には、星々が透きとおるように青白く輝いていた。穏やかで嬉しくて満ち足りた気分なのは、今日がクリスマスだからだ。みんなの世界に戻ってきたのだ。

メリークリスマス、メリークリスマス、クリスマスおめでとう。

クリスマスの前の晩。家の中はしずまりかえり、ネズミいっぴき起きていませんでした。煙突のそばには靴下がかかっています。サンタクロースがもうじきやってきてくれることを願ってかけたものです……。

物心がついたころから、毎年クリスマスイブが来るたびに、母はこの詩を朗読していた。彼が大きくなってサンタクロースを信じなくなっても、一六、一七歳の一人前の男になっても、母はあいかわらずクリスマスイブになると、この詩を読んでいた。家族が全員集まると、まず母がこの詩を読むのだが、それを聴くのが好きだった。毎年クリスマスイブにはシェイル・シティの家の居間にみんなが寝る前に集まって、母が読む詩を聴く。父は夜遅くまで店にいて、クリスマス前の駆けこみ注文に応じていたが、夜一〇時に店が閉まると家に帰ってくる。外は雪が降っていて寒かったが、居間はいつも快適そのもので、だるまストーブの底のほうがくすんだ暖かい赤色に光っていた。

エリザベスはまだ小さかったので、もうベッドで寝ていたが、キャサリンは居間にいたし、父と母と彼もいた。キャサリンはパジャマ姿で、脱いだ服はストーブのそばに置いてあるから、クリスマスの朝に彼女が急いで着るときも、ほんのり温かい。暖炉はなく、椅子の背もたれがマントルピース代わりだった。そこに家族みんなの長い靴下がかけてあり、父の靴下も母の靴下も、エリザベスの小さな赤ん坊用の靴下も、キャサリンや彼の靴下もあった。父はリクライニングチェアに座り、その足元にキャサリンが寄り添っていた。母は本を開いて別の椅子に座っていた。母がこの詩を朗読する理由は誰も知らなかったが、とにかくそういう習わしになっていて、その証拠に家族みんなが詩を暗記していた。彼は膝《ひざ》を抱えて床に座りながら、ストーブの扉ののぞき窓の向こうで炎が躍るのを見つめていた。

つもりたての雪山の上にいるお月さまが、お空の下を真昼のように明るく照らしていました。あっちこっち見ていると、いつのまにか小さな橇と、八頭の小さなトナカイがあらわれました……。

家族の誰ひとりとしてこの詩を忘れたことがなかった。一年中いつでも最初から最後までそらで言えたのは、クリスマスの詩だからだ。詩を聴いているうちに、部屋が甘く神秘的な雰囲気に包まれていく。家族はそれぞれが家の中にプレゼントの隠し場所を持っていて、ほかの人には内緒にしていた。クリスマスの前日にそれをこそこそ探し回るのは誰にとってもかっこ悪いことだったから、そんなことをする人はいなかったが、自分の頭の中であれこれ推測するぶんには何の問題もなかった。

詩を読むうちに母の顔が温かく幸せそうに輝いていく。母は家族といっしょに家にいて、みんな元気で、その日はクリスマスイブで、いつもの詩を読んでいた。クリスマスイブの日に家にいると、優しい気持ちになるし、安心してくつろげた。暖かいストーブのある快適な居間にいると、どういうわけか、そこが荒野の中でも永遠に安全で不変で危害も加えられず、勝手に立ち入られることもない場所に思えてくる。そして今……今夜の母はどうしているのだろう……父が死んで、自分もいなくなってしまってから、またクリスマスイブがやってきた。母はこの世界のどこかで、今この瞬間にも、あの詩を読んだりしていないだろうか。詩がいちばん盛り上がる場面に近づくにつれて熱を帯びていく母の声が聞こえるようだった。

いくぞ、ダッシャー　いくぞ、ダンサー、いくぞ、プランサー、ビクセン、それにコメット、キューピッド、ダンダー、ブリッツェン、玄関ポーチの上へ、塀の上へ、元気よく行け……。

キャサリンの茶色い目が父の足元という安全地帯にいながら大きく見開かれて真剣になり、興奮でかすかに輝いた。父の目には薄く靄がかかり、ひとり静かに自分の少年時代の光景を思い出しているようだった。母の顔はいきいきとして、声もはずんでいる。わくわくする場面に差しかかったのだ。サンタクロースが煙突を滑り下りてうなずき、太っ腹を笑って揺らしながら仕事にとりかかる。やがて鼻の脇に指を置いてうなずくと、煙突をのぼっていった。屋根に出る場面になれば、次の家に向かいたくてうずうずしているトナカイが小さな脚をしきりに動かす音が今にも聞こえてきそうだった。

サンタさんが橇に飛び乗ってトナカイに合図の口笛を鳴らすと、みんなはアザミの綿毛みたいにふわりふわりと飛びさっていきました。でも、遠ざかるサンタさんがほれっと叫ぶ声が、たしかに聞こえたのです。みなさん、クリスマスおめでとう、みなさん、おやすみなさい……。

母の声が止んでも、いつもみんなは少しのあいだ静かに座ったままでいた。誰も何も言わないのは続きがあるからだ。母が詩の本を横に置き、別の本を手に取る。聖書にしおりをはさんでいて、そこを開くと、ふたたび読みはじめた。イエスが赤ん坊だったころの幼児キリストが飼い葉桶《おけ》の中で生まれ、ベツレヘムの星が光り、賢者たちが訪ねてきて、その夜に天国の天使たちがみんな地上に舞い降りると、平和と幼児キリストと御心《みこころ》にかなう人々を賛美する歌を歌う物語だ。

聖書を読む母の声が聞こえてきた。母の口から出てくる慎《つつ》ましくおだやかな言葉の数々は、まるで音楽のようだった。聖書のクリスマス物語を自分では一度も読んだことがないというのも妙な話だ。もっぱら母の読み聞かせを聴くばかりだったから。文章は覚えていないが、母が読んでいるときに頭の中に思い浮かべていた場面を、今でもありありと思い出せる。物語の内容はちゃんと覚えていた。

当時、国中の人々がベツレヘムに向かっていたのは、ちょうど納税の時期で、役所で住民登録をして税金を払わなければいけなかったからだった。その日は一日中ベツレヘムに続々と人がやってきたから、夜になると町は人であふれかえっていた。その中に、ナザレから来た大工のヨセフという男がいた。

ヨセフは出発前にいろいろな用事を済ませなければならず、妻のマリアは身重で手伝えなかったから、出遅れてしまった。だからベツレヘムの町のはずれまで来たときは、もうあたりは暗くなっていた。ヨセフが引くロバの上に、大きな目のマリアが苦しげに乗っていた。陣痛がもう始まっていて、一刻を争うとわかっていたから、ふたりとも早く宿に入りたかった。マリアは初産なので、いざ出産が近づいてきても、どうしたらいいのかわからない。

ベツレヘムに着くと、すぐにヨセフは安宿をあちこち当たった。彼は金儲《かねもう》けがあまり得意ではなかったから、税金を払って手元に残っているのは一泊分の宿代だけだ。宿探しで移動するあいだもマリアは痛みが増してきて怖くなるばかりだった。それなのに、どこもかしこも満室だった。貧しい人たちが早い時間から町にたくさん来て、先に安宿の部屋を確保してしまっていたのだ。もう一度手元の金を数えたふたりは、高い宿屋を当たってみることにした。ひょっとしたら裏の部屋が空いているかもしれないし、手持ちの金で足りなければ、明日の朝に宿の近くで少し働けば不足分を稼げるから。

でも、高い宿屋も満室だった。

ヨセフは宿屋の支配人に食い下がった。遠くから妻と来て、もうすぐ赤ん坊が生まれそうなんです。ロバに乗っている彼女を見てください。まだ幼いし、怖がっているでしょう。そもそも連れてくるべきじゃなかったんですが、ひとりだけで置いておくわけにもいかないし、みんな税金を払いにいかなくてはならないから、一晩ついていてくれる人も見つからなかったんです。彼女が寝る場所を見つけなきゃいけないんです、それだけなんです、お願いです。

宿屋の支配人が暗闇に目を向けると、マリアの不安げな白い顔が見えた。支配人は、きれいな子だな、旦那の言うとおりたしかに脅《おび》えてる、と思った。あんな状態で子どもを産んだら大変なことになるぞ。そもそも自分たちで育てられない人間が子どもを持っちゃいかん。それはそうと、どうすればいいんだ？　そして支配人はヨセフに言った。わかりました。いい場所がありますよ。あの通路が見えますか？　あの道をずっと行くと馬小屋があって、その奥に飼い葉桶があります。誰かに干し草を持ってこさせますから、そこなら気持ちよく眠れるでしょう。ついでに言うと、できれば今夜は産んでほしくないんですがね。奥さんが悲鳴を上げたらお客さんたちはびっくりするでしょうし、何しろ今晩泊まっているのは身分の高い方々ばかりで、ローマの議員さんも三人おられるんですよ。まあ、どうぞ行ってください。

ヨセフが礼を言ってマリアのほうに戻りかけたとき、支配人が追いかけてきて叫んだ。ああ、言い忘れましたが、馬小屋で火を使わないでくださいよ。火の使用は禁止されていますし、こっちはそれを破れる立場じゃありませんのでね。ヨセフは気をつけます、と叫んだ。支配人は暖かい火のそばに戻ってから思った。ところかまわず子どもを産む連中にはうんざりだ、今夜はずいぶん冷えてるから、あの娘が騒ぎを起こさないことを祈るのみだな。

飼い葉桶の中でヨセフはランタンを灯して干し草の寝床を作り、マリアはその上で赤ん坊を産んだ。男の子だった。ふたりはこのときのために持ってきた毛布で赤ん坊をくるみ、無事に出産を終えたマリアは赤ん坊をぎゅっと抱きしめた。きっと男の子だろうと思っていたわ。名前は何にしようかね、とヨセフが訊くと、イエスがいいと思うわ、とマリア。そう言ってちらりと赤ん坊を見下ろしてから、またヨセフに視線を戻したが、その目には脅えたところがいっさいなくなり、口元にも笑みが浮かんでいた。

だが、母子を見つめていたヨセフの顔に笑みはなかった。マリアがそれに気づいた。どうしたの、嬉しそうじゃないけど。かわいい赤ちゃんでしょう。見て、この丸々したお手手。なぜそんな顔をしているの？　ヨセフが言った。赤ん坊の頭に光の輪があるね。月明かりみたいにやわらかく光ってる。マリアは少しも驚きではないというように、うなずいた。生まれたての赤ん坊はみんなこんなふうに光っているに違いないわ。天からやってきたばかりなんですもの。すると、ヨセフは突然何かを失ってしまったかのように、悲しげに言った。きみの頭にも光の輪があるんだよ、マリア。

ベツレヘムの向こうの山では、ひとりの羊飼いが少し休息を取ろうとしていた。羊たちはみんな寝ているし、ほうぼうから集まってきた人たちでベツレヘムは大にぎわいだから、オオカミも怖がって山から出てこないだろうし、少しくらいうとうとしてもかまわないだろうと思ったのだ。そうして横になって寝ていると、ふいに顔に光が当たって目が覚めた。目を開いてあたりを見回した。しばらく何も見えなかったのは、星明かりがまぶしすぎたせいだ。ようやくあたりの様子がわかってくると、ベツレヘムの空低く、星が出ているのが見えた。手を伸ばせば届きそうなほど近く、町全体を照らすほどに明るい。ベツレヘムの町の塀も屋根もくっきりと白く浮かび上がり、近くの山の斜面にいる彼の羊たちは地上を照らす小さな銀のランプのようだった。

　道のほうから音が聞こえてきて、遠く左を見た。丘のふもとを回ってベツレヘムへ向かう道に、三頭のラクダに乗った三人の男性が現われた。服装からすると、よその土地から来た人のようだ。鞍《くら》に施された銀の装飾が、ベツレヘムの星の光を浴びて輝いている。羊飼いは彼らをしばらく眺めながら、税金を納めに来た人にしてはずいぶん裕福そうだと思っていると、音楽が聞こえてきた。あたり一面に天使たちが現われ、星明かりの中で歌を歌っている。

今宵《こよい》、ベツレヘムの町に世界の救い主となる赤ん坊がお生まれになりました。平和の君、神の息子たるこの子の名はイエス。地には御心にかなう人々に平和がありますように。さあ、みなさん、喜びましょう。救い主がお生まれになった今宵のために、わたしたち天使といっしょに歌いましょう。地には御心にかなう人々に平和、平和、平和、平和がありますように。

　羊飼いは野原で働いているときも空で天使たちが歌うところなど見たことがなかったから、これは何かの奇跡だと思い、ひざまずいて頭を垂れ、祈りを捧げた。そうやって長いこと顔を上げずにいながらも、羊たちがこの歌に驚いて、残りの夜をまた羊集めで過ごすはめになりやしないかとひやひやしていた。

　遠くローマでは、宮殿にいるひとりの男がうなされていた。目が覚めかけたところで、またうとうとしたが、なぜこんなに不安になるのだろうと夢の中で不思議に思っていた。ベツレヘムの飼い葉桶ではマリアが天使の歌を聴いていたが、その顔は赤ん坊をはじめて見たときほど幸せそうではなかった。彼女は捧げものを持ってやってきた賢者たちをまっすぐ見つめていた。そして赤ん坊をひしと抱きしめた。その目には悲しみと、赤ん坊を心配する気持ちがあふれていた。

18

楽しかったクリスマスの思い出をようやく頭から追い払い、ふたたび枕を叩きはじめた。でも、今度は希望と自信を持って力強く叩いていた。それは、この新しく感じのよい看護師が自分と同じことを同じくらい一生懸命に考えてくれるからだ。死者の彼と生者の彼のあいだに立ちはだかる静寂を真剣に叩き壊そうとしてくれていることが、実際に彼女の口からそう聞いたかのようにはっきりわかる。向こうから話しかける方法はもう思いついてくれたわけだから、今度はこっちが話しかけようとしても注意を向けてくれるはずだ。ほかの看護師は忙しかったのか、疲れていたのか、あまり頭がよくなかったのか、彼の行動を理解できなかった。枕を叩くのは気に障る癖か、何かの症状か、子どもじみた気まぐれな行ないか、正気を失っている証《あかし》か何かだと思われていた。でも本当は暗闇からの悲鳴であり、死者の声であり、友情と話し相手を求める沈黙の中のうめき声にほかならなかった。新しい看護師ならそれをきっとわかってくれるし、助けてくれるだろう。

あるひとつの法則に従って枕を叩いていることを彼女にわかってもらうため、ごく慎重にゆっくりと叩くようにした。彼女が胸にMの字を何度も繰り返し書いたように、枕を叩いて遭難信号を送り返すのだ。でも、とにかくゆっくりと……ゆっくりと。トントントン、ツーツーツー、トントントン。SOS。助けて。何度も何度も繰り返した。たまに信号をひとつ送ってからしばらく動きを止めた。彼女の指の動きが止まるのが疑問符だったように、それが彼の疑問符だった。枕を叩くのを止めて、外から見えている身体の一部――覆いの上にある髪とおでこ――から期待をにじませようとした。でも、彼女から何の反応も返ってこないと、また叩き出した。叩きながらも、すぐそばで彼女がこちらを見ながら考えているのはわかっていた。

　彼女は長いあいだ観察して考えてから、いろいろなことをやりはじめた。いずれも入念に考え抜いた末の行動だったから、動きそのものまでが練られているように思えた。まず掛物の下に尿瓶を入れて、彼にわかるようにあてがった。彼は首を振った。彼女が尿瓶を片づけて、おまるをあてがった。彼は首を振った。彼女がおまるを片づけた。もはや動作と動作のあいだにためらいなどみじんもない。ひとつの動きを終える前に、次の動きを考えているようだった。そうやって間髪を容《い》れずに手際よく合理的に動きながら、枕を叩く理由として考えられるものからひとつ、またひとつと消していった。そのあいだも、ずっとベッドのそばで彼の様子をうかがいながら考えをめぐらしているのがわかった。そうやって彼女は何かひとつの案を思いついたら、すぐにできるだけ無駄のない動きで実行していった。

彼女が毛布をはがし、掛物をシーツ一枚だけにした。彼は首を振った。彼女が毛布を戻し、さらにもう一枚毛布を足して掛物を厚くした。彼は首を振った。もう枕は叩かずに、彼女が思いついたことをひととおりやり終えるまで気を抜かずに待っていた。彼女が掛物を全部はがし、喉元にある呼吸用の管の位置を直した。彼は首を振った。彼女が身体の脇の穴を塞《ふさ》ぐ包帯を撫でた。彼は首を振った。振りながらも、そうするだけの分別がまだ残っていることに我ながら驚いた。それというのも、あまりにも嬉しくて、考えることさえままならないからだ。彼女が彼の寝巻きをめくって身体をやさしくマッサージしはじめた。彼は首を振った。彼女が掛物をまた戻して、ベッドの頭のほうに移動した。そしてなだめるように彼のおでこをこすった。彼は首を振った。彼女が彼の髪を後ろに撫でつけて頭皮をさすり、両のこぶしで頭をマッサージした。彼は首を振った。彼女が顔の覆いの紐《ひも》をゆるめた。彼は首を振った。彼女が覆いを持ち上げて軽くあおぎ、風を送って覆いが顔に張りつかないようにした。彼は首を振った。彼女が覆いを戻したきり、何もしなくなった。ベッドの頭のほうに立ったまま注意深くこっちをじっと見下ろし、彼と同じように神経を研ぎ澄ませて何かを必死に感じ取ろうとしている。思いつくことはすべてやったあと、静かに立ったまま、今度はあなたの番よ、がんばって教えてちょうだい、わたしもがんばってわかるようにするから、と言っているようだった。

彼はまた枕を叩きはじめた。

自分の呼吸が止まったようだった。心臓も止まり、身体中の血が固まったようだった。この世界で唯一動いているのは自分の頭だけのようで、枕を叩いて叩いて叩き続けた。これが最初で最後のチャンスだ。自分に嘘をついても意味がない。今このとき、この瞬間、このわずかな一瞬で、すべてが決まる。この人みたいな看護師はもう二度と来ないだろう。もしかしたら五分後に病室を出ていったきり、二度と戻ってこないかもしれない。彼女が出ていけば、彼の人生も、狂気や孤独や救いようのない沈黙の叫びもいっしょに持ち去ってしまうことになるが、彼女はそんなことなど知りもしないし、沈黙の叫びを聞くこともない。ただ去っていくだけで、そのあとの彼は永遠に忘れられた存在になる。彼女は寂しさであり、友情であり、生と死であり、今は静かにそばに立って、彼が望みを伝えてくるのを待っている。

彼は枕を叩きながら心の中で祈った。これまであまり真剣に祈ることはなかったが、今は違った。神さま、お願いです、どうか俺が伝えたいことを彼女がわかるようにしてください、もう長いことずっとひとりぼっちなんです。何年も何年も息苦しくて窒息して死んでるのに、まだ生きているんです。生きたまま棺《ひつぎ》に入れられて地面に埋められても意識はまだある人みたいなんです。その人だって、俺は生きてる、まだ生きてる、生きてるんだ、蓋《ふた》を開けてここから出してくれ、土をどけてくれ、お願いだ、慈悲深い神よ、助けてくれと叫んでるのに誰も聞いてないから、つまり死んでるんです。あなたがとっても忙しいのはわかってますよ。たくさんの人が毎分、毎時、あなたに何かを祈ってるんだから。たくさんの偉い人たちが国とか大陸とか、はたまた世界に関わる大事なことをお願いしてますよね。全部わかってますから、あなたがみんなの願いをかなえるのが遅くなっているのは仕方がありません。完璧《かんぺき》な人なんていませんからね。でも俺が頼みたいのは本当にちょっとしたことなんです。もし俺が一〇〇万ドルほしいとか、自家用ヨットがほしいとか、高層ビルがほしいとかお願いしてるなら、手に入らないのはわかります。だってお金もヨットも高層ビルも数に限りがありますからね。でも俺の望みは、頭の中にあるちょっとした考えを、ほんの一メートルくらいしか離れていない彼女の頭の中に移してもらうという、それだけのことなんです。本当にそれだけです。その考えだって小さくて軽いから、カワセミでも蛾でもカゲロウでも赤ん坊の息でも運べるくらいですよ。時間もかかりませんから、どれくらいかなんて教えられないくらいの長さです。本当に、お願いするのはこれっきりです。こんなにちっぽけなことなんですから。ちっぽけなことですから……。

彼女の指がおでこに触れるのを感じた。

彼はうなずいた。

彼女の指がおでこを四回叩くのを感じた。

つまりHだ。でも彼女は知らないだろうし、何を意味するのかわからないはずだ。ただこっちが何をしてほしがっているか確かめるために叩いてみただけだ。

彼はうなずいた。

激しくうなずいたせいで首が痛くなり、頭がくらくらした。激しくうなずいたせいでベッド全体が揺れていた。

ああ、神さま、ありがとう。彼女はわかってくれたんだ。俺の考えをお願いした場所に移してくれたんですね。きっとそうだ。ありがとう。ありがとう、ありがとう、ありがとう。

ほんの一瞬、彼女の手がなだめるようにおでこに当てられた。それから病室を足早に出ていく振動が伝わってきた。ほかの人に知らせるために急いで出ていったのだろう。彼女が去り、病室のドアが閉まった。その音が電気ショックのようにベッドスプリングを揺らした。

彼女が行ってしまった。


一息ついたところで自分があまりにも疲れていることに驚いた。夏のパン工場で三日三晩働き続けて昼間も一睡もできなかったときみたいだ。息が切れて頭がずきずきするし、全身の筋肉が痛い。でも心の中では紙吹雪が舞い、旗が空高くはためき、音楽隊がいつもの二倍の速さで演奏しながら太陽に向かって元気よく行進していた。とうとうやった、うまくいったぞ、ついに目的を果たしたのだ。じっと横になって疲れ切っていても、目の前には広い世界が開けてくるようだった。言葉も考えも想像も及ばないほどの幸せだった。

これまでは、世界にいる二〇億人が全員敵のように思えて、みんながよってたかって地面に埋まっている彼の棺の蓋を押したり、蓋の上の土を突き固めたり、地面に大きな墓石を建てたりして、地中から出られないようにしている気がした。それでも彼は生き返った。棺の蓋を開け、土を押しのけ、墓石を雪玉みたいに放り投げて地上に姿を現わして立ち上がり、地上から何キロも跳びあがるほど空高く跳ねまわった。彼はこれまでに生きたどんな人とも違っている。途方もないことを成し遂げ、神にも等しい存在だった。

医者が見学の友人を病室に連れてきて、これを見たまえ、手も足も耳も目も鼻も口もないのに生きているなんてすごいだろう、なんて二度と言えないはずだ。これからは、こう言うんだ。この人は考えられるんだよ、寝たきりで、身体がひとかたまりの肉でしかないのに話す方法を思いついたんだ。この人が話すところを聞いてみたまえ。頭はしっかりしていることがわかるから。わたしやきみと同じように、話せるひとりの人間で、自我もあり、この世界の一員なのだ。その唯一の理由は、たぶん祈りや神の力を借りながらではあるだろうが、たったひとりで話す方法を見つけ出したことにある。こうして見ると、我々の見事な外科的処置よりもさらにすばらしいことじゃないかね？

こんなに幸せなのは今までの人生でなかったことだ。幸せだと思ったことは何度もあるが、今のそれとは比べるべくもない。クリスマスに一年前からずっとほしかった工事現場の組立ておもちゃセットをもらったときも幸せだった。子どものころは、あれがいちばん幸せなときだったかもしれない。カリーンから愛してると言われたときも幸せだったし、砲弾が炸《さく》裂《れつ》して世界から追い出されるまでは、あれがいちばん幸せなときだった。でも、今の正気でいられないほどのまったく新しい幸せは、想像を超えるものだった。圧倒的で強烈で、この世のものとは思えないほどの幸せぶりに、我を忘れそうだった。

砲弾に吹き飛ばされた両足が立ち上がって踊っている。五年か六年か七年前に腐ってしまった両手が、身体のそばで踊りに合わせて激しく振られている。えぐり取られた両目が、打ち捨てられたどこかのゴミの山から空を見上げ、世界中のあらゆる美しいものを見ている。粉々になって何も聞こえなくなった両耳に、突然大きな音楽が鳴り響いている。顔から削り取られて大量の土が詰まっている口が、また歌を歌いはじめている。それもこれも、彼がついにやってのけたからだ。不可能なことを成し遂げたからだ。彼は神のように、ぶ厚い雲間から人々に話しかけた。そして今は雲の上に乗って空を漂っている。彼はふたたび人間になったのだ。

そしてあの看護師は……。

彼女が廊下を駆け回る様子が目に浮かぶようだ。死の廊下を行き来するおしゃべりな幽霊みたいに早口でしゃべりまくっていることだろう。身体の不自由な患者の病棟から耳が聞こえない患者の病棟へ、目が見えない患者の病棟から口がきけない患者の病棟へと走り回って病院中の人々を呼び集め、実際に起こった驚きのニュースを大声で伝えていることだろう。遠く隔離された上階の小さな病室で棺の蓋が開いて墓石が転がり落ちて、死人が枕を叩いて話しはじめたんです、と言う彼女の声が聞こえる。

死人が話をするなんてラザロ以来一度もなかったことだし、しかもラザロは何もしゃべらなかった。でも自分はこれからすべてを話すつもりだ。死者の経験をもとに話すつもりだ。死者の気持ちを代弁するつもりだ。死の秘密を洗いざらい教えてやるつもりだ。こうやって自分がこれから話すことについてあれこれ考えているあいだも、あの看護師は病棟や廊下中を駆け回り、上の屋根裏部屋から下の地下室まで、大勢の死者が去っていった広い病院の中を走って走り回っている。神の言葉を告げる大天使ガブリエルのように、死者の声を聞きに行くように病院中に知らせて回っていることだろう。

彼女が呼び集めた人たちが来るのを待ちながら、もう彼らの気配が感じられた。きっと舞台俳優も幕が上がる直前にこんなふうに一〇〇〇人の観客の気配を感じているに違いない。病室に大挙して押し寄せてくる何十人もの人々の歩く振動も感じられた。自分を一目見ようと押し合いへし合いするせいでベッドが前後左右に動くのも感じられた。話せる死者がよく見えるようにみんながじりじり動くので、ベッドスプリングが小刻みに揺れるのも感じられた。病室の温度がはね上がり、集まった野次馬の熱気が、首の両側と覆いから出ているおでこの上半分の皮膚から感じられるようだった。

ドアが開いた。軽やかに歩く振動がした。あの看護師の足音だ。あとに続く人たちを感じ取ろうと、感覚を研ぎ澄ませる。別の人が歩く振動がした。この重たい足取りは男のものだ。さらに人が来てベッドスプリングがきしむのを待った。でも、すべてが静まり返ったままだった。しんとしていた。これからすばらしいことが起こるというのに、部屋にいるのは自分と看護師と重たい足取りの男だけだ。この三人以外に誰もいない。こんなに偉大なことが軽く扱われたことに、痛みにも似た奇妙な失望感に襲われた。だが、野次馬よりもっと大事なことがある。彼はまさに死人のように、今まで以上に身じろぎひとつせず、じっとしていた。

そうやって横になったまま返事を待った。

一本の指が暗闇から姿を現わした。あまりにも大きくて、おでこに当たった瞬間、杭打《くいう》ち機で砕かれた感じだった。洞窟《どうくつ》に響き渡る雷鳴のように、当たった音が頭の中にこだました。
指が叩きはじめた……。

WHAT
DO
YOU
WANT

何が望みだ？

19

問いの意味がわかり、モールス信号を正しく理解したと確信できたところで、彼はしばし考えこんだ。静かな部屋で大事な人を長いこと待ち続けていたところに突然ドアがノックされた感じだった。そういうときは音がすると一瞬たじろいで、ノックしたのは誰なのか、もし待ち続けていた人が来たなら、向こうが何を望んでいて、なぜここに来たのかと考える。ほんの一瞬だけためらうのは、何年も待ちながら、本当にドアがノックされるとは思っていなかったからだ。立ち上がってドアまで行っても、待ち望んでいた人ではなかったときのショックに備えて最初はごく薄く開ける。でも、来てもらいたかった人が本当に来て、ありえないことが現実になったとわかると、ほっとするやらびっくりするやらで、何をどう切り出したらいいのかわからないのだ。

自分は何を望んでいるのだろう?

航海に出たくてたまらなかったところに急に船を与えられて、どこに行きたいのかと訊かれた感じだった。本当に船に乗れるとは思っておらず、ただひたすら望んでいただけで、実際に与えられたら何をするかということまで考えが及ばない。今の彼もまさにそれだった。まさか願いがかなうとは思っていなかった。あまりにも長く、理解してもらうのが大変だったから。ほんの思いつきから始まったことなのに、それが希望になり、仕事になり、実現がむずかしくなればなるほど大事なことになって、最後のほうは正気を失いそうだった。とにかく、たった一時間前までは願いがかなうなんて想像もしていなかった。それが、かなってしまった。目的を達したところで、何が望みかと訊かれている。たぶん、これからの残りの人生はこの問いへの答えで決まるのだろうが、自分の中でもうまく考えがまとまらないのに、他人に伝えられるわけがない。

別の角度から考えてみよう。たぶんこの質問は、自分が何を望んでいるか、ではなく、向こうが何を与えてくれるか、だ。それならわかる。向こうが自分に与えられるものって何だ？　そう考えると、この質問そのものにも、そういうふうに訊いてきたことにも、この質問の裏にある無知さ加減にも腹が立ってきた。いったい何様のつもりだ。こっちの望みをかなえてやれるとでも思ってるのか？　望んでいるのはコーンアイスだと？　おもしろい本や焚火《たきび》や、ごろごろ鳴く猫だと？　映画を見にいって、そのあとは喫茶店で冷たくておいしいレモネードを飲むことだと？　ダンスのレッスンとか、双眼鏡とか、ピアノのレッスンんだと？　それで友だちを驚かせるために。

自分の望みは新しいスーツとかシルクのシャツだとか思ってるんだろう。ベッドがちょっと硬いと文句を言ってるとか、水を持ってきてほしいとか。あるいは、食事を変えてほしいとか。このあいだ管に入れてくれたコーヒーはちょっと砂糖が足りなくて腸に苦かったから、次は小さじ半分くらいの砂糖を入れてよくかきまぜてくれよ。このあいだのハッシュドビーフは味が足りなかったから、もう少し調味料を入れてくれ。ファッジが食べたいなあ。次の食事を管に入れるときは、ファッジもひとかけら入れてくれよ。甘すぎず、チョコレートの味が強すぎず、それでいて滑らかでほんのり温かいファッジをひとつね。大好きなお菓子だからずっと何年も食べたくて、それで何カ月も枕を叩いてたんだ、とか。

何が望みか教えてやる。愚かなおまえらにはぜったいに与えられないものだと教えてやる。自分がほしいのは、みんなにとって当たり前のもので、誰にも与えることができないものだ。何かを見るための目がほしい。ふたつの目で日光や月光や青い山脈、高くそびえる木や小さなアリ、みんなが住む家、朝になると開く花、地面に積もる雪、流れる小川、行きかう列車、歩いている人や子犬を見たい。子犬が古靴をもてあそんでいじくっては、うなったり、あとずさりしたり、怒ったり、靴底をはがそうとしたりして大真面目に扱っているところを見たい。雨や薪《まき》や料理の匂いや、女の子が通りすぎたあとのほのかな残り香を嗅ぐための鼻がほしい。食べたり話したり笑ったり、料理を味わったりキスしたりするための口がほしい。生きているひとりの人間のように働いたり歩いたりするための手足がほしい。

自分は何を望んでいるのか。自分が望むものには何があるのか。誰かに与えてもらえるものがまだあるとしたら、それは何なのか？

ダムが決壊して水がどっと噴き出すように、ある考えが怒濤《どとう》のごとく押し寄せてきた。外に出たい。そう考えただけで心臓が早鐘を打ち、身体がこわばった。外に出たい。外に出て、新鮮な空気を肌で感じたい。匂いは嗅げないけれど、その空気が海のほうから来たのか、山か街か農業地帯のほうから来たのか想像したい。外に出て人の気配を感じたい。姿が見えなくても、声が聞こえなくても、話ができなくてもかまわない。外に出れば、少なくとも自分もみんなの仲間だと思えるし、自分だけ部屋に閉じ込められた状態ではないとわかるから。ひとりの人間を部屋に閉じ込めておくなんて、おかしい。永遠に囚人のままでいなければならないなんて、おかしい。人は、ほかの人といっしょにいるべきだ。命ある者はみんな仲間といっしょにいるべきだ。自分もひとりの人間で人類の一員なのだから、外に連れ出してもらって、ほかの人たちの気配を感じたい。

外に出してくれ。俺の望みはそれだけだ。何年も何年も部屋の中で少しの布をかけられて寝たきりのまんまなんだ。だからもう外に出たい。出なきゃやってられない。ひとりの人間をこんなふうに閉じ込めておくなんてできないはずだ。まだ生きていると実感するために何かをする必要がある。ここにいたら囚人みたいだし、俺は何も悪いことなんかしてないんだから、こんなふうに閉じ込めておく権利はおまえらにはないはずだ。ひとつの部屋にひとつのベッドだけなんて、まるで刑務所か保護施設か地下二メートルの墓にいるみたいじゃないか。こんな不自由な扱いを受けたら頭がおかしくなるに決まってることも、おまえらにはわからないんだ。息苦しくて、もうこれ以上耐えられないんだ。もし手があれば、動くこともできるし押すこともできるし壁を広げられるし、掛物をはがせるし、もっと広い場所に行けるのに。もし声が出せるなら、助けを求めて叫んだりわめいたりできるし、独り言だって言えて自分で自分を慰められるのに。もし足があったら、走れるし、逃げられるし、外の空気が吸える広い場所に出られて、穴ぐらみたいな場所で息苦しい思いをしなくてすむのに。でも、俺は何ひとつ持ってないし、何ひとつできないから、あんたたちが手伝うべきだ。早く手伝ってくれ。頭がおかしくなって正気を失いそうで辛いんだが、あんたたちにはぜったいわからないだろうな。心の中で広い空間と外気と息が詰まらない場所を必死に求めて、泣き叫びながら闘ってるんだ。だから外に出してくれ。外の空気と人の気配を感じさせてくれ。お願いだから出してくれ、息ができる広い場所に。ここから出してくれ、世界へ戻してくれ。

　トンとツーのモールス信号を叩いてそう伝えようとしたとき、自分の望みをかなえるのはむずかしいのではないかという思いが頭をよぎった。つまるところ、自分は普通の刑務所から釈放されて普通の生活を送ることになる普通の人間とは違う。きわめてまれなケースだ。これから一生、どこへ行くにも世話してくれる人が必要になる。そのためには金が必要だが、自分にそんな金なんかないから、ほかの人にとってはただの厄介者だ。それに、自分の面倒を見てくれる役所かどこかの組織も、ひとりの男の欲求を満たすために無駄金を使う余裕などないだろうし、その男に外の空気や人の気配を感じさせるためだけに大枚をはたいたりしないだろう。中にはわかってくれる人もいるかもしれないが、お役所には理解してはもらえないはずだ。むしろこう言うだろう。そいつはバカだ。手足も目も耳も鼻も口もない人間が、見えないし聞こえないし話せないのに外に出てほかの人といっしょにいて楽しいなんていう話は聞いたことがない。何もかもばかげた話だ、ほっとけ、今の場所にいたほうが幸せだし、そもそも、望みをかなえるとしたらべらぼうに金がかかるぞ。

そのとき、悟った。自分の身体を見世物にすれば大金を稼げるから、それで自分の生活費も世話してくれる人の生活費も賄えばいい。厄介者になったり役所の世話になったりするどころか、逆に自分のほうが彼らのために金を稼げるのだ。珍しいものを見るためならみんな喜んで金を払うし、いつだって怖いものには興味津々だが、たぶん、この地球上で自分以上に恐ろしい生き物はいないはずだ。昔、身体が石になりかけている男を見世物小屋で見たことがある。男の腕をコインで叩くと大理石のような音がした。あれも怖かったが、自分には遠く及ばない。あの石になりかけの男もそうやって自活していたし、連れ回して世話してくれる人のぶんまで稼いでいた。自分もそうすればいい。外に出してもらえさえすれば、あらゆるものを自分で賄える。

そうすることは、間接的に社会のためにもなる。自分がいい教材になるからだ。解剖学的に学べることは少ないだろうが、戦争について知っておくべきことは、すべて学べるはずだ。ひとつの肉塊に戦争というものが凝縮されていて、それをみんなが見られるなんて、すばらしいことじゃないか。新聞の見出しや戦費調達のための自由国債の宣伝文句が謳《うた》う戦争と、遠いどこかの国の泥沼で、ひとり寂しく強力な砲弾を相手に戦う戦争との違いがわかるはずだ。

そう思いついた彼は興奮のあまり、外気や人と触れあいたいという願望のことは忘れてしまった。新しいアイデアは、それくらい魅力的だった。自分を見世物にすることで市井の男たちに将来、彼らもこうなるかもしれないと教えてやれるし、しかも自活できて、自由になれるのだから。自分ひとりだけでなく、みんなの役にも立てる。名もなき男たちとその両親やきょうだい、妻、恋人、祖父母たちに自分の姿を見てもらおう。そのうち、これが戦争だ、と書かれた看板が自分につくかもしれない。小さな肉と骨と髪の塊に戦争のすべてが凝縮されている自分を見れば、みんな死ぬまで忘れられないはずだ。

外に出たい、と枕を叩きはじめた。思考のほうが先走っていたが、とにかく叩き続けた。何が望みかって？　その答えを教えてやる、くそったれのおまえらにな。一文字ずつ叩いて教えてやる。思いついたことを全部モールス信号のトンとツーで教えてやるから、よく見てろよ。叩きながらも思考は速くなる一方だった。怒りも興奮も増して叩くスピードもどんどん上がり、頭の中からあふれ出てくる言葉に追いつくのに必死だった。ついに使えるようになった言葉であり、何年もずっと寝たきりのまま黙って考えていた言葉の数々を、彼ははじめて話していた。みずから編み出した方法で、外の世界の誰かに向かって話していた。

彼は枕を叩いた。外に出してくれ、ここから出してくれ、外に出してくれ。迷惑はかけない。面倒もかけない。自分の生活費は自分で稼げるから。ほかの人みたいに働けるから。寝巻きを脱がせて、俺を入れるガラスケースを作って、行楽地とか、珍しいものを見に人が集まる場所に連れてってくれ。海水浴場とか郡のお祭りとか、教会のバザーとかサーカスや移動遊園地に連れてってくれ。

俺を見世物にすれば大儲けできるぞ。手間賃はその金で払うから。呼び込みの文句にも苦労しないはずだ。半分男で半分女の人間なら、みんな話には聞いたことがあるだろう。髭ぼうぼうの女とか、ひょろひょろの男とか小人なら聞いたことがあるだろう。人魚とか南の島の野蛮人とか、生きた魚を投げてやったらそのまま食らいつくアフリカの肉食い女なら見たことがあるだろう。足の指で字を書く男とか、手で歩く男とか、結合双生児とか、ホルマリン漬けの胎児が入った瓶が並んでいるのも見たことがあるだろう。

でも、こんなものは見たことがないはずだ。今まで見た中で信じられないくらい最高に珍しいものだ。興行界に一大旋風を巻き起こすだろうし、俺の見世物興行の主催者はサーカス王バーナムの再来になるだろうし、あちこちの新聞で絶賛されるだろう。なぜって俺を見たら、みんな絶叫するからだ。期待に添えなかった場合は返金しますと言ってもいいくらいの代物だ。俺は生きてる死者だ。死んでる生者だ。そう言って呼び込んでもテントに誰も来なかったら、次は、俺がもっと偉大な存在だとアピールしたらいい。俺は民主主義のために世界を安全にした男だと。それで引っかからなかったら残念ながら、そいつらは男じゃない。ぜひ軍隊に入ってもらおうじゃないか。軍隊はいっぱしの男を育てるからな。

田舎道を通るときは道沿いの農場にかたっぱしから立ち寄って、食事を知らせるベルを鳴らしてくれ。農家の主人もかみさんも子どもたちも雇われの男も女も俺を見られるように。そして主人にこう言うんだ。こんなものは今まで見たことがございませんでしょう。土の中にもすきこめません。成長して花を咲かせることもありません。農地にすきこむ肥やしは何とも汚らわしいもんですが、それよりもっとおぞましいものですよ。だって死んで腐りもしませんし、雑草さえ育てませんからね。ぞっとする代物ですから、もしメスの馬や牛や豚や羊がこんなものを産んだらすぐに殺すでしょうな。でも、これは殺せないんです。人間ですからね。脳がついてます。いつも考えてます。まさかと思われるでしょうが、考えながら生きてるんですよ。自然の摂理にことごとく反してますよね。自然にまかせてたら、こうはなりません。わかりますでしょう。この勲章を見てください。本物の勲章ですよ。たぶん合金製でしょうな。ガラスケースの蓋を開けて、実際に確かめてみてください。栄光の匂いがぷんぷんしますから。

それから、男たちが汗水垂らして何かを作っている現場に連れてってくれ。そしてこう言うんだ。おい、みんな、これが安上がりに生きてく方法だぞ。今は景気が悪くて給料も安いだろう。でも心配するな、どんなときだって、こんなふうに何とかなる方法が見つかるもんだ。戦争が起これば物価が上がって給料も上がってみんなウハウハだ。もうすぐまたでっかい戦争が起こるから焦らなくていいぞ。きっと起こるからな。そうすりゃチャンスがやってくる。

どっちにしろ、おまえたちは損しないからな。もし戦争に行かずにすむなら造船所で働いて一日一六ドル稼げばいい。もし召集されたら、物があんまり必要なくなる身体になって帰ってくるいいチャンスだ。靴だって、ふたつじゃなくひとつしかいらなくなるかもしれないから、いい節約になるぞ。目が見えなくなったら眼鏡を買う心配をしなくてすむ。そうなりゃ俺と同じでラッキーだな。

さあ、みんな俺をよく見てくれ。こんな身体なら何にもいらないだろう。スープみたいな食事を一日三回ほんのちょっともらえれば、それでじゅうぶんなんだ。靴もいらない、靴下もいらない、下着もいらない、シャツもいらない、手袋もいらない、帽子もいらない、ネクタイもいらない、襟留めボタンもいらない、チョッキもいらない、コートもいらない、映画もいらない、寄席演芸もいらない、アメフトもいらない、髭剃《ひげそ》りさえいらない。さあさあ、俺をよく見てごらん。これなら出費はゼロだろう。おまえらはだまされてるんだ。こうなりゃ楽してぼろ儲けさ。真面目な話だよ。俺も昔はおまえたちがほしがるようなものをほしがってた。一消費者だった。これまでたくさんのものを消費してきた。弾や火薬だって誰よりもたくさん使ってた。だから落ち込むなよ。おまえらにもそのうちチャンスが巡ってくるからな。また近いうちに戦争が起こるから、そしたら俺みたいにラッキーな男になれるぞ。

それから、俺を世界中の学校に連れてってくれ。小さい子が俺を見たらさぞかしショックを受けるだろうって？　たしかに最初はきゃーきゃー言うだろうし、夜になれば夢にまで見るかもしれないが、そのうち慣れるさ。どのみち慣れなきゃいけないし、それなら早いほうがいいからね。俺のガラスケースの周りに子どもたちを集めて、こう言うんだ。さあ、みんな、こっちに来て自分のお父さんを見てごらん。自分を見てごらん。みんなも大きくなって立派な男の人や女の人になったら、こうなるんだからね。お国のために死ねるチャンスがやってくるんだよ。でも死ななくて、こんな姿になって戻ってくるかもしれないよ。みんながみんな死ぬわけではないからね。

　さあ、もっと近くに来てごらん。黒板にもたれかかってるそこのきみ、どうしたのかな？　泣くのはおやめなさい、おばかちゃんだねえ、こっちに来て立派な元兵隊さんをよく見てあげてごらん。覚えてるでしょう。覚えてないのかな、泣き虫さん、旗を振ってあげたり、銀紙を集めたり、戦時貯蓄切手を買って貯金したりしてたでしょう。わけもわからずにそうしてたよね。それはこの兵隊さんのためだったんだよ。

　じゃあ、よく見たところで、次は童謡を歌いましょう。新しい時代の新しい童謡ですよ。ヒッコリー、ディッコリー、ドック、とうちゃん大砲のたまでおバカになっちゃう。ハンプティー、ダンプティー、かしこいと思ってたら毒ガスで目玉こげちゃって。ディラー、ドラー、一〇時の学生、足ふきとばされて悲鳴あげる。ゆらゆらねんねの赤ちゃん木のてっぺん、爆弾おとすのやめないで、やめたらどすんとおちちゃうよ。わたしはこれから横になって眠ります、防空壕の地下室でぐっすりと、でも目覚める前に殺されてたら、それは神さま、あなたのためなのです、アーメン。

俺を短大や大学や専門学校や女子修道院に連れてってくれ。健康できれいな若い女の子を集めてくれ。そして俺を指さしながら、こう言ってくれ。みなさん、これはあなたがたのお父さんですよ。昨日の夜まで強かった男の人が、こうなりました。これはあなたがたの息子でもあり、かわいい男の赤ちゃんでもあり、愛の結晶でもあり、未来の希望でもあるのです。さあ、よく見てくださいね、忘れないように。赤くぱっくり割れていて粘液がにじみ出ている裂け目が見えるでしょう？　あれが顔なんですよ。さあ、触ってごらんなさい、怖がらなくていいから。かがんでキスしなさい。腐った肉みたいに気持ち悪いものが唇にべっとりつくから、あとで拭《ぬぐ》わないといけませんが、大丈夫ですよ、恋人は恋人ですからね、これがあなたの恋人なんですからね。

それから若い男を全員集めてこう言ってくれ。これはきみたちの兄弟であり、親友であり、きみたち自身なのだ。これは非常に興味深い事例だぞ、諸君。なぜなら、この中には知性が存在するのだから。厳密に言うと、研究室でこの夏のあいだ培養していたあの組織と同じで、生きた肉にすぎない。だが、この肉片がそれと違う点は、脳もついていることだ。いいかね、よく聞きたまえ、諸君。この肉片の脳は考えているのだ。音楽のことを考えているのかもしれない。よく練られたすばらしい交響曲や、世界を変えることになる数式や、人々を優しい気持ちにさせる物語や、一億人をガンから救うことになる発想の源が、もうこの頭の中にできあがっているかもしれない。これはきわめておもしろい問題だ、諸君。なぜなら、もしこの脳にそういう秘密が隠されているとしたら、我々はいったいどうやってそれを知ることができるのだろう？　いずれにせよ、これはきみたち自身なのだ。息を吸って考えているのに死んでいる。クロロホルムで麻酔されて腹を切り開かれたカエルのように、心臓の動きもごく小さくて弱々しいのに、それでも生きている。これはきみたちの未来であり、壮大で幸せな夢なのだ。きみたちの恋人が愛したものであり、国の指導者たちがそうなるように促したものだ。よく考えるんだな、諸君。しっかり考えたまえ。それではローマ帝国に侵攻した民族の研究に戻るとしよう。

それから、政治家が集まる議会とか国会とか大会とか会議場に連れてってくれ。やつらが名誉と正義の話とか、民主主義のために世界を安全にするとか、一四カ条とか民族自決の話をする場にいたいんだ。そして俺には頬も、それを膨らませる舌も、どっちもないことを見せつけてやりたい。でも、政治家連中には舌がある。頬がある。俺が入ったガラスケースを議長席に置いて、議長が小槌《こづち》を叩くたびに、その振動をケース越しに感じさせてくれ。そして、やつらに通商政策とか禁輸措置とか新しい植民地とか過去の遺恨の話をさせてやれ。黄禍論とか白人の責務とか帝国の興亡とか、なぜ我が国がドイツのせいでこんな目に遭わなければならないのかとか、次のドイツはどの国だとか、おおいに議論させてやれ。南米市場のこととか、どこそこの国はなぜ我が国を出し抜いたのかとか、なぜ我が国の海運力は競争力がないのかとか、これは一大事だから強い抗議文書を送ろうとか議論させてやれ。軍需品や戦闘機、戦艦、戦車、毒ガスの増産とか、当然これらは必要ものだ、ないとやっていけない、これらなしで、いったいどうやって平和を守るというのか、とかなんとか、おおいに話をさせてやれ。ブロック経済も同盟も相互援助条約も中立保障条約も作らせればいい。覚書や最後通告や抗議文書や非難決議の草案も書かせればいい。

でも、そういうことについて決を採って名もない男たちに殺し合いを命じる前に、議長はガラスケースを小槌でこつこつ叩きながら俺を指さして、こう言え。この議案で唯一の問題はこれであります。つまり、あなたがたはこの物体に賛成でしょうか、反対でしょうか。それで、もし反対となったら、しゃくにさわるが、そのまま起立で決を採らせろ。もし賛成となったら、その場にいる全員の首をくくって腸《はらわた》をえぐって四つ裂きにして市中引きまわしにしてから切り刻んで、きれいな動物が触れる心配のない野原に投げ捨てろ。そうやって腐るにまかせておいて、その上に緑なんかこれっぽっちも生えてこないことを願うよ。

俺を教会に連れてってくれ。戦争で破壊されるから五〇年ごとに建て直さなきゃならない、空にそびえたつ大聖堂に連れてってくれ。そしてガラスケースに入った俺を通路に運んでいってくれ。これまでに国王や聖職者や花嫁や堅信礼を受ける子どもたちが、幸運にも死ねた男の身体を磔にした本物の十字架の切れっぱしにキスするために幾度となく通ってきた通路に。それからガラスケースを祭壇に載せて、神に、みずからが深く愛したもうた残忍な子どもたちを軽蔑《けいべつ》するように祈ってくれ。俺の上で香を振りまいても、俺には匂いが嗅げない。聖餐《せいさん》用のぶどう酒を飲んでも、俺には味わえない。祈りの言葉を長々と述べたって、俺には聞こえない。由緒正しい聖なる仕草をひととおりやろうにも、俺には手も足もない。大声で讃美歌を歌おうにも、俺には歌えない。だから俺のために大声で力強く歌ってくれ。みんなでいっしょに、俺のために。なぜって、俺は真実を知っているからだ。でもおまえたちは知らない。愚か者のおまえたちは。愚か者め、愚か者め……。

20

部屋を出ていく重たい振動を感じた。部屋にやってきておでこに質問を叩き、自分がどれくらい時間をかけて答えていたのかわからないが、その答えを聞いていた男が出ていった。

彼はまた看護師とふたりきりになった。取り残され、ひとり考える時間になった。

そして不安になりはじめた。時間を数えながら、どこかでまちがえたのではないかといつも疑っていたときのように、恐怖で全身にさざ波のような震えが走った。夢中で叩きすぎて、伝えたことが意味を成していなかったのではないか。符号をまちがって覚えていて、それをつなげても意味のない文字の羅列になっていたのではないか。いろんな考えが頭の中に一気に押し寄せていたから、誰が見てもわかるように整理して伝えていなかったのだろう。実際に伝えたこと以外にも言いたいことはごまんとあって、伝えながらも断腸の思いだったから。それとも男は上司に報告するために出ていっただけで、答えを持ってすぐに戻ってくるかもしれない。

そうだ。きっとそうだ。そうに決まってる。もうすぐ答えを持って戻ってくる。だから、ただ横になって休んでいればいい。ひどく疲れてるから。夢の中にいるようだった。あるいは泥酔してあらゆる感情を使い果たしてしまい、そのあとも二日酔いで史上最悪に気分が悪く、無気力状態に陥った男のようだった。モールス信号を叩いていたのが何週間なのか何カ月なのか何年なのかわからないのは、叩くことが時間に取って代わり、そのことにすべての精力とすべての希望とすべての人生を注ぎ込んでいたからだった。

身体がこわばった。

また振動が近づいてきた。男が答えを持って戻ってきたのだ。おお、慈悲深い神よ、どうもありがとう。とうとう来たぞ、答えが来たぞ。勝利の瞬間だ。死からの生還だ。生命が床を震わせ、空に現われた天使たちのようにベッドスプリングの上で歌を歌った。

一本の指がおでこを叩きはじめた。

WHAT

YOU

ASK

IS

AGAINST
REGULATIONS
WHO
ARE
YOU

きみの頼みは規則に反する。きみは誰だ。

指がおでこを叩き続けていたが、もう意識は向かなかった。頭の中が突然真っ白になり、思考が完全に止まった。一瞬そうなったあと、自分がまちがってないか、本当にそう言われているのかと考えた。そして、そのとおりだった。

胸の内から苦悶《くもん》の叫びが聞こえてくるようだった。こっちは何もしていない相手から何の理由もなく突然裏切られ、急に永遠の別れを告げられたときの、恐ろしいほどに孤独で鋭い痛みだった。まったく、何の理由もないのに。

自分は何も悪いことなんかしてない。この騒ぎだって自分にもともと非はないのに、向こうが勝手に周りにカーテンを引いて子宮へ押し戻そうとしている。さよなら、こっちを困らせるな、もう生き返ってくるな、死人は死んだままでいろ、おまえはもう用済みだ、と言って、墓へ押し戻そうとしている。

　でも、なぜだ？

　自分は誰も傷つけていない。できるだけ迷惑をかけないようにしてきた。たしかに手はかかる存在だが、好きでそうなったわけじゃない。泥棒でもないし、飲んだくれでもないし、嘘つきでも人殺しでもない。ひとりの人間、ひとりの男で、ほかの人より劣っているわけでも優れているわけでもない。戦争に行かざるをえなくて、ひどい怪我をした男が、この牢獄のような場所から出て新鮮な冷たい空気を肌に感じ、周りの人々の気配や動きを感じたいだけだ。望みはそれだけだ。なのに、誰も傷つけていない自分に向かって、おやすみ、さよなら、ずっとそこにいろ、困らせるな、おまえには生も死も及ばない、希望でさえ及ばない、おまえはいない、おまえは終わりだ、永遠におやすみ、さよならと言っている。

　そのとき、一瞬ですべてがわかった。向こうは自分のことを忘れたいだけだ。自分のことが意識にのぼってきたから、見捨てて放置したのだ。自分を助けられるのは彼らだけだ。自分にとって彼らは最高裁判所だ。だから、その評決に怒りの抗議をしようが、怒鳴って泣き叫ぼうが、まったくの無駄でしかない。彼らが決めたのだから。それを覆せるものはない。自分は完全に彼らのなすがままで、彼らに情けなどない。もはや希望などない。その事実とちゃんと向きあったほうがいい。

暗闇と無音と恐怖の中に目覚めて以来、いつの日か、いつの年か、壁を打ち破って彼らのもとへ行くことだけをずっと考えてきた。そして、それが現実になった。壁を打ち破ったのに、彼らのほうが拒否したのだ。それまでは、耐えられないほど辛いときでもかすかな希望があって、それを頼りに前に進み続けることができた。それがあったから、完全に錯乱して頭がおかしくならずにすんだし、遠くに見える光のようにかすかな希望が輝いていて、そこに向かって歩みを止めることはなかった。

その光が消えてしまった今、彼には何も残っていない。その事実から目を背けても意味がない。自分は望まれていない存在なのだ。暗闇、置き去り、孤独、沈黙、終わりのない恐怖が自分のこれからの人生であり、苦しみを照らす希望の光など一筋もない。それが自分の未来のすべてなのだ。母が自分を産んだのは、このためだったのか。母を呪い、世界を呪い、陽光を呪い、神を呪い、この世のあらゆる正しさを呪え。くそったれだ、あいつらはくそったれだ。あいつらも苦しめばいい。自分が苦しんでいるように。神よ、あいつらにも暗闇と沈黙と無音と無力と恐怖と不安をお与えください。今の自分とともにある、圧倒されるほど大きな恐ろしいまでの不安を、永遠に自分とともにある孤独と寂しさをあいつらにお与えください。

いやだ。

いやだ、いやだ、いやだ。

そんなことはさせない。

ひとりの人間がほかの人にこんなことをしていいはずがない。ここまで残酷になれるはずがない。こっちの言ってることがわからなかったんだ。わかりやすいようにきちんと伝えなかったから。あきらめちゃだめだ。続けろ、続けるんだ。理解してもらえるまで。だって彼らは善良な人たちなんだから。善良で親切な人たちだから、ただ理解してもらうだけでいいんだ。

彼はまた枕を叩きはじめた。

また叩きはじめて、懇願するように、たどたどしく慎ましく訴えた。お願いです、外に出たいんです。外の空気を感じたい、病院の外に出て新鮮な空気を感じたいんです。お願いです、わかってください。自分と同じ人たちが自由に楽しく暮らしているのを感じたいんです。それ以外に特別な理由などありません。ガラスケースに入れて見世物にする話は忘れてください。あれは金集めのひとつの手段というだけで、何かとやりやすくなるかなと思っただけです。それだけです。ひとりで寂しいんです。ただ寂しいだけなんです。それ以上の理由は何もありません。この身体を覆う皮膚の下には、はかりしれないほどの恐怖と寂しさがあるから、できる範囲で自由を味わいたいというほんのささやかなこの願いを聞き入れてやるのは、ごく正しいことだと理解してもらう。それしか自分にはできないんです。

枕を叩くあいだ、看護師の手がなだめるようにゆっくりと自分のおでこを撫でていた。彼女の顔を見られればいいのに。こんなにきれいな手をしてるんだから、きっときれいな顔立ちなんだろう。そのとき、左腕のつけ根に突然ひんやりと湿った感触を覚えた。答えを叩いてきた男がアルコール綿を当てているのだ。くそっ、何をしてるかわかってるんだぞ、やめろ、お願いだからやめてくれ。次の瞬間、針が刺さる鋭い痛みを感じた。また鎮静剤を打たれたのだ。

ちくしょう、話もさせてもらえないのか。俺の言うことなんか聞きたくもないんだ。ただ頭のおかしい男に仕立てたいだけなんだ。そうすれば、俺が言いたいことを頭で叩いていても、こいつはイカれてるだけだから気にしなくていいぞ、かわいそうにな、頭のネジがはずれてるんだ、と言えばいいだけだから。それが狙いだ。こっちの正気を失わせようとしてるんだ。俺がいままでずっと必死になって闘ってきて手ごわいもんだから、鎮静剤を打つことしかできないんだ。

向こうが押し込めたい場所へ自分が深く深く沈んでいくのを感じた。身体がずきずきして幻覚が見えはじめている。黄色い砂漠が見え、そこから熱波が立ち上っている。熱波の上に、キリストが見えた。服をなびかせ、いばらの冠から血が滴り落ちている。トゥーソンからやってきたキリストが砂漠の熱の中で揺れていた。はるか遠くのほうから女の泣き叫ぶ声がした。あたしの息子、あたしのかわいい坊や、あたしの息子……。

彼は必死にその声を頭から締め出し、幻覚を追い払った。まだだめだ。まだだめだ。まだ終わってない。やつらに話しかけてみせる。叩き続けてみせる。全身の筋肉が水に変わりつつあるが叩き続けてやる。棺の蓋は閉めさせない。叫んで、もがいて、闘ってやる。生き埋めになる男ならみんなそうするはずだ。意識のある最後の瞬間まで闘って、生きている最後の瞬間まで枕を叩いてやる。ずっとずっと叩き続けて、眠りながら叩いて、鎮静剤が効いていても叩いて、苦しいときも叩いて、永遠に叩き続けてやる。答えは返ってこないかもしれないし、無視されるかもしれないが、生きてる限りいつまでもずっと話しかけてくる男のことはぜったいに忘れられないはずだ。

叩く速度がだんだん遅くなっていき、幻覚が押し寄せてきて、押し返してもまた向かってきた。風に乗って運ばれてきているように、女の声が消えてはまた聞こえてくる。それでもとにかく叩き続けた。

なんでだ？　なんでだ？　なんでだ？

なんで聞いてくれない？　なんで棺の蓋を閉めようとする？　なんで話しかけられるのが嫌なのか？　なんで俺を見られたくない？　なんで俺を自由にさせたくないんだ？　砲弾に

吹き飛ばされて世界を追い出されてから、たぶんもう五、六年くらい経っている。戦争も終わってるはずだ。たくさんの人が殺し合う戦争を、そんなに長く続けられるはずがない。殺せる人が無限にいるわけじゃないんだから。戦争が終われば、死んだ人は埋葬されるし、捕虜は釈放される。なのに、なんで俺は釈放されない？　なんでだ？　死んだ人間と見なしているわけでもあるまいし。もしそう見なしてるなら、なんで俺を殺して、この苦しみを止めてくれない？　なんで囚われの身のままなんだ？　罪をおかしたわけでもないのに。何の権利があって俺を自由にさせないんだ？　こんな非人間的な仕打ちをしてくる理由はいったいなんだ？

なんでだ？　なんでだ？　なんでだ？

突然、彼には見えた。新たな秩序の種を内に抱えた新たなキリストのような自分が見えた。戦場の新たな救い主となった自分が、みんなに向かって、今の俺がこうなっているように、おまえたちもいずれこうなるぞ、と呼びかけていた。なぜなら、自分は未来を見てきて、未来を味わって、今は未来を生きているからだった。空飛ぶ飛行機を見て、飛行機で黒く埋めつくされた未来の空を見て、今はその空の下の恐ろしい光景を見ていた。恋人たちが永遠の別れを迎え、夢は現実にならず、将来の計画は実現しない世界を見ていた。父親が死に、兄弟の身体が不自由になり、息子が正気を失って泣き叫ぶ世界を見ていた。腕のない母親が頭のない赤ん坊をひしと抱きしめ、毒ガスのせいで声が出なくなった喉から悲痛な泣き声を絞り出そうとしている世界を見ていた。暗くて寒くて動きのない飢餓の街を見ていた。すべてが死んだような恐ろしいこの世界で動いたり音を出したりしているものは、空を黒くしている飛行機と、地平線のはるか向こうから聞こえてくる大砲の轟《とどろ》きと、砲弾が爆発するときに痛めつけられた不毛な大地から立ちのぼる煙だけだった。

そういうことか、そうか、わかったぞ。俺は自分の秘密をやつらに教えた。やつらはそれを拒絶することで、やつらの秘密を俺に教えたのだ。

俺は未来なのだ。未来の完璧な姿なのだ。それを誰かに見られるのが、あいつらは怖いんだ。あいつらも先を見ていて、未来を知っていて、いつかどこかで起こる戦争を見ている。戦争をするには男たちが必要で、もしその男たちが未来を見てしまったら、戦おうなんて思わない。だからあいつらは未来を隠して、静かで物も言わない死んだも同然の秘密のままにしている。名もない普通の人たち、普通の男たちが未来を見たら、疑問をぶつけてくるだろうから。そして疑問をぶつけてその答えを見つければ、彼らを戦わせたい連中に向かってこう言うだろう。おまえらは嘘つきで盗っ人みたいなクソ野郎だ、俺たちは戦いたくない、死にたくない、生きるんだ、俺たちが世界だ、俺たちが未来だ、おまえらに殺されるもんか、おまえらが何と言おうと、どんな演説をしようと、どんなスローガンを書こうとな。よく覚えとけ、俺たちが、この俺たちこそ世界だ。俺たちが世界を動かしてる。パンと布と銃を作ってる。俺たちが車輪の中心、車輪のスポーク、車輪そのものだ。俺たちがいなければ、おまえらは腹を空《す》かした裸の蛆虫《うじむし》になっちまう。ぜったい死ぬもんか。俺たちは不滅だ。俺たちが生命の源だ。この世界に住む、いけすかなくて卑しくて醜い人間で、すばらしく偉大で美しい人間だ。戦争なんかもううんざりだ。飽き飽きだ。ずっと永遠に縁を切ったんだ。だって俺たちは生きてる人間で、もう二度と殺されたくないからだ。

もしおまえらが戦争を始めて、構える銃があって、撃つ弾丸があって、殺される男たちがいるとしても、それは俺たちじゃない。小麦を育てて食べ物に変えてる男たちじゃない。布や紙や家やタイルを作ってる男たちじゃない。ダムや発電所を造り、うなる長い高圧線を張ってる男たちじゃない。原油を精製して一〇以上の石油製品にしたり、電球やミシンやシャベル、車、飛行機、戦車や銃を作ったりする男たちじゃない。そうだ、死ぬのは俺たちじゃない。おまえらだ。

死ぬのはおまえらだ——俺たちが戦うように仕向けて、俺たちの対立をあおって、靴屋に別の靴屋を殺させて、働く男に別の働く男を殺させて、ただ生きていたいだけの人間に、別の生きていたいだけの人間を殺させるおまえらだ。覚えとけ、よく覚えとけよ。死ぬのは戦争を起こすおまえらだからな。覚えとけよ、死ぬのは熱烈な愛国者のおまえらで、憎しみを生むおまえらで、スローガンを考えるおまえらだからな。よく覚えとけ、おまえらはこれまでの人生で覚えていることなんかひとつもないんだからな。

俺たちは平和を愛する男だ。争いなんか望まない働く男だ。でも、おまえらが俺たちの平和をぶち壊して仕事を奪って対立をあおるんなら、どうすればいいか知ってるぞ。民主主義のために世界を平和にしろって言うなら、ちゃんとまじめに受け止めて、神にかけてぜったい実現してやるからな。押しつけられた銃を、俺たちの命を守るために使うからな。俺たちの命を脅かすものは、俺たちに同意もなく勝手に決められた中立地帯の向こう側にいるんじゃない。俺たちの陣地にいる。それが今、はっきり見えたし、はっきりわかったからな。

俺たちに銃を握らせろ、喜んで使ってやるから。スローガンをくれ、それを実現してやるから。軍歌を歌ってくれ、おまえらがやめたところから歌うから。ひとりでもなく、一〇人でも一万人でも一〇〇万人でも一〇〇〇万人でも一億人でもなく、世界中の二〇億人がスローガンを唱え、軍歌を歌い、銃を持ち、それを使い、そして生きてくからな。ぜったいに生きてくからな。生きて、歩いて、話して、食べて、歌って、笑って、感じて、愛して、子どもたちを穏やかで安全で慎ましく平和な環境の中で育てていくからな。名もなき男たちを操るおまえらが戦争を企てて俺たちに指図してきたら、俺たちも銃を向けてやるからな。

訳者あとがき

本書はハリウッドで長きにわたり映画脚本家として活躍したダルトン・トランボが一九三九年に発表した長編小説 *Johnny Got His Gun* の新訳版である。

主人公のジョー・ボーナムは第一次世界大戦に出征したアメリカ・コロラド州生まれ、カリフォルニア州ロサンゼルス在住の青年。愛する恋人を置いてヨーロッパへ渡り、フランスでの戦闘中に砲弾を浴びて両手両足のほか、触覚以外のあらゆる感覚を失ってしまう。

二部構成の物語は、大怪我を負ったジョーが意識を取り戻すところから始まる。意識と無意識のあいだ、過去と現在のあいだを彷徨《さまよ》いながら、手足も目も耳も口も鼻もない今の自分の身体の状態がわかって絶望し、その原因となった戦争指導者たちへの怒りを募らせる。だが、そんな状態のなかでも人間らしい営みのひとつである思考によって独自の世界を作り上げ、周りの状況を把握していくだけでなく、モールス信号で他人とコミュニケーションを取る方法まで思いつく。圧倒的な孤独の中で、自分がけっして生ける屍《しかばね》ではないこと、意思も願いもある一人の生きた人間であることをわかってもらうために不屈の努力を続けるジョー。そんな彼を理解してくれる、ただひとりの看護師が現われる……。

客観的に見れば、ジョーが置かれた状況は悲惨きわまりなく、絶望的としか言いようがない。何しろ、こんな状態なら死んだほうがましだと彼自身が思うくらいなのに、自殺することさえ叶《かな》わないのだから。それでも希望を失わず、ときにはユーモアまで発揮しながら、自分を今の状況に追いやった権力者たちを鋭く批判し、不可能を可能にしようと果敢に挑戦し続けるジョー。その姿は感動的ですらあり、まさにひとりの人間が「生きる」姿そのものだ。

同じ第一次世界大戦を舞台とするレマルクの『西部戦線異状なし』やヘミングウェイの『武器よさらば』などに比べると、本書の設定はいたって地味である。主人公はヨーロッパのどこかの病院でひたすら横たわっているだけで、物語はもっぱら彼の「意識の流れ」にのっとって進んでいく。だが、そうしたシンプルな設定だからこそ、時代を超越する普遍性を兼ね備えた作品になっているとも言える。世界との結びつきを極限まで奪われた彼が思考する姿から、読み手は生と死の問題、人間の尊厳や幸せ、戦争と国家と個人の関係など、人間が生きる上でかならず付きまとう問題を深く考えさせられる。

「今のジョー」を描く部分と対をなす「過去のジョー」を描いた回想シーンも印象深い。彼が郷愁を持って振り返るコロラド州シェイル・シティという架空の町には、作者のトランボが物心ついたころから十代まで過ごしたコロラド州グランド・ジャンクションが投影されている。トランボの父はコロラド時代に靴屋で働き、ロサンゼルス移住後に母子四人を残して五〇代で病死したのだが、これはジョーの父親のビルを彷彿《ほうふつ》とさせる。そしてトランボ自身も家計を助けるためにロサンゼルスのパン工場で八年ほど働いた経験があるなど、主人公ジョーもまたトランボの分身なのだ。だからこそ作中のジョーとビルとの何気ない父子のやりとり、ジョーの少年時代の平凡だが温かい暮らしぶりが切実なリアリティをもって読む者の心を揺さぶってくる。

六章に登場するジョーの同僚でプエルトリコ人のホセが持つ滑稽なほどの頑《かたく》なさと善良さも印象的だ。ジョーの家族やホセの善良さこそ、人間がもっとも大事にすべき資質だとトランボは考えていたのではないか。

高校生のころから地元紙に記事を書くなど文筆家として活動しはじめたトランボは、一九三五年に三〇歳でワーナーブラザースの脚本家となってからも小説の執筆を続け、一九三九年に本書の原作が刊行された。彼がこの物語の着想を得たのは、イギリスの皇太子がカナダ訪問時に、第一次世界大戦で手足を失った帰還兵に退役軍人病院で会い、涙ながらに病室から出てきたという新聞記事を見たときだった。また、第二次世界大戦後には、アメリカに吹き荒れた赤狩りの影響で投獄され、いわゆる「ハリウッド・テン」の一人となる。出所後は偽名でB級映画を中心に多くの脚本を執筆し、アカデミー賞を受賞した『ローマの休日』『黒い牡牛』の脚本にも関わった。苦難にさらされてもへこたれず、ユーモア心を忘れず、あくまでも前向きに生きようとする作中のたくましいジョーの姿が、ここでまたしてもトランボ自身の姿と重なる。

赤狩りの影響を被った苦難の日々を経たあと、脚本家として映画業界で確固たる地位を築き上げた一九七一年に、トランボは自ら脚本と監督を担当して本書の原作を映画化する。今の時代の読者には、その映画版のほうがなじみ深いだろう。かくいうわたしもそのひとりで、原作小説が存在し、しかもその刊行は映画版が公開されたベトナム戦争時ではなく、第二次世界大戦の勃発時だったと知って驚いたものだ。

物語の設定の特異性やその強烈なメッセージ性からか、サブカルチャー方面にも多くの影響を与えている。たとえばアメリカのロックバンドであるメタリカの〈ワン〉という曲はまさにこの作品をモチーフにしたもので、同曲のミュージックビデオにも映画版の映像が数多く使われている。そして曲のタイトル〈ワン（＝一人）〉の由来であろう一節が、本書の七章にある。「……一〇〇万人に一人だろうが、一〇〇〇万人に一人だろうが、その一人というのはたしかに存在する。その一人が彼だった」何百万人に一人しか当たらない宝くじに当たった人が身近にはいなくとも、この世界のどこかに存在するように、ジョーもまた不幸な「宝くじ」に当たってしまった一人だった。本書を読んでから〈ワン〉を聴くと、物語の展開と曲調がぴったり一致していることに改めて感銘を覚えたので、ご興味のある方はぜひ一聴してみてほしい。

　音楽の話の流れで言うと、三章のジョーが出征する場面では、駅の喧騒や登場人物の描写やセリフの合間に、アメリカ国歌の〈星条旗〉や当時のさまざまな軍歌の歌詞が挿入されている。そのひとつが〈オーヴァー・ゼア〉で、この軍歌の一節 *Johnny Get Your Gun*（ジョニーよ銃を取れ）は本書の原書タイトル *Johnny Got His Gun*（ジョニーは銃を取った）の由来になっている。

　ブルース・クック著『トランボ　ハリウッドに最も嫌われた男』（手《て》嶋《しま》由《ゆ》美《み》子《こ》訳、世界文化社）によると、この場面には「映画のモンタージュの手法」が使われているとして、次のような説明がある。「ジョーが戦地に赴くシーンには、さまざまな音がモンタージュのように次々と重ねられる。ジョーと恋人カリーンとの会話には、演説者のもったいぶった弁舌、群衆の叫び声、ジョージ・M・コハンの軍歌「オーヴァー・ゼア」の一節——ここから小説のタイトルがとられた——が混ざり合う。このすべてがシーンに盛り込まれ、短い表現によって時代背景をイメージさせるのだが、これはもともと映画の手法である」まさにトランボの脚本家としてのキャリアが生かされている場面だろう。

また、一七章でジョーの母親が家族に読み聞かせるクリスマスの詩は、一八二〇年代にアメリカの神学者クレメント・クラーク・ムーアが家族のために書いたとされる *A Visit from St. Nicholas*（聖ニコラスの訪れ）だ。この詩は一八二三年一二月二三日にニューヨークの「トロイ・センチネル」紙に投稿されたことをきっかけにあちこちに転載され、クリスマスカードの絵にも描かれるようになった。そして今では *The Night Before Christmas*（クリスマスの前の夜）という題名で、アメリカ人なら誰もが知るほどの有名な詩となっている。トナカイの橇《そり》に乗ってやってきて煙突から家に入り、子どもたちへのプレゼントを袋から出して靴下に入れる白い髭のおじいさんというサンタクロースのイメージは、この詩が作り上げたとも言われている。

なお、原文の特徴として、本来はピリオド（.）やカンマ（,）で区切られるはずの箇所にそれがなく、複数の文が、あたかもひとつの長い文のように連なっている箇所が多い。こうした実験的な文体にしたのは、ジョーが無意識と意識のあいだを頻繁に行き来する様子や、彼の思考の錯綜性《さくそうせい》や断続性を表現するためかもしれない。実際、作中のジョーはしばしば計算や引用を間違えている。訳すにあたっては読みやすさも考慮して適宜文章を切ったのだが、原文が持つ勢いや混沌《こんとん》ぶりが、訳文でも全体の雰囲気から少しでも伝わっていれば幸いだ。

ジョーという、ごくありふれた普通の若者が戦争に駆り出され、悲惨きわまりない状態に置かれながらも、残された思考能力を駆使して懸命に生きる姿を描いた本書は、約九〇年前の作品であるにもかかわらず、戦後八〇年が経とうとする今の日本に生きるわたしたちに大切なことを教えてくれている気がしてならない。訳出の際には、旧訳版を手がけた信太英男《しだひでお》、斎藤数衛《さいとうかずえ》両氏の翻訳も参考にさせていただいた。インターネットが登場するはるか以前の作業は今より苦労が尽きなかったはずで、先人の方々に改めて敬意と感謝を表したい。そして、この意義ある作品の新訳に携わるきっかけを下さったＫＡＤＯＫＡＷＡの黒川知樹《くろかわかずき》さん、郡司珠子《ぐんじたまこ》さんに、この場をお借りして深くお礼を申し上げます。

二〇二四年八月

波多野《はたの》　理彩子《りさこ》

解　説——蘇《よみがえ》るトランボの遺志

都甲《とこう》　幸治《こうじ》（早稲田大学教授、アメリカ文学）

国家に利用される「英霊」たち

現代のアメリカ文学は常に戦争を描いてきた。二十世紀に入ってからも、第一次世界大戦、第二次世界大戦、朝鮮戦争、ベトナム戦争、そして湾岸戦争からイラク戦争と、大きなものだけでもアメリカは何度も戦ってきている。したがって、アメリカで書かれた文学が、多かれ少なかれ戦争を描くものであっても不思議はない。それは一見、戦争と全く関係ないような作品でもそうだ。よく探してみれば、戦争から戻ってきて心や体を病んだ者が何らかの形で登場している。

だが、そうした戦争に関連したアメリカ文学と一線を画するのが、このダルトン・トランボの『ジョニーは戦場へ行った』である。この小説のどこが他のものと違うのか。他の作品には、戦争へ行って生き残った者、あるいは死んだ者しか登場しない。ところがトランボの本作には、死にながら言葉で思考する力を保つ死者が登場する。それだけではない。彼は主人公として縦横無尽に語り続けるのだ。トランボはなぜこのような作品を構想したのか。

一言で言えば、死者たちがこれ以上、国家によって戦争に利用されるのを止めたい、というのがトランボの意図だろう。ドイツ生まれの歴史学者であるジョージ・L・モッセは『英霊　世界大戦の記憶の再構築』（一九九〇）という、第一次世界大戦とその後を扱った著作でこう述べている。第一次世界大戦では、人類史上、経験したことのない一三〇〇万人という膨大な人数の死者が出た。こうした未曾有《みぞう》の事態に直面した国家は、彼らの死を肯定的に意味づけ、むしろ自分たちのために利用する方法を編み出す必要があった。そうできなければ、国家の意思のもとにこれ以上の戦争を遂行することが不可能になってしまうからである。

したがって国家は、キリスト教的な殉教と復活という信仰の形に戦死者たちを当てはめた。そして、彼らの死は意義深い犠牲であるとみなした上で、彼らを英霊として崇《あが》め奉ることで、ナショナリズムという、近代国家を基礎づける宗教を強化できる、という道を見つけたのである。そのとき国家が利用したのは、戦争を否定する復員兵たちの考えではなく、むしろ自分たちの行動に肯定的な意義を見出そうとする復員兵たちの価値観であった。そして、戦争に悲惨さや残虐さを見ようとする人々の見方を切り捨てたのである。

モッセは言う。「戦争体験と戦死に直面して克服することから、近代戦争の飼い慣らしとでも呼べる事態が招来され、政治的・社会的な生活の自然な一面として近代戦争が受容されたのではなかったか」。こうして、死者たちの痛みや苦しみは組織的に忘却へ追いやられ、第一次世界大戦後、国家は何度も大規模な戦争を行うことができるようになった。

ヘミングウェイとフィッツジェラルドの戦争

これに対して、文学が手をこまねいていたわけではない。こうした国家による死者の利用を食い止めるべく、第一次世界大戦に直面したロスト・ジェネレーションの作家たちは、戦争に極めて批判的な作品を発表していった。たとえばその代表的な作品が、アーネスト・ヘミングウェイの『武器よさらば』（一九二九）である。

アメリカ人でありながら、イタリア戦線に参加することになった主人公は、戦争の悲惨さに心底嫌気がさす。そして、こんなことさえ口にするようになる。「栄光とか名誉とか、勇気とか神々しいとか、そういった抽象的な言葉は卑猥だ。それは、村の名前とか道路の番号とか、川の名前とか、部隊の番号とか日付といった具体的な言葉の横に置いてみればすぐにわかる。」さらに彼は勝手に講和条約を結んでしまい、戦線を離脱する。そして命からがらスイスに脱出するのだ。もっとも、戦争の暴力は彼を追ってきて、最後は恋人のキャサリンの命を奪うことになるのだが。

あるいは、Ｆ・スコット・フィッツジェラルドの名作『グレート・ギャツビー』（一九二五）はどうだろう。第一次世界大戦後、好景気に沸くニューヨーク郊外に突然、ギャツビーという名の大金持ちが現れ豪邸を建てる。そして、かつて別れた恋人デイジーと何とかよりを戻そうと奮闘するのだ。実はデイジーはトムという、これも大金持ちと結婚し、すでに子供さえいる。それでもギャツビーは諦《あきら》めない。

実はギャツビーにはデイジーを取り戻したい理由があった。第一次世界大戦に参加したせいで、彼の人生はめちゃめちゃになってしまったのだ。友人のニックは言う。「ギャツビーは過去について能弁に語った。この男は何かを回復したがっているのだと、僕にもだんだんわかってきた。おそらくそれは彼という人間の理念《イデア》のようなものだ。デイジーと恋に落ちることで、その理念は失われてしまった。彼の人生はその後混乱をきたし、秩序をなくしてしまった。しかしもう一度しかるべき出発点に戻って、すべてを注意深くやり直せば、きっと見いだせるはずだ。それがいかなるものであったかを……」。だが、その試みはうまくはいかない。

デイジーの浮気《うわき》を嗅《か》ぎつけたトムの差し金で二人は別れさせられ、その上、ギャツビーは見知らぬ人物に射殺される。生前はあれほど華やかだったのに、彼の葬式にはギャツビーの父親とニック、そしてもう一人の男性しか参列しない。そして彼は、ほとんど誰からも関心を持たれることなく、悲しく地中に埋められる。ニックは思う。「人はたとえ誰であれ、その人生の末期において誰かから親身な関心を寄せられてしかるべきだ」。だが、ニックのそうした想いが叶《かな》えられることはない。ギャッツビーの死は、第一次世界大戦の塹壕《ざんごう》における、兵士たちの泥濘《ぬかるみ》の中での死を思い起こさせる。

死者に言葉を与えるために

ヘミングウェイの『武器よさらば』もフィッツジェラルドの『グレート・ギャッツビー』もともに、充分に反戦的な作品であると言えるだろう。しかし、トランボの立場からするとまだ足りない。『武器よさらば』では勝手に戦線を離脱する男の物語は、決断する一匹狼、というロマンチックなイメージに溢《あふ》れている。一方ギャッツビーは、追いかけても決して手が届かない崇高な女性というイメージを追い求め、その過程で死ぬという、これまたロマンチックな存在である。だからこそ、両作品は非常に強い魅力を持っているのだろう。だが、彼らの作品は結局、第一次世界大戦から生きて帰ってきた者たちの物語でしかない。ならば本当の意味で戦争に直面した者、すなわち死者は戦争をどうとらえたのだろうか。

こうした問いはナンセンスなものに見える。なぜなら誰もが知るように、「死人に口なし」

だからだ。しかしだからこそ、国家は死者たちを自分たちの都合のいいように、いくらでも利用できたのではないか。そこでトランボが発明したのが、四肢を切断され、触覚以外の全ての感覚を失ってはいるものの、完全に思考する能力を保った主人公という、極めてトリッキーな存在である。本書の訳者あとがきでも触れられているように、これには実際のモデルがいた。だがこうした存在が何を思い、何を求めるか、という答えを与え、小説作品にまで練り上げたのは、トランボの大きな功績である。

トランボは本作を作り上げるために、主人公の意識の流れを綴《つづ》るナレーションや、過去と現在を自由に行き来するフラッシュバック、そして若者たちの参戦を鼓舞する歌と出征の様子の描写を組み合わせていくモンタージュ、といった映画的な手法をふんだんに用いている。このあたりは、アカデミー賞受賞作である『ローマの休日』をはじめとした、多くの作品の脚本家として、押しも押されもせぬ存在であるトランボの面目躍如といったところだろう。そうして彼は、この本質的にはたった一つの病室で繰り広げられる極めて単調な物語を、充分に楽しんで読める作品へと転換できたのだ。

恋人を置いて、ヨーロッパの西部戦線にやってきたジョーは、塹壕の中で爆弾に吹き飛ばされる。やがて病室で気づいた彼は、自分の両手、両足が失われているだけでなく、感覚器官まで消滅していることに徐々に気づく。体の一つ一つのパーツをジョーが確認していくという展開に、読者はある種のサスペンスを感じるだろう。やがて現実に気づいたジョーは一度は絶望するが、皮膚から伝わる振動で看護師や医師を区別し、額で感じる暖かさで時間の経過を測るようになる。そしてついに、モールス信号に合わせて自分の頭部を動かすことで、意思の疎通にまで成功するのだ。返事は、指で額を叩《たた》いてもらえばいい。

ならばジョーは無事、社会に復帰することができたのか。ことはそれほど単純ではない。戦争の本質がわかる見世物として自分を公開してほしい、というジョーの希望を医師たちは却下する。それだけではない。彼とのあらゆる交流まで断ち切ってしまうのだ。なぜか。作品中でも述べられているように、彼の存在は国家によるあらゆる戦争イメージの操作をぶち壊してしまうからだ。チェコ・マサリク大学のアメリカ文化研究者、トマーシュ・ポスピーシュルは述べる。「生き残ったジョニーの変形した体は、王や民主主義、人類愛などのために大衆を動員して戦わせるための伝統的なレトリックを脅かす印となっている。」（Tomáš Pospíšil, "As Crippled As It Gets" 2012.）

そしてジョーは鎮静剤を打たれ、果てしない暗闇の中に戻っていった。だがそんな彼の姿を描いた本作『ジョニーは戦場へ行った』（一九三九）は、小説としての命を授けられ、第二次世界大戦開戦直後の時代に、人々に力強く語りかけることができた。しかも本書はその後、何度も蘇ることとなる。一九七一年には映画化され、カンヌ映画祭でグランプリを獲得して、ルイス・ブニュエルに激賞された。さらに一九八九年、国際的に著名なロックバンドであるメタリカは、本書を元に〈ワン〉という曲を作り、ミュージックビデオで本書の映画版をふんだんに引用した。

こうして、トランボの徹底して反戦的な意思は、時代を超えて、戦争の真実を暴こうとする人々を鼓舞し続けている。今回、新たな訳で日本語作品として本書が入手可能となったことを強く喜びたい。

本書は訳し下ろしです。

ダルトン・トランボ（Dalton Trumbo）
1905年、米国コロラド州生まれ。30年代より脚本家として活躍、39年に本作『ジョニーは戦場へ行った』を発表、同年の米国書店賞（全米図書賞の前身）を受賞した。47年、赤狩りによって投獄された「ハリウッド・テン」の１人として映画界から追放される。別名義で執筆した『ローマの休日』『黒い牡牛』でアカデミー賞原案賞を受賞。後年は、本作を自ら監督し映画化。71年、カンヌ国際映画祭で審査員特別賞を受賞した。76年没。

（訳）波多野理彩子（はたの・りさこ）
英日翻訳者。一橋大学社会学部卒。訳書に、『パワー・オブ・ザ・ドッグ』（角川文庫）、『人の心は読めるか？ 本音と誤解の心理学』（ハヤカワ文庫NF）、『月をマーケティングする アポロ計画と史上最大の広報作戦』（共訳、日経BP社）など。

〔新訳《しんやく》〕
ジョニーは戦場《せんじよう》へ行《い》った

ダルトン・トランボ　波多野理彩子《はたのりさこ》（訳）

2024年 9月 10日　初版発行

発行者　山下直久
発　行　株式会社KADOKAWA
〒102-8177　東京都千代田区富士見 2-13-3
電話　0570-002-301（ナビダイヤル）
装 丁 者　緒方修一（ラーフイン・ワークショップ）
ロゴデザイン　good design company
オビデザイン　Zapp!　白金正之
印 刷 所　株式会社暁印刷
製 本 所　本間製本株式会社

角川新書

ISBN978-4-04-082504-5 C0297